AF178202

Ulrike Sterblich lebt als Politologin und Autorin in Berlin, wo sie auch als Gastgeberin der Talk- und Lesebühne «Berlin Bunny Lectures» bekannt wurde. 2012 erschien ihr Mauerstadt-Memoir «Die halbe Stadt, die es nicht mehr gibt», über das Wolfgang Herrndorf urteilte: «Zarter, liebevoller, staunender wurde selten eine Jugend, eine Stadt und beider Verschwinden beschrieben.» 2021 veröffentlichte sie ihren viel beachteten «famosen Debütroman» (taz) «The German Girl», ihr zweiter Roman «Drifter» stand 2023 auf der Shortlist für den Deutschen Buchpreis.

«*Drifter* deutet in gewitzten Passagen an, dass Freundschaft vielleicht sogar noch größer und bedeutender ist als Liebe.» *FAZ*

«Ein großartiges Buch. Man schreibt sich Sätze heraus, um sie auswendig zu lernen und dann ständig vor sich hin zu murmeln.» *Karen Duve*

«*Drifter* lässt einen heiter und schwindlig zurück. Ein Roman des Jahres!» *Der Standard*

«Noch schöner durchgeknallt als in echt: *Drifter* ist die ultimativ absurde Berlin-Tour.» *Die Zeit*

«Ein schillernder Roman.» *Der Tagesspiegel*

Ulrike Sterblich

DRIFTER

ROMAN

Rowohlt Taschenbuch Verlag

Veröffentlicht im Rowohlt Taschenbuch Verlag,
Hamburg, Februar 2025
Copyright © 2023 by Rowohlt Verlag GmbH,
Kirchenallee 19, 20099 Hamburg
Die Nutzung unserer Werke für Text- und Data-Mining im
Sinne von § 44b UrhG behalten wir uns explizit vor.
Covergestaltung Cordula Schmidt Design, Hamburg,
nach einem Entwurf von Anzinger und Rasp, München
Coverabbildung classicpaintings/Alamy Stock Photo
Satz aus der Abril Text bei Pinkuin Satz und Datentechnik, Berlin
Druck und Bindung CPI books GmbH, Leck
ISBN 978-3-499-01069-9

Kontaktadresse nach EU-Produktsicherheitsverordnung:
produktsicherheit@rowohlt.de

«Everybody knows that our cities
Were built to be destroyed
You get annoyed, you buy a flat
You hide behind the mat
But I know she was born
To do everything wrong with all of that»

Caetano Veloso, «Maria Bethânia»

DER BLITZ

Das erste Mal sah ich sie in der S-Bahn. Sie saß uns gegenüber, als Killer und ich an diesem verwünschten Tag rausfuhren zur Pferderennbahn.

War so eine Schnapsidee von ihm gewesen, wortwörtlich, als wir anstießen auf seine Beförderung. «Warst du schon mal beim Pferderennen?», hatte er gefragt, und ich hatte gesagt: «Glaube nicht.» Ich hatte schon so viele Filme mit Pferderennszenen gesehen, dass ich mir nicht hundertprozentig sicher war, woher all diese Bilder kamen, ob nicht eines davon vielleicht doch erlebte Erinnerung war.

Killer stieg gerade auf zum PR-Chef bei diesem Lebensmittelgiganten, für den er da arbeitete. «Dann bin ich PR-Direktor anstelle des PR-Direktors!», verkündete er, und tatsächlich war es eine unverschämt steile Karriere, ein echter Killer-Erfolg. Im Grunde nicht anders zu erwarten natürlich. Vorher war Killer bei einem Getränkehersteller gewesen, wo er auch schon einen zügigen Aufstieg hingelegt hatte, aber für seinen Geschmack eben nicht zügig genug, außerdem hielt er seinen dortigen Chef für unfähig und hatte sich munter mit ihm angelegt. Es fiel ihm nicht schwer, sich daraufhin umzuorientieren, und beim neuen Arbeitgeber hatten sie das Killer-Potenzial sofort erkannt.

In spendabler Feierstimmung hatte Killer am Fahrkartenautomaten ein Gruppen-Tagesticket für uns beide gelöst, wo doch zwei Einzeltickets gereicht hätten, so ging das schon mal los («Geben Sie mir Ihr bestes Ticket», hatte er zum Automaten gesagt).

Und dann, in der S-Bahn, sah ich sie also. Schwer zu sagen, was mir zuerst auffiel: der absurd riesige Zottelhund mit dem glitzernden Halsband, der zu ihren Füßen saß, ihr langes goldenes Kleid oder das Buch, in dem sie eher nachlässig herumblätterte, als darin zu lesen. Entscheidend war wohl das Gesamtensemble, mit Kleid und Hund als Hingucker, ohne die ich auf das Buch vielleicht gar nicht geachtet hätte. Das Buch aber war das Spektakel. Es war ein mir unbekanntes Buch von Drifter, der Titel lautete *Elektrokröte*. Ich sah ganz genau hin, ich starrte, kniff die Augen zusammen. Es gab keinen Zweifel – «K:B Drifter» stand auf dem Cover und auf dem Buchrücken ebenso. Illustriert war es nicht mit einer Kröte, wohl aber mit einem kleinteiligen elektrischen Schaltkreis, wie aus dem Inneren eines konventionellen HiFi-Verstärkers, fotorealistisch gemalt. Ein sehr schönes Cover. *Elektrokröte*. Das klang nicht nach Drifters sonstigen Titeln, von denen es bislang drei gab: *Hätte ich was zum Anziehen, würde ich gern mal ausgehen*, *Endlich zeigst du dein wahres Gesicht, Kassierer* und *Der Shitstorm gegen die heilige Johanna*. Damit kannte ich mich aus. Der Anblick verwirrte mich sehr. Wie konnte ein neuer Drifter in den Handel gelangt sein, ohne dass ich und meine ganze Drifter-Bezugsgruppe etwas davon mitbekommen hatten?

Mein Blick wanderte zu dem Hund, den ich seltsam anrührend fand. Ich hatte keine Ahnung, was für einer das war.

Bei Hunden konnte ich nur die prominenten Standards zuordnen (Dackel, Pudel, Schäferhund), und der da gehörte zu keiner mir bekannten Kategorie. Er war groß wie eine Riesendogge (okay, Dogge konnte ich auch noch), aber komplett anders, ein freundliches Zottelvieh, mehr Lama als Hund eigentlich, und seine Größe schien ihm selbst unangenehm zu sein, als wollte er sich lieber klein machen, mit leicht bekümmertem Blick, der sagte: «Kann ich doch auch nichts für.» Besonders eindrucksvoll waren seine langen, tollpatschigen Pfoten, mehr überdimensionierte Hasenläufe als Hundefüße.

Ein paar Tage später fand ich es schwierig, mich zu erinnern, ob sie eher Mitte zwanzig war oder Ende vierzig oder irgendwas dazwischen. Sie hatte diese jugendliche Alterslosigkeit, die Verrückte oft haben. Womit ich nicht sagen möchte, dass Vica verrückt war. Nicht im konventionellen Sinne verrückt jedenfalls. Groß und athletisch war sie, mit einem dunklen Pagenschnitt und grünem Silberblick. Silberblick zum goldenen Kleid. Über dem goldenen Kleid trug sie ein schwarzes Jackett.

Irgendwann schaute sie auf. Sah mich direkt an, zumindest mit dem rechten Auge, beim linken wusste man nicht genau, es führte ein Eigenleben, ich würde sagen, sie schaute freundlich interessiert, wie man ein putziges Tierchen ansieht. Ich wollte etwas sagen oder eher fragen, nach dem Buch natürlich, da rief aber Killer schon: «Komm, wir müssen raus», und zog mich vom Sitz. Ihr Blick verfolgte diese kleine Szene, und bevor wir ausstiegen, zeichnete sie mit dem Finger von unten nach oben etwas in die Luft.

Ich bin mir ganz sicher, es war ein Blitz.

Durch flirrendes Licht und steigende Temperaturen

schlenderten wir über eine breite Allee Richtung Rennbahn. Vor uns alberte eine Gruppe von drei Mädchen in bunten Kleidern und mit Hüten herum, und ich ärgerte mich, kein Foto von dem Buch gemacht zu haben. Die Mädchen blieben immer wieder stehen, um über ihre Hüte zu lachen, Hüte zu tauschen, sich mit Hüten zu fotografieren, sodass sich unser Abstand zu ihnen kontinuierlich verringerte, wir zu ihnen aufschlossen. Killer stieß mich in die Rippen und sagte: «Ich mag die Hellblonde und du?»

«Sie nerven mich alle sechs.»

«Wenzel, jetzt komm.»

«Wird man auch ohne Hut auf die Rennbahn gelassen?», rief Killer ihnen zu.

Die Mädchen sahen sich an, machten Gesichter, eine kicherte und rief: «Nein!»

«Nur wenn man mitrennt», sagte die Hellblonde.

«Mitrennt?», fragte Killer. «Als Pferd?»

«Ja, genau. Als Pferd.»

«Na, das is ja eine spaßige Idee.» Wieder stieß er mich an. «Vielleicht ja was für dich, Wenzi?»

Ich hatte keine Lust, mich angesprochen zu fühlen.

«Sieht nicht so aus, als ob dein Freund ein Pferd sein will», gackerte eine andere, und Killer, alte Labertasche, die er war, legte seinen Arm um meine Schulter und sagte: «Er hat nur bisschen Liebeskummer. Ihr müsst mir helfen, ihn mal abzulenken!»

Die Wahrheit ist, dass ich komplett versunken war in dem bisschen Liebeskummer, dass kein Teil von mir noch hervorlugte aus dem sumpfigen Selbstmitleid, in dem ich verzweifelt herumruderte zu dieser Zeit. Ich wachte morgens auf, und mein erster Gedanke war: Pissekacke. Im Schlaf hatte ich alles so schön vergessen, im Schlaf hatte eine andere Realität mein Bewusstsein übernommen, ich hatte perfiderweise sogar besonders schöne Träume in dieser Zeit. In diesen Träumen hatte ich das Gefühl, durch eine Welt voller Möglichkeiten zu wandern. Morgens rutschte ich dann nach ein paar wenigen Übergangsmomenten aus der gnädigen Amnesie zügig und direkt wieder zurück in den Sumpf. («In den schönen Zeiten ist das morgendliche Erwachen das Schönste am Tag. In den schlimmen ist es das Schlimmste», schreibt Drifter in *Hätte ich was zum Anziehen*.)

Um uns alle bei Laune zu halten, organisierte Killer gleich zwei Flaschen Sekt und setzte Geld auf irgendein Pferd, natürlich «auf Sieg». Das Geld verlor er. Nach dem ersten Glas Sekt strengten mich unsere Begleiterinnen noch mehr an als vorher schon, aber nach dem zweiten oder dritten ging's. Die Sonne schmetterte freigiebig Licht und Hitze, der Himmel irisierte tiefblau, ein Blau, wie man es selten sieht in unseren Breiten, ein griechisches, ägäisches Blau. Darunter rannten die Pferde beharrlich im Kreis, sie manisch antreibende schmale Männlein auf ihren Rücken, immer und immer wieder. Ein Rennen glich dem anderen: Die Pferde liefen los, einige waren schneller als andere, eines am Ende das Schnellste, das Feld fächerte sich auf, manchmal fiel eines ganz weit zurück. Wir setzten auf Namen, die uns gefielen oder genau nicht gefielen, auf *Spandau Loreley*, *Tropicana*, und *Doctor Mabuse*. Eine unserer Begleiterinnen gewann 70 Euro mit *Tarantino*, einem überambitionierten Schimmel, der loslegte, als hätte er persönlich irgendetwas davon. Killer und ich verloren konsequent unser Geld, alles, was wir dabeihatten, ich achtzig, er etwas mehr als zweihundert Euro, der Rest ging für die Getränke drauf, drei Flaschen Sekt und noch ein paar Biere. Ein paar Wolken erschienen wie Störenfriede in dem griechischen Blau, sie bewegten sich schnell, auf Krawall gebürstet.

«Guckt mal dahinten», sagte die Hellblonde, von der Killer zwischenzeitlich bemerkt hatte, dass sie als Comicfigur ein Fisch wäre. Es war Killers spezielles Talent, Menschen einer Comicfigur oder einem Tier zuzuordnen. (Ich war seiner Meinung nach Daffy Duck, was ich bis auf mein leichtes Lispeln nicht nachvollziehen konnte, aber alle, die es hörten, fingen nach einem Augenblick des Erstaunens an zu lachen: «Stimmt, jetzt sehe ich es auch, du bist Daffy Duck!») Dahinten hatte sich jedenfalls eine finstere Wolkenfront aufgetürmt, ein Monster von einem Unwetter, wie es aussah, ein fast schon erhabener Anblick. Killer war begeistert.

Da entstand plötzlich Unruhe auf der Rennbahn. Zwei Pferde waren kollidiert und gestürzt, schnell wurde ein Sichtschutz aufgestellt, hinter dem die Tiere wohl verarztet wurden. «Oh nein!», rief der hellblonde Fisch, und Killer legte seine Hand auf ihre Schulter und meinte: «Die werden sicher wieder fit gemacht.»

«Mitnichten», sagte ich. «Rennpferde mit gebrochenen Knochen werden eingeschläfert.»

Alle vier sahen sie mich schockiert an, als könnte *ich* etwas dafür.

«Don't shoot the messenger», sagte ich.

«Vielleicht hat sich keiner was gebrochen», sagte die Hellblonde, und Killer pflichtete ihr bei, was mich nervte, bezog er doch sein ansehnliches Gehalt von Leuten, die haufenweise Tiere abschlachteten. Ich drehte die Schraube also mutwillig fester und sagte: «Die werden dann bestimmt auch zu Wurst verarbeitet in deiner Wurstfabrik.» Leider, von Alkohol wurde ich manchmal so.

«Unsinn, Wenzel, wir machen keine Pferdewurst.»

«Das wäre aber gut, denn die Pferde wurden immerhin nicht extra in beengten Ställen gemästet und dann geschlachtet, sondern werden ja wie gesagt jetzt ohnehin eingeschläfert, da könnte man das Fleisch sinnvoll verwenden und dafür zwei Schweine laufen lassen.»

«Also, ich will keine Pferdewurst essen», sagte die eine, deren sehr gerade Haltung mich an Gesine erinnerte, wobei sie aber nicht Gesine war, so gar nicht, und ich entgegnete: «Und warum nicht?»

«Ich mag Pferde.»

«Und Schweine magst du nicht?»

Killer stöhnte. «Wenzel, bitte.»

«Nee, Schweine mag ich nicht.»

Während das Geschehen auf der Rennbahn weiter stagnierte, legte das Unwetter an Dynamik zu. Nach und nach leerten sich die Zuschauertribünen. Keine Ahnung, ob meine Pferdewursteinlassung daran schuld war, dass auch die drei Hüte sich davonmachten, und zwar, ohne dass Killer eine Telefonnummer vom blonden Fisch abgreifen konnte. Aber Killer mochte ein Großmaul sein (oft) und ein Angeber (manchmal) – ein schnell eingeschnappter Übelnehmer war er nicht. («Man sollte das Universum nicht persönlich nehmen», schreibt Drifter, irgendwo). Und wenn er es denn darauf angelegt hätte, hätte er die Nummer schon auch bekommen, schließlich war er der Killer. The Killman.

«'tschuldige», blökte ich, ziemlich knülle, nachdem sie weg waren, und überhaupt die meisten weg waren, wir da aber noch saßen, jeder mit einer noch halb vollen Flasche Bier und unseren Wettzetteln. «Du mal wieder», sagte Killer nur, dann beobachteten wir den Fortgang der Dinge, was uns der bislang interessanteste Teil des Spektakels schien – die Auflösung des Spektakels. Verdrängt von einem neuen Spektakel. Die Zuschauertribünen leuchteten in einem bedrohlich ockerfarbenen Licht, als auch wir schließlich die Mitteltreppe hinuntertrudelten, an verlassenen Sitzreihen vorbei, während es hinter uns grollte und die Rennbahn von rasenden Wolkenschatten heimgesucht wurde, die aussahen, als seien sie immer schon die eigentliche Bedrohung gewesen, vor der die Pferde gerannt waren, so schnell sie konnten. («Die Menschen bringen den Wolken nicht die angemessene Wertschätzung entgegen», schreibt Drifter. «Sie sind wandernde Sonnenschirme, über ihnen gleißendes Licht.») Noch fiel kein Regen, aber er lag schon in der Luft.

Unten angekommen, schwenkte Killer seine Bierflasche und prostete dem Gewitter zu, machte einen Satz über das Geländer und galoppierte übermütig über die Rennstrecke, der Idiot.

Wegen der Sache mit dem Liebeskummer noch mal. Gesine und ich hatten in etwa zur gleichen Zeit beim Sender angefangen, ich neben dem schleppend dahinmäandernden Studium, sie mit einem Eins-a-Abschluss von der Journalistenschule in der Tasche. Mir fiel sie gleich auf, selbstbewusst und stilsicher, wie sie war. Auch erkannte ich sofort die höhere Tochter, was leider immer wieder ein Trauma bei mir aufscheuchte. In meiner Jugend hatte ich in den Sommerferien regelmäßig an der kirchlich organisierten Jugendfahrt zur Nordsee teilgenommen. Bei den Jüngeren fuhren nur die aus den einfacheren Verhältnissen mit, deren Eltern beide arbeiten mussten und die froh waren, wenn die Kinder in den Ferien kostengünstig versorgt waren und was Schönes erleben konnten. Bei den Älteren aber gab es immer auch einige von den anderen, die auch im Einzugsgebiet der Gemeinde wohnten, deren Eltern Anwälte waren und Apotheker und Wissenschaftler, und die keine Lust mehr dazu hatten, mit den Eltern zu verreisen. Eine von denen war Leila. Wir waren beide fünfzehn und verliebten uns während dieser drei Wochen, ganz teeniezart und unbehelligt von allem. Leila schminkte sich nicht, sie hatte Bücher zum Lesen dabei, und alles, was sie sagte, klang immer klar und überzeugend. Sie kannte sich aus mit Geschichte und Meeresbiologie, hatte aber auch die angesagtere Musik im Player. Ich weiß nicht, was sie in mir sah, aber es gelang mir, sie zum Lachen zu bringen. Beim großen Räuber-und-Gendarm-Spiel war ich erst enttäuscht, dass sie im Team der Gendarmen landete und ich bei den Räubern, aber dann jagte sie mich, rannte mir hinterher, ich rannte der Form halber weg, sie blieb dran, sie war schnell, und ich musste nicht extra langsam rennen, damit sie dranbleiben konnte. Irgendwann stolperte ich theatralisch eine Düne hinab, ließ mich durch den Sand rollen, und Leila rollte hinterher. Am Fuß der Düne lagen wir in der Sonne, sie griff meinen Arm und sagte: «Gefangen.»

Wahrscheinlich war das unter den top fünf der glücklichsten Momente meines Lebens. Wenn nicht sogar top drei. Oder die Nummer eins. Leider ist mir die Erinnerung daran etwas verdorben, weil das Glück nur dort funktionierte, wo der Sand und die Dünen uns abschirmten von dem, was wir sonst waren, da, wo wir herkamen.

Nachdem wir dorthin zurückgekehrt waren, in unsere wirklichen Leben, gingen wir einmal ins Kino, schlenderten hinterher noch durch die Straßen und holten uns Eistee vom Späti, und ich hatte das Gefühl, dass mein Leben gerade beginnt. Als Nächstes rief ich sie an, und sie sagte, sie treffe sich mit ein paar Freunden im Park und ich sollte doch dazukommen. Da saß ich dann und merkte, wie ich nicht dazugehörte. Nicht einfach nur, weil man sich nicht kannte, sondern auf eine fundamentale Art, auf eine ganz beschissene Art.

Es gab keine Trennung. Einmal sahen wir uns noch, bei ihr zu Hause, Treppenhaus mit rotem Sisalläufer, hohe Decken mit Stuck, Wohnzimmer bis unter die Decke voll mit Bücherregalen, wir saßen bei ihr auf dem Boden und lösten Kreuzworträtsel, und sie war lieb, aber irgendwie verdruckst. Dann telefonierten wir, sie bisschen kurz angebunden, die Textnachrichten wurden weniger, dann beantwortete sie meine Nachrichten kaum noch oder reichlich knapp. Irgendwann ließ mein eigener Stolz mich den Kontakt abbrechen beziehungsweise es nicht weiter versuchen.

Seitdem hatte ich vielleicht dazugelernt. Als Erster in der Familie hatte ich eine Universität besucht, sogar mit einem herrlich nutzlosen Studium. Gut, das habe ich abgebrochen, aber dennoch war ich inzwischen einigermaßen belesen, kannte mich ausreichend aus in Kunst, Film und Musik, konnte mich grammatikalisch korrekt ausdrücken und bewohnte selbst eine beinahe elegante Wohnung mit ein paar Bücherregalen. Und dennoch. Dennoch gab es weiterhin das

Gefühl, dass es eine unsichtbare Wand gab zwischen uns Kleinbürgerkindern und denen, die schon mit Kunst, Kultur und Wissenschaft aufgewachsen waren in den weitläufigen Wohnungen mit den Bücherregalen. Subtile Codes, einen Habitus, der viele Erscheinungsformen hatte, sich aber kaum imitieren ließ. Ich hatte da feine Antennen.

Es gelang mir, Gesine auf mich aufmerksam zu machen. Mal ein Lächeln, mal eine kluge oder witzige Bemerkung. Ein bisschen Charme kann ich schon aufbringen, wenn ich mir Mühe gebe. Irgendwann fing ich einen Blick von ihr ein, der mir vielversprechend schien, und bei der ersten Weihnachtsfeier ging ich nach einem Wodka-Lemon auf sie zu. So fing das an.

Es wurde keine geglückte Beziehung daraus, eigentlich wurde gar keine «Beziehung» daraus, und ich hätte es wohl ahnen sollen. Es war ein abschüssiges Unternehmen, von Sympathie und Anziehung schlitterte es ungebremst hinein in sinnlose Gespräche, Tränen, Sich-aus-dem-Weg-Gehen, Sehnsucht, betrunkene Textnachrichten. Ich gab die Hoffnung nie auf. Beruflich legte Gesine während dieser Zeit einen soliden Aufstieg hin. Sie war kompetent, klug und schnell, konnte analysieren und hatte Ideen, und weil sie sich obendrein auch noch artikulieren konnte und attraktiv war, stand sie ratzfatz auch vor der Kamera, interviewte Politiker und moderierte unser TV-Bürgerforum. Zwischenzeitlich war sie für die Hauptnachrichten im Gespräch, aber darauf hatte sie gar keine Lust, das war ihr zu festgelegt.

Ich hingegen schaffte es, mich an jenen Ort zu manövrieren, wo man bei minderer Bezahlung einen schleichenden Menschenhass entwickeln und sonst nicht viel bewegen konnte: ins Community-Team. Da, wo das Publikum betreut werden wollte, die Call-in-Formate, die sozialen Medien, die Kommentarspalten auf unserer Webseite. Manchmal organisierten wir auch ein kleines Event, eine Podiumsveranstaltung oder eine Redaktionsbesichtigung mit anschließendem Q & A. Veranstaltungen, bei denen immer einer wissen wollte, warum «die Medien» die Dinge nicht exakt so darstellten, wie er es gerne hätte.

Jedenfalls, nach längerer Funkstille und ausbleibenden Zufallsbegegnungen im Sender (die immer unwahrscheinlicher wurden, seitdem das Community-Team in einen dunklen Seitenflügel ausgelagert worden war) hatte ich mich mal wieder bei ihr gemeldet. Eine Info-Rundmail mit dem Betreff «Reparatur des linken Fahrstuhls» nahm ich zum Anlass für eine Nachricht: *Hast du den Fahrstuhl kaputt gemacht?*

Für diesen Text brauchte ich eine halbe Stunde. Sie antwortete mit einem Tränenlachemoji. Zwei Tage später tauchte sie dann unvermittelt in unseren tristen Räumen auf und sah sich interessiert um. Dann setzte sie sich auf meinen Tisch und sagte: «Ich hab Premierenkarten.»

Wir sahen den neuen Film eines älteren Regisseurs, in dem es viel um Sex ging. Danach waren wir noch was trinken. Zu Hause hatte ich vorher schon eins a aufgeräumt und das Bett frisch bezogen. Ich war mir sicher gewesen, dass sie noch mit zu mir gehen würde, ich hatte es deutlich gefühlt, und so war es ja auch immer gelaufen. Irgendwann wollte sie mich dann doch wieder.

Aber ich plante noch mehr: Killer hatte mir Fotos von einem herrlichen kleinen Hotel an einem herrlichen, klaren See geschickt. Dahin wollte ich sie übers Wochenende entführen. Jetzt gleich dranbleiben, gleich noch eins draufsetzen, gemeinsame Erlebnisse schaffen.

Wir saßen da also zusammen in der Bar, und es war alles ganz wunderbar, alles schon da und zum Greifen nah, die ganze Chemie, der ganze Magnetismus. Ich zeigte ihr die Bilder von dem Hotel. Sie war begeistert. «Wahnsinn», sagte sie. «Das ist wirklich wunderschön.»

«Willst du da hin?»

«Unbedingt!» Sie tippte mir mit einem Finger ans Kinn und sagte: «Du weißt, was mir gefällt.»

Der Satz kribbelte. «Unbedingt.»

«Schickst du mir die Adresse?»

Die brauchst du nicht, wollte ich einwenden, ich buche das für uns. Aber sie setzte noch etwas hinzu: «Donato hat bald Geburtstag, das schenke ich ihm.» Ich verstand nicht.

«Wem?»

«Donato.»

«Wer ist das?»

Jetzt war sie überrascht. «Ich dachte, das wüsstest du.»

Was bitte für ein Donato? Warum so ein Kackname?

Ich war so ein Depp. So ein dämlicher Trottel war ich.

Am nächsten Tag überhörte ich, während zwei Kolleginnen auf ihre Bildschirme guckten, dass zwischen ihnen mehrmals der Name «Donato» fiel. «So gut schaut er aus!», rief die eine. Ich drehte mich herum und sah auf der Webseite eines Klatschmagazins das Bild eines braun gebrannten Mannes auf Skiern.

Am Nachmittag stieß ich zu einer Plauderei in der Teeküche – man redete über Donato. Schließlich, in unseren eigenen Abendnachrichten: Donato.

Es stimmte tatsächlich, es war genau so: Ich war der Einzige weit und breit, der noch nichts von Donato mitbekommen hatte. Zentraler Grund: Ich interessierte mich nicht für Wintersport. Null. Gar nicht. Wenn im Fernsehen Wintersport übertragen wurde, überfiel mich ein überwältigendes Desinteresse, eine große Müdigkeit. Lähmung fast.

Verstohlen rief ich die Webseite auf, bei der sich die Kolleginnen zuvor informiert hatten, scrollte, fand ihn und las: *Doppeltes Glück: Donato Cruzeiro Glauber wurde nicht nur zum zweiten Mal in Folge Sieger des großen Ski-Abfahrtsrennens am Hahnenkamm in Kitzbühel, er hat auch die Liebe gefunden mit seiner Freundin, der deutschen Journalistin Gesine Tusche. Doppelte Gratulation!* Daneben wieder das Foto des braun gebrannten Mannes auf Skiern, darunter ein Bild desselben Mannes in festlichem Outfit, Arm in Arm mit Gesine.

Sieger, Kitzbühel, Hahnenkamm, Liebe gefunden – ich hatte keine Ansprüche anzumelden. Gesine war offenbar mit einem Skirennfahrer liiert, mit einem amtierenden Sieger von irgendwas in Kitzbühel. Und ich war nur Wenzel Zahn, Kommentarspaltenscherge und als Comicfigur Daffy Duck.

In den nachfolgenden Wochen tauchte Gesine bei Sportbällen und Charity-Events auf, was ich ebenso verspätet wie zwanghaft masochistisch über die Boulevardmedien verfolgte. Donato Cruzeiro Glauber hielt ihre Hand, beide strahlten sie als hätten sie Glühwürmchen gefrühstückt. Ich sah mir sogar eine Talkshow an, in der DCG, wie man ihn bei uns im Sender jetzt nannte (und was meiner Meinung nach klang wie ein gefährliches Umweltgift) mit leicht schweizerischem, vielleicht Südtiroler oder auch irgendeinem Fantasie-Akzent sprach. Er klang reflektiert, bedächtig und nicht auf diese grässliche Art rhetorisch mediengeschult wie andere Sportprofis. Er sah glänzend aus und war unfassbar sympathisch. Viel sympathischer als der ebenfalls eingeladene Schriftsteller, der sich aufs Verkünden unumstößlicher Altersweisheiten verlegt hatte, und die Schauspielerin, die nach dem Auftritt des Schriftstellers nicht oberflächlich erscheinen wollte und fortan in Kalendersprüchen redete («Man muss schon an Wunder glauben, wenn man Wunderbares erleben will!» – großer Applaus).

DCG wurde mit einem kurzen Einspieler vorgestellt, in dem noch einmal sein siegreiches Hahnenkammrennen zu sehen war. «Hahnenkammrennen» war ein Begriff, der mir noch wenige Tage zuvor gar nichts gesagt hatte. Inzwischen wusste ich Bescheid. Es fand auf der sogenannten Streif in Kitzbühel statt und galt als das schwierigste, herausforderndste und gefährlichste Skirennen der Welt, wobei Skiabfahrt sowieso schon als die gefährlichste Wintersportdisziplin galt. In einer der größten Draufgängersportarten war DCG also der amtierende Champ.

Möglicherweise hatte er damit sogar noch größere Champ-Qualitäten als Killer. Es ließ sich jedenfalls nicht ausschließen.

Ich hatte aber auch gelernt, dass Skiabfahrtsläufer die gesamte Wintersaison über irgendwo Rennen absolvierten. In Österreich, Skandinavien, Kanada, USA, Korea, Japan. Und im Sommer mussten sie trainieren wie bekloppt, denn bei einer einzelnen Abfahrt, und ganz besonders bei der am Hahnenkamm, wirkten so ungeheure Kräfte auf den Körper, wie sie sich auch im härtesten Training kaum simulieren ließen. Skifahrer, die Zeit hatten, länger als ein paar Tage mit ihren Frauen, Freundinnen oder Familien zu verbringen, waren verletzte Skifahrer. Weshalb Gesine sich dann also andere Begleitung organisieren musste zu Filmpremieren.

Die Talkrunde wurde von einem altgedienten TV-Dinosaurier moderiert, der exakt schon so da saß, als meine Mutter diese Sendung früher geguckt hatte, komplett konserviert, aber ergänzend hatte man ihm jetzt, wohl, um zu beweisen, dass Fernsehen auch auf der Höhe der Zeit sein kann und so, eine junge Influencerin an die Seite gesetzt, die nun das Gespräch mit DCG führte. Sie schien genauso charmiert von ihm wie ich und fragte ihn gerade, ob man ein Draufgängertyp sein musste, um Abfahrtskiprofi zu werden. Er lächelte, ein bisschen unsicher, überlegte, lächelte wieder, schüttelte den Kopf, das Ganze bereits eine performative Absage ans Draufgängertum, und antwortete: «Nein.»

«Aber ziemlich kurz vor Ihrem Lauf waren schon zwei Konkurrenten gestürzt, der Norweger Donovan Svenson hat sich sogar ziemlich übel verletzt, das muss einen doch nervös machen, dieses Risiko direkt vor Augen, oder etwa nicht?»

DCG nickte bedächtig. «Das war wirklich schlimm, mit dem Donovan. Das ist immer schlimm, wenn sich einer wehtut, das kann dem ja auch die Karriere kosten.»

«Ja, eben! Und dann stürzt man sich danach trotzdem diesen unglaublichen Hang hinunter, da muss man doch schon besonders gestrickt sein dafür.»

«Den Hang hinunterstürzen, das ist genau richtig gesagt, ja. Man fährt eigentlich nicht, man stürzt sich da hinein.»

«Also doch Draufgängertum!»

«Nein. Nein, nein.»

«Was geht da vor in Ihnen?»

«Ja, ich bin dann voll konzentriert auf den Lauf.»

«Den Hahnenkamm zu gewinnen, das ist ja wohl das Größte, oder?»

«Ja, das ist schon großartig.»

«Ein paar Wettkämpfe stehen noch an in dieser Saison, dann haben Sie es geschafft. Womit werden Sie den Sommer verbringen?»

«Ja, da wird schon trotzdem trainiert. Es gibt Gletscher, da kann man noch recht lang fahren, aber auch ohne Schnee und Ski wird natürlich trainiert. Ich mag auch wandern und klettern.»

«Macht Ihnen eigentlich der Klimawandel sorgen? Spüren Sie das als Wintersportprofi?»

Jetzt tat sich etwas bei DCG, andere Gesichtsmuskeln wurden aktiviert, seine Augen weiter, er begann zu gestikulieren: «Das ist für den Skisport schon eine Katastrophe, ja? Das ist alles viel schwieriger geworden, die ganzen Wetterbedingungen und alles. Meine Kinder werden nicht mehr so Ski fahren können wie ich.»

Aha. Dachte er also schon ans Kinderkriegen. Verlobung, Heirat, Familie. Wie seine Freundin das wohl sah? Sicher saß sie jetzt zu Hause auf ihrem Sofa oder Gymnastikball und sah sich das auch an. Sah dasselbe wie ich. Jetzt gerade. Es war schön, zu wissen, dass wir gerade dasselbe taten, Gesine und ich. Gesine und ich.

Weit war Killer nicht gekommen mit seinem Galopp. Mitten in die ausgelassen alberne Darbietung hinein, die Bäume verrenkten sich schon in den Orkanböen, krachte ein Donner, der klang, als stürzten sämtliche Tribünen hinter uns zusammen, was Killer dazu veranlasste, anzuhalten und mit gespieltem Schrecken zurückzugaloppieren. Gerade wollte ich mich umwenden, Schutz suchen vor dem zweifellos jetzt gleich herniederprasselnden Sturzregen, da sah ich aus dem Augenwinkel noch das Leuchten. Dann, wie Killer durch die Luft flog. Einfach ein paar Meter fortgeschleudert, wie im Film, wenn Leute von einer Detonation weggefegt werden. Einen Moment lang stand ich selbst, also: wie vom Donner gerührt, dann rannte ich hin zu Killer, der sich zu meiner unendlichen Erleichterung bereits wieder berappelte, und half ihm, auf die Beine zu kommen.

Ich starrte auf seine Haare, die ihm zu Berge standen, als hätten sie die Orientierung verloren, bevor der einsetzende Regen sie ihm zurück an den Kopf klatschte. Er sah sich um, dann mich an, er verzog den Mund und sagte, klar und deutlich: «Alter.»

Leicht benommen tapste er neben mir und von mir gestützt bis zurück zu den leeren Tribünen, wo wir vor dem Regen geschützt waren und ich ihn auf eine Bank setzte. Killer fuhr sich mit beiden Händen durch die nassen Haare und saß dann vornübergebeugt so da. Auf dem Geländer vor uns landete eine Krähe und betrachtete uns mit einer Art investigativem Interesse.

«Ich rufe den Notarzt», sagte ich.

«Lass bitte.»

«Ich glaube, du wurdest vom Blitz getroffen!»

«Bitte niemanden rufen. Ich geh morgen zum Arzt. Aber jetzt bitte niemanden rufen.»

«Wie fühlst du dich denn?»

«Geht.»

Immer noch auf die Knie gestützt, blickte er durch den von Sturmböen hin und her gescheuchten Regen, als suchte er dort etwas. Der Ort, an dem vorhin noch Pferde im Kreis herumgerannt waren, war jetzt der Ort, an dem etwas geschehen war, von dem ich, Killer und jedes Kind wusste, dass es passieren konnte, dass es so etwas gab. Was praktisch aber doch nie vorkam. Ein Unglück von so sprichwörtlicher Seltenheit, dass es eine beinahe schon mythologische Dimension hatte, hier und jetzt und mit diesem Menschen, der mit mythologischen Dimensionen sonst keinerlei Umgang pflegte.

«Aber ich rufe ein Taxi», sagte ich.

«Hörst du das auch?», fragte Killer und schaute nach oben, zur Tribünenüberdachung.

«Was genau?»

«So Zwitschern oder so?»

«Ich höre den Regen.»

Im Taxi hörte Killer es weiter zwitschern, beziehungsweise ein «surrendes Stimmengewirr».

«Wahrscheinlich ein Tinnitus», vermutete ich. «Würde mich jetzt nicht wundern.»

Der Arzt hatte ein Kardiogramm erstellt und Blut abgenommen. «Vorläufig erhöhter Blutdruck», erklärte Killer. «Das ist wohl zu erwarten. Sonst war aber nicht viel.»

«Und deine Haare sehen anders aus.» Dunkel und wellig waren sie gewesen, jetzt kupferstichig, wie ausgebleicht, und krisselig. Wahrscheinlich waren sie einfach angesengt.

«Die Haare und das hier.» Killer zog sein Shirt hoch. Auf Brust und Bauch war in roten Linien eine Struktur gezeichnet, die selbst aussah wie eine Ansammlung von Blitzen oder auch wie die Verästelungen eines Baumes. «Ist am ganzen Körper.»

Der Anblick war verstörend, und erst in diesem Moment fiel sie mir wieder ein. «Erinnerst du dich an die Frau, die uns gestern in der S-Bahn gegenübersaß?»

«Nein?»

«Dunkler Pagenschnitt, schwarze Jacke, goldenes Kleid, mit riesigem Zottelhund? Mir fiel sie auf, weil sie ein Buch von einem Schriftsteller dabeihatte, von dem ich alles zu kennen meine, aber das Buch kannte ich nicht.» Ich sah Killer an in Erwartung eines wie üblich sarkastischen Kommentars zu meinem seiner Meinung nach anachronistischen und überaus langweiligen Interesse an Literatur, aber er sagte nichts, er hörte mir weiter zu. «Als wir ausgestiegen sind, hat sie zu mir hochgesehen, und dann zeichnete sie mit dem Finger einen Blitz in die Luft. So: –» Ein Schauer kroch mir den Rücken hoch, die Haare an meinen Armen stellten sich auf, während ich die Bewegung aus der Erinnerung heraus wiederholte.

Killer wirkte nicht beeindruckt. Er nickte verständnisvoll, als ginge es hier um mein und nicht um sein Problem, und erklärte: «Man neigt dazu, Verbindungen zu ziehen zwischen Ereignissen. Außerdem, guck mal hier.»

Das Gewitter hatte es auf die Titelseiten mehrerer Zeitungen geschafft, eine davon lag vor uns auf dem Tisch. Der Starkregen hatte Tunnel, Unterführungen und ein paar U-Bahnhöfe unterspült, Sturmböen hatten Bäume umgeknickt, und es hatte ungewöhnliche und hochfrequente Blitzaktivitäten gegeben, darunter einige «Superblitze», die sonst eigentlich vor allem im Winter und nicht über Land, sondern über dem Meer vorkommen.

«Das war nicht mal vorhergesagt», meinte ich.

«Keine Ahnung. Bin kein großer Wetterberichtsverfolger.»

«Ich aber. Gehst du schon wieder arbeiten?»

«Bin die Woche krankgeschrieben.»

«Und der Tinnitus?»

«Kommt und geht. Letzte Nacht bin ich einmal wach geworden von Musik und dachte, verdammt, jetzt hör ich schon wieder Zeug, aber dann war es wirklich Musik. Von der Nachbarin.»

«Der Architektin?»

«Genau.»

Neben Killer wohnte eine Architektin, die auf Killer stand und sich gern Dinge einfallen ließ, um ihn anzulocken, und sei es nur, dass sie ihre Musik zu laut aufdrehte, nachts, in der Hoffnung, er komme irgendwann, sich beschweren.

Neben mir wohnte Frau Güterich. Frau Güterich war viel unterwegs, beruflich und privat. Sie war zwar schon fast siebzig, betätigte sich aber immer noch als Managerin für mehrere Musikerinnen. Sie betreute eine Pianistin, eine Geigerin, einen Sänger, eine Gitarristin und ein kleines Tango-Orchester. Ihr Sohn lebte in Amsterdam, ihre Tochter derzeit in Lomé, Togo, war aber auf dem Sprung nach Mumbai, fürs Goethe-Institut. Aktuell machte Frau Güterich aber «einfach mal Urlaub» bei einer Freundin in Portugal. Darüber, was Frau Güterich tat, war ich immer gut informiert, zum einen, weil sie ausdauernd redete, zum anderen, weil ich in ihrer Abwesenheit ihren Briefkasten leerte und ihre Pflanzen goss.

Tatsächlich hielt ich mich gern in Frau Güterichs Wohnung auf, die heller war als meine und geschmackvoll eingerichtet, und ich goss auch gern ihre Pflanzen, besonders draußen auf dem großen Eck-Balkon. Eine zartrosa Klematis rankte sich um das Geländer, und in diversen Kästen und Kübeln wuchsen Blumen, Kräuter und blühende Büsche. Im Sommer musste ich die Gießkanne mehrmals füllen, bevor ich einmal durch war. Das Wasser versickerte in der Erde, ein Teil verdunstete an heißen Tagen vor meinen Augen, der Rest wurde von den Pflanzen gierig aufgesogen. Es erstaunte mich, was für eine angenehme und befriedigende Arbeit dieses Gießen war. Wie gut und frisch es roch, wenn das Wasser die Erde durchnässte und die Pflanzen danach grüner und praller wirkten. Hätte ich die entsprechenden Hörfähigkeiten, könnte ich eine Art zufriedenes Gurgeln hören, vielleicht auch einen hellen Gesang, wie von Kindern, die beim Spielen selbstvergessen vor sich hin summen.

Nach getaner Arbeit setzte ich mich gern noch eine Weile zu ihnen auf den Liegestuhl, wo wir gemeinsam die Sonne genossen, die Pflanzen und ich. Für ein paar Minuten lief das ganz gut, ein berückender Moment des pflanzenhaften Daseins stellte sich ein, bevor, ohne dass ich recht wusste, wie, wieder der Projektor ansprang und der übliche Film von Gedanken, Ideen, Plänen und allerlei diffusen Empfindungen meine Aufmerksamkeit beanspruchte: Was war mit Killer, ich wollte doch eine Internetrecherche zum Thema Blitzschlag machen, ein paar besonders ärgerliche Kommentare einiger besonders fleißiger Dauerkommentatoren spukten mir zum wiederholten Male durchs Hirn, und zum wiederholten Male formulierte ich eine ausgefeilte Replik, die ich niemals würde posten können, parallel schlich sich ein Gesine-Schmerz quer durch meine Brust, ebenso ein Bild von DCG, wie er die Faust zum Sieg reckt, die Überlegung, wo er wohl gerade sei, ob hier oder weit weg; was gibt es heute zu essen, wie viel Akku hat mein Smarti, muss gleich noch mal die Nachrichtenlage checken, habe ich diese blöde Mahnung schon bezahlt, und was meinte Julie Rutzbach damals bei der Abifeier, als sie das da sagte, was war es noch mal genau?

Wie meistens, wenn ich mich zwischen zwei oder mehr Zuständen mental eingekeilt fühlte, spielte ich als Übersprungshandlung eine Runde FreeCell, eine Patience-Variante, bei der es galt, alle 52 Karten nach Farben zu ordnen, angefangen mit dem Ass. Das Spiel hatte eine ungeheuer attraktive Dynamik, wie es sich langsam immer weiter auflöste, wie schließlich alle Karten auf ihre passenden Stapel sausten, die Herzen, die Karos, die Kreuze, die Piks. Es bündelte meine Konzentration gerade so weit, dass all die vorbeihuschenden Gedanken in Schach gehalten wurden, ich aber nicht allzu angestrengt nachdenken musste, sondern entspannt fokussiert war. Ob das als Meditation durchgehen konnte? Eine weibliche Amsel setzte sich auf das Balkongeländer und beobachtete mich ohne Scheu, fast schon ein bisschen schamlos. Drehte sich herum und zwitscherte etwas, worauf ein Amselmann angeflogen kam und sich danebensetzte. Anschließend guckten sie beide. «Komm mal her und sieh dir den Typen an», hatte sie offenbar gerufen. («Du sollst keine anderen Götter haben neben den Amseln», schreibt Drifter in der *Heiligen Johanna*.)

Anstatt danach zurück in meine Wohnung zu gehen, beschloss ich, erst mal irgendwo Kaffee zu trinken, und textete Killer, dass ich es bin, wenn es in fünf Minuten bei ihm klingelt.

«OK», schrieb er zurück. Als ich dann vor seiner Tür stand, dauerte es eine ganze Weile, bis er mir durch die Sprechanlage erklärte, dass er runterkommen würde. Das war nicht ungewöhnlich, wir trafen uns nur selten in unseren Wohnungen und gingen lieber einen Kaffee oder ein Bier trinken, spielten Tischtennis oder aßen irgendwo eine Pizza.

«Hab nich viel Zeit», sagte er. «Meine Mutter kommt heute aus dem Krankenhaus.»

Killers Mutter kannte ich mein Leben lang. Ich kannte sie besser, als ich zum Beispiel meine zwei Tanten kannte. Früher hatte ich mir immer gewünscht, unsere Mütter wären so eng befreundet wie wir auch, und verstand nicht, warum das nie passierte, wo sie doch beide Frauen waren und Mütter und im selben Haus wohnten. Inzwischen wusste ich, dass man nicht automatisch befreundet ist, weil die Kinder es sind oder weil man sich manchmal im Fahrstuhl begegnet. Dass dazu eine unklare Verbindung gehört, die sich nicht einfordern lässt.

«Was war denn mit ihr?»

«Schlaganfall.»

«Oh nein. Bitte grüß sie von mir. Hoffentlich erholt sie sich gut.» Es schien ungewohnt, Killer gegenüber Derartiges auszudrücken. Emotion, Anteilnahme. Ein bisschen künstlich fast. «Und du? Hast du noch diese Blitz-Tattoos?»

«Ja, sind aber etwas verblasst.»

«Und sonst?» Ich fragte, sah aber schon, dass er noch nicht ganz der Alte war. Etwas verlangsamt schien er mir, beinahe verträumt, eine nicht eben Killer-typische Eigenschaft.

«Ganz okeh eigentlich. Ich muss noch mal zum EKG, aber wenn das Herz in Ordnung ist, dann brauche ich mir wohl keine großen Sorgen zu machen.»

«Hinsetzen oder to go?», fragte ich, als wir vor dem Café standen, mit Blick auf Killers Zeitmangel. Killer zögerte. «Wenn wir uns kurz setzen, dann brauchen wir keinen Pappbecher», sagte er schließlich, und so nahmen wir an einem Tisch Platz, wo ich dann zugegebenermaßen gleich ziemlich viel über Gesine redete. Dass Killer nicht richtig zuhörte, schob ich auf seinen Zustand und ließ mich davon nicht beirren, aber dann platzte er plötzlich mitten in meinen Text hinein: «Da ist er schon wieder», sagte er. Ich folgte seinem Blick und sah einen vielleicht zehnjährigen Jungen mit Schulranzen, der langsam am Café vorbeischlurfte. «Er führt immer Selbstgespräche», sagte Killer. Tatsächlich redete der Junge vor sich hin, es wirkte, als würde er einen Konflikt austragen oder ihn wiederholen, die Brille schief im Gesicht. Killer sah ihm nach, als wollte er aufspringen und ihn adoptieren. Dann legte er Geld auf den Tisch, und wir gingen unserer getrennten Wege. Ich zurück in meine Wohnung und er zum Krankenhaus, seine Mutter nach Hause zu begleiten, in das zwölfstöckige Haus am Stadtrand, in dem wir gemeinsam aufgewachsen waren, und in dem sie immer noch wohnte: Ranunkelring 92.

Auf dem Weg nach Hause betrat ich noch den Kiez-Buchladen und fragte nach dem neuen Drifter, Titel *Elektrokröte*. Der Buchhändler, wie immer im grauen Hoodie, suchte in seinem Computer und sagte dann: «Erscheint in zwei Wochen. Soll ich eins vorbestellen?» Damit hatte ich gar nicht gerechnet. Denn natürlich hatte ich zu Hause längst im Netz nach dem Buch gesucht, aber da gab es original gar nichts. Der Begriff «Elektrokröte» erzielte keinerlei Treffer. Es gab ihn nicht als Buch, nicht als Tier, nicht als Band, nicht als Fachwort aus der spekulativen Astronomie. Ich bestellte, und der Buchhändler fragte nach meinem Namen, den er eigentlich langsam auch mal wissen könnte.

Killer fuhr nun täglich zu seiner Mutter, manchmal übernachtete er gleich dort. Sein Arzt schrieb ihn für eine weitere Woche krank. Er fühle sich ein bisschen schlapp, sagte er, außerdem könne er die Zeit gerade brauchen, wegen seiner Mutter. Als wir uns eines Abends verabredeten, hatte er nicht mal Lust, irgendwo draußen ein Bier zu trinken, und so saßen wir bei ihm auf dem Sofa wie früher als Teenager, aber anstelle der Spielkonsole liefen nur die Nachrichten im TV, und für diese hatten wir keinen Controller, um das, was darin wie üblich präsentiert wurde (Unschönes aus aller Welt), irgendwie zu steuern. Während eines Berichts über ein riesiges Flüchtlingslager in Kenia, Zelte in einer unwirtlichen Wüstengegend, Kinder apathisch vor Zelten, alte Männer in grauen Gummischlappen, Schnitt zu Reporterin, die uns auf dem Sofa irgendwie zu übermitteln versucht, was da los ist, dass das echte Realität ist, «kaum eine Perspektive, Bürgerkrieg, zerstörte Dörfer, schlechte Versorgungslage», schlug Killer sich die Hände vors Gesicht und stöhnte.

«Wie geht's deiner Mutter?», fragte ich.

«Ja, geht so. Sie ist schon wieder bisschen mobiler jetzt, aber einiges war ganz komisch, sie hat manche Sachen nicht gesehen und sich nur auf einer Seite vom Kopf die Haare gekämmt oder nur die Hälfte vom Teller gegessen und dann nach einem Nachschlag gefragt. Hat wohl ein Neglect-Syndrom, hat die Ärztin gesagt, kennst du das?»

«Nein?»

«Da nimmt man nur noch eine Seite wahr, bei ihr die rechte, alles, was links ist, blendet sie irgendwie aus.»

«Verstehe ich nicht.»

«Ist auch wirklich sehr speziell. Egal, was es ist, ihr eigener Körper, der Raum oder eben der Teller, die linke Seite existiert nicht.»

Ich konnte mir das null vorstellen, und so guckte ich Killer auch an, wie einen, der Unsinn redete.

«Und sie ist plötzlich sehr religiös. Hat alte Heiligenbildchen von ihren Eltern hervorgekramt und überall aufgestellt, betet vor dem Essen und will zur Kirche gehen.»

«Und du? Nächste Woche wieder Schicht? Du bist doch jetzt bald der Boss!»

Er nickte. «Ja, nächste Woche geht's wieder los. Wir haben gleich so ein dreitägiges Teambuilding-Dingens. Ich hoffe, meine Mutter kommt klar, jetzt hat sie auch erst mal jemanden vom Pflegedienst, mal gucken.»

In jedem Fall hatte Killer die Auszeit dafür genutzt, seine Wohnung auf Vordermann zu bringen. Sauber und ordentlich sah es aus, das ganze sonst immer herumliegende Gerümpel war verschwunden, die Regale waren aufgeräumt, sogar die Fenster geputzt.

Pünktlich zur angekündigten Veröffentlichung erschien ich wieder im Buchladen, um die *Elektrokröte* abzuholen. Ich war extrem gespannt, denn inzwischen hatte ich erhebliche Zweifel daran, das Buch tatsächlich einfach so kaufen zu können. Es blieb unrecherchierbar, und von anderen Drifter-Fans hatte ich gehört, dass ihre Händler das Buch gar nicht hatten finden können im Bestellsystem. In meinem Laden jedenfalls starrte der Buchhändler wieder in seinen Bildschirm hinein (nachdem er mich mal wieder nicht erkannt hatte und sich auch an die Bestellung nicht erinnerte) und sagte dann: «Ich finde hier so einen Titel gar nicht.» Also eigentlich wie erwartet, dennoch enttäuschend.

«Sie haben das aber vor zwei Wochen für mich bestellt, und es sollte heute da sein.»

«Hab ich? Dann haben die das vielleicht verschoben.»

«Das Komische ist, ich hab letztens schon eine Frau gesehen mit dem Buch. Daher kam ich überhaupt drauf.»

«Keine Ahnung, kann ich nichts zu sagen.»

Nee, klar. Konnte er nichts zu sagen, was sollte er davon

denn auch wissen? Von dem Buch, dem Hund, der Frau, von den Pferden, dem Gewitter und dem Blitz, der meinen besten Freund über die Rennbahn geschleudert, ihm die Haare versengt und sich auf seiner Haut eingebrannt hatte. Er wusste nur, was sein Computer ihm sagte, und der Computer sagte: Nein.

Und dann sah ich sie wieder. Wieder in einem öffentlichen Verkehrsmittel, diesmal Straßenbahn, abends, als ich auf dem Weg war zur Geburtstagsparty von Ina und Clara. Ich erkannte sie sofort, es gab gar keinen Zweifel, sie trug sogar dasselbe goldene Kleid wie einige Wochen zuvor in der S-Bahn, nur den großen Hund hatte sie nicht dabei. Sie saß am Fenster und schaute hinaus, und ich setzte mich auf einen freien Platz zwei Reihen dahinter, wo sich mir ihr Halbprofil präsentierte, was ich die ganze Fahrt über anstarren musste. Der Anblick versetzte mir gleich mehrere Stiche – woher hatte sie den noch nicht erschienenen Drifter, und was war das für ein Blick von ihr gewesen, da letztens, was für eine Geste vor allem? Darüber hinaus sah sie interessant aus mit ihrer markanten Nase und den eigentümlich geschwungenen Brauen. Aristokratisch? Aber auch altertümlich. Altertümlich aristokratisch. Verstohlen richtete ich die Kamera meines Smartis (das war übrigens so eine Worterfindung von Killer und mir, wir fanden beide den Begriff «Handy» für Smartphones überholt und doof und hatten also beschlossen, stattdessen von «Smartis» zu reden) auf dieses Profil, schoss schnell ein Bild und steckte das Gerät wieder ein.

Es war schon spät, weil ich zuerst eigentlich gar keine Lust gehabt hatte, mich auf den Weg zu machen in diese Kneipe oder Bar, die sie da aufgetan hatten für ihre Feier, wo ich sowieso kaum dazu kommen würde, mit den Gastgeberinnen zu reden, weil Gastgeberinnen ja nie zu etwas kamen. Und jetzt verpasste ich fast meine Station, weil ich so gebannt auf das altertümlich aristokratische Profil starrte. Aber eben nur fast, denn an meiner Station stand sie ihrerseits auf, was mich darauf brachte, dass ich ja auch aussteigen musste.

Eine ganze Weile ging sie vor mir her, hochgewachsen, in diesem langen, goldenen Kleid mit schwarzem Jackett darüber. Irgendwann musste ich auf der Karten-App noch mal nach dem Weg sehen, und als ich wieder aufsah, war sie verschwunden.

Die Party war bereits im Stadium eines gehobenen Lärm- und Alkoholpegels angekommen. Ich suchte nach Ina und Clara, denen ich meine Geschenke überreichen wollte, aber Clara tanzte gerade so engagiert, dass ich sie dabei keinesfalls stören wollte, und Ina konnte ich nicht entdecken, deshalb legte ich die Sachen auf einen Gabentisch neben der Bar und holte mir ebendort ein Bier, mit dem ich dann genau so blöd und verloren herumstand, wie ich es befürchtet hatte, denn ich gehörte zu keinem der größeren Freundeskreise der beiden. Kennengelernt hatten wir uns während eines Studentenjobs bei einer Veranstaltungsagentur, wo wir als Messehostessen jobbten. Oder Host, in meinem Fall, aber ich ließ mich eigentlich ganz gern Hostess nennen. Diese Agentur organisierte größere Events für alle möglichen Kunden, mal kam die Reisebranche auf einem Kongress zusammen, und wir mussten Besucher registrieren, Namensschildchen verteilen und Leuten den Weg zur Toilette erklären, manchmal richtete ein großer Sozialverband eine Feier aus, und wir servierten Häppchen. Zu den größten Kunden gehörte ein zwielichtiger Hersteller von Nahrungsergänzungsmitteln, die in einem schneeballartigen Direktvertriebssystem von einer sektenhaften Anhängerschaft mit maximalem Sendungsbewusstsein unter die Leute gebracht wurden. Bei diesen Events traten, immer begleitet von Tina Turners «Simply the Best», hintereinander Leute auf die Bühne und verkündeten unter allgemeinem Jubel erstens, wie viel Gewicht sie mithilfe der Produkte verloren, und zweitens, wie viel sie durch deren Vertrieb verdient hätten. Sie präsentierten riesige Hosen, in die sie dreimal reinpassten, ebenso wie goldene Uhren. Stundenlang ging das. Während es den meisten unter unseren Hostesskollegen ziemlich egal war, wofür sie da bezahlt wurden, warfen wir drei uns fassungslose Blicke zu. Einer von uns (der einzige andere Typ neben mir) ließ sich sogar von den Diätproduktjüngern rekrutieren, nicht in der Hoffnung, Gewicht zu verlieren, das war nicht sein Thema, wohl aber der vorgeblich fantastischen Verdienstmöglichkeiten wegen, was freilich nur dann funktionierte, wenn man seinerseits ausreichend andere Leute für den Verkauf rekrutierte, an deren Umsätzen man anschließend beteiligt war.

So stand ich nun an der Bar herum, bereit und willens, einfach noch eine Weile weiter so dazustehen, bei Gelegenheit mit beiden Gastgeberinnen einen Satz zu wechseln, irgendwann, dabei vielleicht noch einer zufällig ebenfalls dabeistehenden Person vorgestellt zu werden («Wenzel, das ist Carl, mein früherer Mitbewohner») und dann wieder zu gehen, da sah ich, ich traute meinen Augen kaum, sah ich *sie* schon wieder. Einen bunten Cocktail in der Hand, unterhielt sie sich mit einer Frau in Jeans und einem T-Shirt mit dem Aufdruck «Tattoo Studio Schmitz». Als hätte sie meinen Blick bemerkt, wandte sie sich um und blickte direkt zurück. Löste sich von ihrer Gesprächspartnerin und kam auf mich zu. Schritt knapp an mir vorbei zur Bar. Ich wagte nicht, mich nach ihr umzusehen. Wenige Augenblicke später stand sie neben mir und reichte mir ein frisches Bier. Meins war seit geraumer Zeit leer.

«Amüsieren Sie sich?», fragte sie. Ihre Stimme klang tief und samtig, an ihren Ohren hingen goldene Kreolen, die sie meiner Erinnerung nach vorhin in der Straßenbahn noch nicht getragen hatte. Interessant auch, dass sie mich siezte, hier auf einer Party, einer Duz-Veranstaltung.

«Ich kenne hier leider kaum jemanden.»

«Ja, das sieht man.» Sie überragte mich um einen halben Kopf, mindestens.

«Aber, ich glaube, Sie habe ich tatsächlich schon mal gesehen», sagte ich.

«Das würde mich nicht wundern.»

«Aha, warum?»

«Ich bin bekannt.»

«Aus Film und Fernsehen oder was?»

«LosVideos.»

Die Videoplattform LosVideos gab es noch gar nicht lange, und deren Nutzerinnen, geschweige denn deren Stars, waren eher ein paar Jahre jünger, dachte ich, aber das war kein Gedanke, den man äußern würde. Also sagte ich: «Ich meine, ich habe Sie vor einigen Wochen in der S-Bahn gesehen. Haben Sie einen ziemlich großen Hund?»

Sie nickte. «S-Bahn, stimmt, ich bin auch bekannt aus der S-Bahn.» Sie klang nicht nur tief und samtig, sie rollte auch das R, weniger auf süddeutsche als auf eine diffus altertümliche Weise, wie man es aus alten Filmen kannte oder als hätte sie einen leichten, ausländischen Akzent.

«Sie hatten», ich war jetzt etwas aufgeregt, versuchte aber, mich zu beherrschen, «Sie hatten ein Buch dabei. Von K:B Drifter.»

«Möglich.»

«Das ist noch gar nicht erschienen.»

Neben uns erschien das Tattoo Studio Schmitz und stellte sich dazu. An ihren Armen entdeckte ich keinerlei Tattoo, und sie wirkte nicht glücklich über meine Anwesenheit. «Das war echt interessant, was du gesagt hast», sagte sie zur Frau im goldenen Kleid. «Das mit der Zeit.»

Diese lächelte, dann sagte sie zu mir gewandt, wobei ein Auge unstet zur Decke mäanderte: «Das ist Katie. Sie hat mal in einem erfolgreichen Start-up mitgearbeitet, dann ihre Anteile verkauft, das Geld in Kryptowährung investiert, und jetzt weiß sie gar nicht, was sie mit der ganzen Kohle machen soll.»

Tattoo Studio Schmitz erstarrte. «Das war eigentlich nicht zum Rumerzählen gedacht», sagte sie, worüber das goldene Kleid weiterhin fein und aristokratisch lächelte, als wäre diese Bemerkung als Lob gesprochen.

«Ich könnte mir vorstellen», sagte sie dann, «dass Wenzel hier ein paar interessante Gedanken dazu hätte. Ich selbst würde zum Beispiel Geld in eine Runde Champagner stecken, wenn es hier guten Champagner gäbe. Gibt es leider nicht. Auch der Wein und die Cocktails sind nicht zu empfehlen, tatsächlich bleibt man am besten beim Bier, also, wer möchte noch ein Bier?» Hier wandte sie sich an alle Umstehenden in der Nähe: «Noch ein Bier jemand?» Einige schüttelten den Kopf, aber einer mit Locken und roter Bomberjacke meinte: «Sehr gern!»

«Na, das ist ja übersichtlich», schnurrte das goldene Kleid, brachte ihre Augen auf Kurs und wandte sich wieder ans Tattoo Studio Schmitz. «Soll ich oder möchtest du?» Und dann wieder an alle Umstehenden gewandt, ihre Stimme konnte mühelos auch laut sein: «Katie hier hat nämlich ein Vermögen gemacht durch Spekulation mit Kryptogeld!»

Einen Moment lang schien Katie zu schwanken zwischen den beiden Möglichkeiten, der Frau im goldenen Kleid entweder gegen das Schienbein zu treten oder aber empört davonzustürmen. Sie entschied sich für Letzteres und bahnte sich einen Weg durch die Menge, weit weg von mir, der Bar und dem Kleid.

«Ich deute das als ein Nein», sagte dieses und holte der Bomberjacke das zugesagte Bier, was schnell ging, zu schnell für mich, um Eindrücke und Gedanken zu ordnen, was nötig gewesen wäre, denn der Grad meiner Verwirrung steigerte sich gerade. Zum Beispiel konnte ich mich nicht erinnern, mich ihr namentlich vorgestellt zu haben. Als sie wieder neben mir stand, fuhr sie fort, als wären wir jetzt schon alte Vertraute: «Dabei müsste sie sich doch wirklich nicht so haben, sie hat klug investiert und könnte stolz darauf sein. Ach schauen Sie mal, da sind Ina und Clara.»

Die standen nun tatsächlich, nur ein paar Schritte entfernt nebeneinander und verabschiedeten bereits erste Gäste. Einzelpersonen, die sich langweilten wahrscheinlich, oder Eltern, die den Babysitter ablösen mussten. Ich trat zu ihnen und begrüßte und umarmte, und wir redeten, und dann kam erwartungsgemäß noch jemand dazu und wurde mir vorgestellt, allerdings kein früherer Mitbewohner, sondern der aktuelle Freund von Clara, und es stellte sich heraus, dass – blablabla.

Nachdem sich diese Konstellation wieder aufgelöst hatte, sah ich kein goldenes Kleid mehr an der Bar. Auch kein Tattoo Studio Schmitz irgendwo. Ich hatte keine Lust auf ein weiteres Bier. Ich checkte mein Smarti, aber da war nix los. Dass ich das goldene Kleid nicht mehr sah, ärgerte mich. Meine Fragen an sie hatten sich vermehrt und waren in ihrer Dringlichkeit gewachsen.

Draußen ging ein ungemütlicher Niesel, es war spät, und ich fragte mich, ob die Straßenbahn überhaupt noch fuhr. Gerade wollte ich die App des Verkehrsverbundes aufrufen, da hielt ein Auto direkt vor meiner Nase, ein ziemlich verbeulter, cremefarbener alter Volvo. Eine Scheibe ging runter, dahinter, auf dem Rücksitz, saß *sie* und sagte: «Möchten Sie vielleicht mitfahren? Ich glaube, wir haben dieselbe Richtung.»

Klar, wir kamen ja auch aus derselben Richtung mit derselben Straßenbahn. Nur hatte sie mich da ja gar nicht gesehen. Oder doch? Im Inneren des Wagens empfing mich eine erstaunlich angenehme Atmosphäre. Gute Luft, ein unaufdringlicher Duft nach frisch gewaschener Wäsche und Weihrauch, dazu eine leise säuselnde Musik. Ich nannte dem Fahrer meine Adresse und fragte mich, was das hier für ein Fahrdienst war, irgend so ein Uber-Imitat, wie mir schien, wobei der Fahrer eher nach klassischem Taxi aussah mit seiner Halbglatze und der Kombi von kurzärmeligem Hemd mit Pullunder. Nur die Musik passte nicht, eigentlich müsste entweder Klassikradio laufen oder Dudelfunk. Stattdessen etwas, das fernöstlich oder auch arabisch klang, mit sanften Tablas und einer warmen Stimme in unbekannter Sprache und fremden Harmonien. Auch fuhr er nicht so ruppig, wie man es sonst gewohnt war, stattdessen ließ er den Wagen vollkommen ruhig durch die nächtlichen Straßen gleiten.

«Ich muss jetzt noch mal fragen», sagte ich zur Frau im goldenen Kleid. «Zwei Dinge. Oder drei. Das Buch, der neue Drifter, woher haben Sie den? Und wie ist er? Ich bin ja Fan. Und dann noch die Sache mit dem ...» Hier unterbrach mich der Fahrer: «Wissen Sie, ob Ihre Straße noch von der Frankfurter her gesperrt ist?» – Es stimmte, die Straße war vorübergehend Einbahn gewesen. «Oh, bin mir nicht ganz sicher, ob das noch so ist», sagte ich.

«Na, ich fahr mal lieber über die Parkallee.» Was bisschen irritierend war: Der Fahrer lispelte, so wie ich, und obwohl ich ja vorher schon etwas gesagt hatte, befürchtete ich nun, es könnte so klingen, als äffte ich ihn nach. Meine Frage war noch gar nicht beantwortet, da türmte ich unklug eine weitere obendrauf: «Und wie heißen Sie eigentlich? Hatten wir, glaube ich, noch gar nicht ...»

«Vica.»

«Hat sich auch verändert hier die Gegend, was?», meinte nun der Fahrer, seinen Senf abgeben zu müssen, was mich gleich mehrfach nervte, erstens, weil ich diese Frage nicht mehr hören konnte, zweitens, weil ich dazu eine eher unklare Meinung hatte, vor allem, weil diese Veränderungen sich für mich als langjährigen Bewohner so kontinuierlich und im Tagesgeschäft unmerklich vollzogen wie mein eigener Alterungsprozess, und drittens, weil hier dringend Dinge geklärt werden mussten mit *Vica*, wofür schon jetzt die Zeit kaum noch reichte, mit jeder Kreuzung weniger, und nun stahl er mir die paar Minuten mit seiner banalen Frage oder Feststellung weg, und so sagte ich halt so etwas wie «Tjaja», hoffte, dass jetzt nicht noch die Standardfloskel über Latte macchiato mit Hafermilch kommen würde, und dann hielten wir auch schon vor meiner Tür. Ich kramte nach meinem Portemonnaie, um mich an der Fahrt zu beteiligen, aber Vica wehrte ab. «Gute Nacht, Wenzel», flötete sie. «Träumen Sie gut, aber nicht von Fahrstühlen.»

Nee, hoffentlich nicht, dachte ich noch stumpf beim Aussteigen. Später lag ich im Dunkel und überlegte manisch vor mich hin. Ich stellte mir noch einmal all die Fragen, die nur *Vica* beantworten konnte, also, woher kam der unveröffentlichte Drifter, was sollte das mit dem in die Luft gemalten Blitz, woher kannte sie meinen Namen, und hatte sie mich gesehen in der Straßenbahn, oder woher wusste sie, wo ich wohnte? Ich griff nach meinem Smarti und spielte zwei Runden FreeCell. Von Fahrstühlen träumte ich nicht in dieser Nacht. Aber Fahrstühle gehörten durchaus zu meinen hartnäckig wiederkehrenden Traummotiven.

Am Morgen wollte ich einkaufen gehen und fand mein Portemonnaie nicht. Nach dreimal alles absuchen, auch im Hausflur und auf der Straße, rief ich Ina an, die erst nicht ranging, mich aber später zurückrief.

«Wenzel», sagte sie. «Oh Mann, so schade, dass wir nur so kurz gesprochen haben gestern. Danke für das Geschenk!»

«Hattet ihr einen schönen Abend?»

«Auf jeden Fall! War super.»

«Weshalb ich anrufe, ich vermisse mein Portemonnaie und wollte fragen, ob sich vielleicht was angefunden hat bei euch?»

«Ach Scheiße! Nee, ich weiß von nichts, du, leider. Ich kann aber gern noch mal in dem Laden anrufen, das mach ich gleich.»

«Danke dir. Und sag mal, hast du vielleicht auch noch die Nummer von dieser Vica? Mit der habe ich mir nämlich gestern irgend so ein Taxi geteilt, und es wäre auch noch eine Möglichkeit, dass ich das Portemonnaie im Taxi verloren habe.»

«Nee, wer, Vica? Weiß ich jetzt nicht.»

«So eine große Dunkelhaarige, hatte ein goldenes Kleid an.»

«Frag mal Clara, vielleicht kam die von ihr.»

Auch Clara kannte keine Vica.

Ich griff mir einen Zettel und notierte alle Vica-bezogenen Rätselhaftigkeiten, denn so langsam verlor ich den Überblick:

- unveröffentlichtes Buch von Drifter?
- Blitz?
- woher wusste sie meinen Namen?
- hatte mich in der Straßenbahn gesehen? (woher sonst die Idee, wir hätten dieselbe Richtung?)
- Träume mit Fahrstuhl
- Kennt sie Ina/Clara?

Ina textete zurück, dass leider kein Portemonnaie gefunden worden war. Ich ließ meine Karten sperren, dann fühlte ich das starke Bedürfnis nach einer Runde FreeCell. Die erste verlief wunderbar schnell und befriedigend, in unter vier Minuten waren alle Karten aufgeräumt, aber danach, in der zweiten Runde, brauchte ich drei Anläufe. Immer wieder geriet ich in eine vertrackte Lage, in der nichts mehr ging, alle Möglichkeiten erschöpft waren. Ich wusste, dass es dann galt, das Spiel nach dem Neustart kontraintuitiv anzugehen, also die ersten Karten nicht so zu bewegen, wie es richtig und logisch erschien, sondern auf Umwegen zum Ziel zu gelangen, und beim dritten Mal half das auch. Ich öffnete meine Statistik. 218 Spiele hatte ich bislang gespielt und damit zusammengerechnet einen Tag, zwölf Stunden, dreiundvierzig Minuten und dreißig Sekunden verbracht. Meine Bestzeit lag bei 2:27, durchschnittliche Zeit pro Spiel 8:56.

Dem gegenüber standen meine Merklisten für Bücher, Filme, Serien und längere Magazinartikel. Leider gab es keine statistische Funktion, die mir ausrechnete, wie lange ich brauchen würde, um alles, was ich darauf vorgemerkt hatte, wirklich zu lesen und alles, was ich ansehen wollte, wirklich anzusehen. Aber mir war klar, dass meine Lebenszeit dafür schon jetzt kaum ausreichen würde. Zumal sich die Listen schneller verlängerten, als ich mit Lesen und Gucken hinterherkam.

Von seinem Teambuilding-Ausflug hatte Killer keine launigen Nachrichten oder Fotos geschickt, wie es sonst seine Art war. Und jetzt hatte er schon wieder keine Lust auf Kneipe und sagte, er käme lieber bei mir vorbei. Ich kaufte also sein Lieblingsbier und auch noch eine Flasche Wein, aber dann kam er mit zwei Flaschen alkoholfreiem Bier bei mir an und erklärte, aktuell keinen Alk zu mögen.

Ich möchte bitte meinen alten Killer zurück.

Mit seiner Flasche in der Hand stand er bei mir am Fenster und blickte hinaus in den Abend. «Wie war der Teambuilding-Quatsch?», fragte ich.

«Grausam.»

«Was habt ihr da so gemacht?»

Er zeigte mir ein Bild auf seinem Smarti. Darauf zu sehen war er in einer Art Fallschirmspringeraufzug, angeseilt am Rand eines sehr hohen Gebäudes über den Abgrund lehnend, neben sich noch ein paar mehr Figuren, die dasselbe taten.

«Boah, krass! Verstehe. Wo ist das?»

«Irgend so ein Scheiß-Turm von irgendeinem stillgelegten Kraftwerk.»

«Hattest du Schiss?»

«Mich hat das völlig kaltgelassen. Aber die anderen sind schon gefreakt teilweise. Vor allem mein Kollege Musti. Der hier.» Er zeigte mir das Foto von einem pausbäckig strahlenden kleinen, rundlichen Mann. «Nach der Aktion war er nicht mehr so fröhlich. Er hatte eine Panikattacke da oben.»

«Und was habt ihr da gemacht?»

«Hat ja gar keiner mitbekommen. Da konnte man nicht miteinander reden. Hinterher waren alle vollkommen euphorisiert, nur er war blass und benommen und hat den ganzen Tag lang kein Wort mehr gesagt. Ging dann früh auf sein Zimmer, obwohl er sonst so ein geselliger Extrovert ist. Am Montag war er immer noch verstört. Ich hab mich beim Mittagessen mit ihm unterhalten, und er sagte, er habe schlecht geschlafen und von Abgründen geträumt.»

Ich brannte darauf, Killer von Vica zu erzählen. Aber nun hatte er selber so viel Text. «Gestern Abend», sagte er jetzt, «habe ich eine Fotoreportage gesehen über Papua-Neuguinea.»

«Okeh?»

«Da wohnen überhaupt nicht viele Menschen insgesamt, aber die teilen sich auf in fast tausend verschiedene Volksgruppen mit verschiedenen Kulturen und Sprachen. Es ist das sprachenreichste Land der Welt!»

«Aha?»

«Ja, und es ist so völlig anders da, weißt du, so dermaßen anders alles, aber danach hatte ich plötzlich ein ganz komisches Gefühl dafür, wie ich und diese Menschen in Papua-Neuguinea trotzdem als Zeitgenossen jetzt zusammen hier leben auf der Erde. Und wie mein Leben genauso eigenartig ist, für sich betrachtet. Oder von Aliens betrachtet.»

Mir fiel dazu konkret nichts ein. Diese Art von Unterhaltung gehörte bislang nicht zu unserem Repertoire. «Wie geht's dir sonst?», fragte ich. «Gesundheitlich.»

Er überlegte. «Also, diese Ohrengeräusche sind übergegangen in irgendwas anderes. So eine Art Hypergehör.»

«Wie darf ich mir das vorstellen?»

«Ich höre alles ganz genau. Ich höre, was jemand flüstert und auch von wo Geräusche kommen und wie weit sie entfernt sind. Ich habe das Gefühl, manche Dinge zu hören, bevor das Geräusch da ist.»

«Kommt so was auch vom Blitz?»

«Keiner kann mir vernünftig etwas darüber sagen, was alles von Blitzen kommen kann. Dafür ist das zu selten, aber ich selber weiß, dass es damit *zusammenhängt*.»

Er betonte *zusammenhängt* und unterstrich es mit einer Geste, und mir schien, er wollte damit sagen, dass Ursache und Wirkung hier irgendwie verwurschtelt waren oder sich zumindest so anfühlten. Seine versengten Haare schienen am Ansatz wieder normal nachzuwachsen, aber der ganze Killer war schmaler geworden, der Körper und auch das Gesicht, das jetzt markantere Züge angenommen hatte. Wangenknochen, aber auch die Augen traten stärker hervor.

«Du hörst also Geräusche, bevor sie entstehen, und deine Mutter kann die linke Seite nicht sehen? Ihr macht Sachen.»

«Sie kann alles normal sehen, sie hat nur eine Störung in der *Wahrnehmung*.» Diesmal betonte er *Wahrnehmung*. Ein bisschen schmaler war auch sein Humor geworden, wie mir schien.

«Ich hab auch was erlebt», sagte ich, endlich. «Ich war bei einer Party, und schon auf dem Weg dahin habe ich diese Frau wiedergesehen, von der ich dir erzählt hatte, die mir in der S-Bahn unterwegs zur Rennbahn aufgefallen war wegen ihrer Lektüre und weil sie einen Blitz in die Luft gemalt hat?»

«Ja?»

«Ja, und dann war sie sogar auch bei der Party. Und sie hat mich angesprochen, weil ich etwas verloren da rumstand, und hat mir ein Bier spendiert. Und dann kam noch eine Frau dazu, und während wir uns unterhielten, nannte sie mich beim Namen, aber wir hatten uns noch gar nicht vorgestellt, soweit ich mich erinnere. Sie kannte auch die beiden Gastgeberinnen, Ina und Clara, weißt du?»

«Jaja.»

«Aber Ina und Clara kennen *sie* nicht.»

«Aha?»

«Ja, ich habe nämlich beide nach ihr gefragt, weil ich mein Portemonnaie vermisse, und ich hatte mir am Schluss auch noch ein Taxi geteilt mit ihr, sie heißt Vica, und ich wollte sie fragen, ob sie das Portemonnaie gefunden hat. Aber keiner kennt sie.»

«Klingt wirr.»

«Es ist komplett strange, Kill. Hier, warte mal.» Jetzt öffnete auch ich meine Fotos und suchte nach dem, das ich heimlich in der Straßenbahn von ihr gemacht hatte. Ich war beinahe überrascht, es tatsächlich zu finden.

«Guck hier, das ist sie.»

Killer nahm sich mein Smarti und vergrößerte den Ausschnitt. «Das ist doch Ludovica Malabene», sagte er.

«Bitte?»

«Ludovica Malabene, von LosVideos.»

«Und ich dachte, das war ein Scherz.»

«Wieso Scherz?»

«Sie hat mir das gesagt, aber ich hielt es für einen Scherz. Irgendwie sieht sie nicht nach Influencerin aus. Seit wann kennst du dich aus mit LosVideos?»

«Ich kenn mich gar nicht aus, aber meine eine Kollegin hat mir das gezeigt, und die anderen kannten sie auch.»

«Und was macht die da so?»

«Angefangen hat sie wohl mit solchen ASMR-Videos, wo man so spezielle Geräusche macht, die angenehm klingen und ein Prickeln auslösen sollen, aber am Ende der Videos hat sie dann noch Anlagetipps gegeben, was alle für einen Gag hielten, bis jemand gemerkt hat, dass sie immer richtiglag. Danach gab es dann wohl einen gewissen Hype um sie, dann war der Kanal plötzlich weg, und dann hat sie einen neuen eröffnet, Premium, nur für zahlende Abonnenten, und macht da jetzt neben ASMR noch anderen Quatsch und Zaubertricks, frag mich nicht. Es gibt aber Leute, die meinen, sie verstecke darin immer noch codierte Finanztipps. Einmal hat sie wohl noch explizit einen Anlagetipp gegeben, dem sind dann alle wie blöd gefolgt, und es war ein totaler Reinfall. In dem einen Video, das ich gesehen habe, hat sie aber mit einem Hund getanzt. Ziemlich erstaunlich sogar, wenn ich es recht bedenke, so eine nicht ganz unkomplexe Hip-Hop-Choreografie war das.»

«War das dieser riesige Zottelhund?»

«Genau.»

«Den hatte sie auch in der S-Bahn dabei. Und der hat eine komplexe Hip-Hop-Choreo getanzt?»

«Ganz genau.»

«Aber in der S-Bahn damals hast du sie noch nicht erkannt.»

«Nein, das Video hat meine Kollegin gerade beim Seminar rumgezeigt.»

Kaum war Killer gegangen, klappte ich meinen Rechner auf und drückte ungeheuerliche 52 Euro für einen dreiwöchigen Zugang zu Vicas Kanal bei LosVideos ab. Während ich auf die Mail mit dem Link zur Freischaltung wartete, holte ich mir aus der Küche eine Tüte Chips – ich war bereit für einen langen Abend. Doch als ich schließlich eingeloggt war, standen da nur ganze drei Videos online, was, wie ich weiter erfuhr, hier Konzept war. Immer drei Videos. Wenn ein neues kam, wurde das älteste gelöscht. Drei Videos für 52 Euro. Ich begann also mit dem ältesten.

Es handelte sich um eine Art Performance mit Elementen aus Kunst, Akrobatik und Zauberei und war in der Tat erstaunlich gut gemacht. Umgeben von Dunkelheit, stand da Vica in einem Lichtpegel, der Raum drum herum war nicht zu sehen, sie hätte in einem kleinen Zimmer stehen können oder in einer riesigen Halle, auf einer Bühne oder in einem Partykeller. Die Perspektive kam leicht von oben, und sie trug ihr unvermeidliches goldenes Kleid, aber ohne Jackett. Das Kleid war, wie ich nun sehen konnte, im Nacken gebunden. Mit einer lässigen Handbewegung fischte sie aus der Luft, aus dem dunklen Nichts und ohne hinzusehen, einen großen goldenen Ring. Irgendwer applaudierte, sie machte einen Knicks. Ein Trommelwirbel setzte ein, dann kam ein Rabe angeflattert und setzte sich auf den Ring, den Vica mit beiden Händen festhielt. Schließlich löste sie ihre Hände vom Ring, der nun in der Luft schwebte, und wandte sich an den

Raben. «Meine Frage heute:» Der Rabe blickte ungerührt ins Dunkel. «Von allen Blumen, welche ist die schönste?» Wieder Trommelwirbel, dann öffnete der Rabe den Schnabel und antwortete (so sah es jedenfalls aus) in krächzendem Rabenton: «Ranunkel.» Wieder Applaus. Abflug Rabe. Vica griff sich zwei weitere Ringe aus der Luft und jonglierte sie. Mit weiteren Griffen ins Nichts kamen drei goldene Kugeln dazu. Das Wunderliche daran war, dass die Gegenstände in Zeitraffer flogen, während Vica sich in Normaltempo bewegte. Wie gesagt, sehr aufwendig und gekonnt gemachte Effekte. Am Ende verbeugte sie sich zum erneuten Applaus aus vielleicht sechs Händen und verpuffte dann einfach mit einem wiederum sehr beachtlichen pyrotechnischen Effekt. Titel des Videos: *Die Weltherrschaft ist mir persönlich gar nicht so wichtig.*

Das zweite Video war das, von dem Killer erzählt hatte. Das, in dem sie mit dem Hund tanzte. Mit seiner Beschreibung hatte Killer maßlos untertrieben. Meine Meinung. Das Ding war von beispiellosem Wahnwitz. Irgendwie hatte ich mir vorgestellt, irre genug, dass der Hund auf zwei Beinen tanzt, aber das Gegenteil war der Fall: Vica tanzte auf allen vieren, und sie tat das mit würdevoller Ernsthaftigkeit und beeindruckendem Können. Was trotzdem verblasste neben dem anderen Spektakel, das der Hund war. Sind Hunde musikalisch? Bislang hatte ich nur tanzende Kakadus gesehen. Das Zottelvieh mit den ungelenken Riesenfüßen vollführte einwandfreie Shuffle-Moves und grazile Sprünge und alles rhythmisch auf dem Punkt. Nur einmal blieb er kurz stehen, schüttelte sich nach althergebrachter Hundemanier, blickte kurz mit hechelnder Zunge zu Vica und fand dann wieder zurück in den Rhythmus und die Choreografie.

Ich fand das geradezu unfasslich. Warum lief das nicht längst viral durchs ganze Netz? Teilen ließ LosVideos nicht zu, aber konnte nicht jedes Kind ein Video rippen? Ich nahm die Vica-Fragen-Liste zur Hand, die auf meinem Schreibtisch lag und ergänzte:

– Zottelhund kann tanzen?

Danach starrte ich eine Weile auf die Liste und vergaß darüber fast das dritte Video, auch, weil es klingelte und mein Nachbar vor der Tür stand, für den ich mal wieder ein Päckchen angenommen hatte.

Ich hatte eine ambivalente Einstellung zu diesem Mann, der seit einem halben Jahr über mir wohnte, wo vorher niemand gewohnt hatte, wo nur unbewohnter Dachboden gewesen war, ein weiter Raum, in dem der schwebende Staub durch kleine Dachluken angeleuchtet wurde. Die Bauphase war furchtbar gewesen, voller Lärm und Dreck, und hatte das Ende der ruhigen und beschaulichen Existenz in diesem Haus markiert, das bislang, länger als die Häuser drum herum, von aller Modernisierung verschont geblieben war. Mit dem Dachgeschoss waren als weitere Modernisierungsmaßnahmen ein Fahrstuhl gekommen und dicht schließende Plastikfenster in den Wohnungen, die sich deutlich leichter putzen ließen als die alten doppelten Flügelfenster aus Holz, aber eben leider auch kacke aussahen. Als das fancy Dachgeschoss endlich fertig war, zog dieser Typ ein, dieser Moritz Kässler. Sehr ausgesuchte und teure Designermöbel wurden für ihn da hochgeschleppt, und zwei Wochen später lud er mich freundlich zur Begrüßung ein. Offerierte Champagner, an guter nachbarschaftlicher Beziehung war ihm wohl gelegen. Ich staunte nicht schlecht, wie es da oben aussah. Dunkler Parkettboden, große Wohnküche, Mosaikfliesen im Bad, alles vom Feinsten. Und eine imposante Dachterrasse, allerdings noch ohne wucherndes Grün wie bei Frau Güterich. Moritz Kässler stand mit seinem Glas in der Hand am Terrassengeländer, andere Hand in der Hosentasche, und blickte mit Besitzerstolz über den Kiez und seine Dächer. Er hatte sehr kurzes, silberweißes Haar, das nur wie ein Schimmer auf seinem Kopf lag, und gebräunte Haut. Er trug eine graue Hose und ein weißes Hemd, beides perfekt geschnitten, eng natürlich, über seinem sehnigen Sportlerbody. In Begleitung einer raumgreifenden Geste erklärte er mir das immer noch unausgeschöpfte Potenzial meiner Wohngegend. So direkt, unmittelbar und schamlos neben mir ausgesprochen, machte mich das nun doch nachdenklich. Wenn man etwas ausschöpft, ist es danach nicht leer? Eigentlich war ich nicht besonders anfällig für die ganzen Anti-Gentrifizierungs- und Entprivatisierungs-Agitationen, die mir in den letzten Jahren von diversen Initiativen in regelmäßigen Wellen vor den Bug gespült worden waren. Einerseits, weil ich von Wirtschaft nicht viel Ahnung und deshalb den (sicherlich nicht ganz falschen) Eindruck hatte, die komplexe Gemengelage nicht zu überblicken. Und andererseits, weil ich selbst aus einer so dermaßen nicht gentrifizierten Gegend kam, aus einem Viertel, dass antizyklisch zur Entwicklung anderer Wohngegenden definitiv Richtung Verwahrlosung geschlittert war, sodass mir die Gentrifizierung im Vergleich ganz angenehm schien. Killer und ich, wir schätzten das Leben zwischen Cafés mit Barista-geschultem Personal, Restaurants mit Essen aus der ganzen Welt, funktionierenden kleinen Geschäften, Supermärkten mit breitem Bio-Sortiment und gepflegten Grünanlagen. Noch nie hatten wir die muffige Kneipe, den schlecht sortierten Zeitungs- und Zigarettenladen und seinen grummeligen Betreiber oder den blickdicht verklebten Sportwettenladen aus dem Viertel vermisst, aus dem wir kamen und das früher einmal unsere ganze Welt gewesen war.

Kässler redete über Wertsteigerung und Vermögensaufbau, aber ich hörte nicht genau hin, am Rande verstand ich, dass er die Wohnung zum Winter vermieten wollte. Ein Taubenpaar ließ sich neben uns auf dem Geländer nieder und blickte besorgt in unsere Richtung. Kässler machte *Kscht* und wedelte mit der Hand, aber die Tauben ruckelten nur weiter mit ihren Köpfen und formten sich dabei ihr eigenes Bild von uns. Schließlich fragte Kässler noch, wo man hier joggt, wo man gut isst, wo man Wein und Lebensmittel kauft und welche Bars und Kneipen es gibt. Gym bräuchte er nicht, die wichtigsten Geräte hätte er inzwischen selbst.

Seither hörte ich von oben, bevorzugt wochenends am Abend, entweder aufgekratztes Lachen gefolgt von Sexgeräuschen (bei Damenbesuch) oder lautes Alphamännchenpalaver (bei Herrenbesuch) oder laute Musik (vor dem Ausgehen, schlimmes Zeug, das er wahrscheinlich für angesagt hielt). Manchmal den Fernseher oder Beamer mit Surround-Anlage, aber oft war es über längere Zeit auch ganz still und Moritz Kässler nicht anwesend. Wenn ich ihm begegnete, klopfte er mir auf die Schulter, als gelte es, Anerkennung auszudrücken, sah mir in die Augen und sagte: «Hey Wenzel, alles klar?»

Jetzt holte er sich also sein Paket, das schon seit zwei

Wochen bei mir herumlag, ein Karton, bedruckt mit japanischer Schrift. Er strahlte Eile aus, aber irgendwie wollte ich ihn nicht so einfach davonkommen lassen.

«Japan?», sagte ich, das Päckchen betrachtend.

Er nickte und streckte die Hand aus, um es entgegenzunehmen, aber ich behielt es noch in meiner Hand. «Im Urlaub gewesen?», fragte ich.

Jetzt wurde er schon ungeduldig. «Nicht ganz.» Wieder versuchte er, sich sein Paket zu angeln.

«Geschäftlich, ja?»

Er merkte, dass er mir etwas geben musste, bevor er nehmen durfte. «Bisschen Business, bisschen Fun.»

«Gute Mischung!»

«Absolut. Komm gern mal wieder auf einen Drink. Für Samstag hab ich ein paar Freunde eingeladen. Join us!» Und mit einer schnellen Bewegung griff er sich sein Päckchen.

«*Join us*», äffte ich ihn nach, als die Tür wieder geschlossen war, und fühlte mich komisch, aber nicht im Sinne von lustig. Ich tigerte durch die Wohnung, öffnete den Kühlschrank, schloss ihn wieder, öffnete den Vorratsschrank, schloss ihn, öffnete noch mal den Kühlschrank, entnahm ein einsames Ei und haute es in die Pfanne. Wie das Spiegelei da so brizzelte und seine charakteristischen Blasen schlug, fiel mir ein, was eigentlich noch ausstand: das dritte Video.

Sehr schön.

Ich hievte das Ei auf einen Teller, öffnete ein Bier und setzte mich wieder vor den Rechner. Da standen sogar noch die Chips, wunderbar.

Anstelle von Vica war diesmal ein Mädchen zu sehen, eine junge Frau, wie man sie auf Foto- und Videoportalen zu Tausenden sah. Gestylt und geschminkt stand sie da, die langen Haare mit der Lockenschere oder wie auch immer zu Korkenziehern gedreht, in einer wirklich schrecklichen Jeans mit diversen Applikationen und einem glitzernden T-Shirt. «Du hörst, was du denkst», quiekte sie, dann erschienen links und rechts über ihr eingeblendet zwei Wörter beziehungsweise Namen. Einmal «Kirk» und einmal «Larry». Die Namen verschwanden wieder, dann wurde nur «Kirk» eingeblendet, und eine merkwürdig scheppernde Stimme sagte: «Kirk.» Danach dasselbe mit «Larry». «Du hörst, was du denkst», wiederholte die Frau im Glitzershirt, dann wurden beide Namen wieder eingeblendet, und die Stimme sagte: «Kirk», während ich auch auf «Kirk» guckte. Wanderte mein Blick zu «Larry», dann sagte die Stimme «Larry». Ich wechselte ein paarmal erratisch hin und her, dann ließ ich den Blick fest auf Kirk gerichtet. «Kirk», rasselte die Stimme. «Kirk, Kirk, Kirk». Zehnmal. Dann wechselte ich zu Larry. «Larry», schepperte es.

Ich hasste es. Ich wandte den Blick vom Bildschirm ab. «Larry», hörte ich, und merkte, dass der Larry jetzt in meinem Kopf war. Ich konzentrierte mich auf «Kirk». «Kirk», sagte die Stimme.

«Fucking Hölle!», rief ich und griff nach meinem Smarti.

«Killer? Killer, guck dir mal diesen LosVideos-Kanal an von Vica!»

«Ich hab keine Lust, dafür zu blechen.»

«Dann komm her und sieh dir das mal an.»

«Den Hund?»

«Der Hund ist doch der Wahnsinn! Was ist denn das für ein Hund, der so was kann?»

«Hab ich doch schon gesehen.»

«Okeh, hast du schon gesehen. Aber du hast noch nicht gesehen, dass einem das eine Video da in den Kopf guckt.»

«Kannst du das auch etwas genauer beschreiben?»

Ich begann, ihm die Kirk-und-Larry-Geschichte zu erklären, da seufzte Killer in meine Ausführungen hinein: «Ich fass es nicht, Wenzel, das ist doch nun wirklich uralt.»

«Dieses Video?»

«Dieser Trick. Such mal nach McGurk-Effekt. Die visuelle Wahrnehmung dominiert die akustische Wahrnehmung.»

«Was?»

«Die Stimme sagt immer nur dasselbe. Solange du auf eines der Wörter guckst, meinst du auch, genau das zu hören. Du meinst, das zu hören, was du in Wahrheit liest. Lesen ist Hören im Kopf. Das wirklich Gehörte passt du daran an, was du zu hören meinst.»

«Aber es funktioniert auch, wenn ich gar nicht hinsehe!»

«Du siehst die Wörter weiter vor deinem geistigen Auge. Wahrnehmung ist eben nur Wahrnehmung.» Er klang schon wieder müde.

Fahrig suchte ich im Netz nach dem McGurk-Effekt und fand ihn auch. Nur war ich mir danach nicht sicher, ob mich diese Information beruhigen oder erst recht beunruhigen sollte. So leicht war ich zu manipulieren? Ich wollte nicht, dass es so etwas gibt. McGurk, McGurk. Soso. Aber was für einen Effekt hatte dieser Hund abbekommen, bitte schön?

Schon am nächsten Tag bekam ich Gelegenheit zur Klärung dieser und all meiner anderen Fragen. Mein Smarti zeigte eine Textnachricht von Unbekannt: *habe dein portemonnaie. vica*

Ich begann zurückzutexten, löschte die Nachricht und rief stattdessen die Nummer direkt an.

«Ja, bitte.»

«Hallo, Vica, hier ist Wenzel, wegen dem Portemon...»

«Ja, Vica ist gerade beschäftigt.» Tatsächlich war es nicht die tiefe Samtstimme, die mich da unterbrach, sondern etwas völlig anderes, ausgesprochen Schrilles. Kirk und Larry, dachte ich gleich.

«Ich habe gerade eben eine Nachricht von ihr bekommen über diese Nummer. Sie schreibt, sie habe mein Portemonnaie gefunden.»

«Sie ruft zurück.»

Eine halbe Stunde später wurde ich von derselben Nummer zurückgerufen, aber es war nur wieder die Schrillstimme, die mir mitteilte: «Vica ruft heute Abend gegen 21 Uhr an.»

«Okeh», sagte ich. «Dann weiß ich Bescheid.»

Um 20:30 Uhr rief die Person noch einmal an und sagte: «In einer halben Stunde meldet sich Vica.»

Die Sache wurde vorbereitet, als handele es sich um ein Telefonat mit dem Bundeskanzler oder eine Live-Schalte in die Tagesthemen. Schlag 21 Uhr fiepte das Smarti, und Vica war dran, höchstpersönlich und samtstimmig.

Natürlich wollte ich mein Portemonnaie gleich bei ihr abholen, aber sie kündigte an, es mir vorbeizubringen, und zwar in genau 24 Stunden. Früher ginge es nicht.

Ich rief Killer an und erwischte ihn bei seiner Mutter.

«Ist das der Wenzel?», rief die aus dem Hintergrund, als sie mitbekam, dass er mit mir sprach. «Der Wenzel Zahn, hier aus dem Haus?»

«Ja, Mama, der Wenzel.»

«Ach, habt ihr noch Kontakt, ja?»

«Ja, Mama, immer schon, weißt du doch.»

«Das finde ich schön! Grüß ihn bitte.»

«Grüße von meiner Mutter.»

«Danke, Grüße zurück. Morgen Tischtennis?»

«Mal gucken. Ich übernachte hier. Sonst nächste Woche.»

«Oder komm doch morgen Abend zu mir. Gegen neun kommt tatsächlich diese Vica hierher und bringt mir mein Portemonnaie. Hatte ich wohl im Taxi gelassen. Ich koch uns was! Spaghetti bolognese!»

«Lieber Arrabiata.»

«Arrabiata? Nicht Bolognese? Na gut, Arrabiata soll es sein!»

Ich freute mich darauf. Ich nahm mir vor, dass wir einen allerfeinsten Abend verbringen würden, old Killer und ich. Aufgepeppt von einer kurzen Vica-Sichtung.

Das neue Schmale hatte sich in Killers Erscheinung weiter ausgebreitet, aber er aß seine Portion Arrabiata mit Appetit. Ich hatte mit Chili nicht gespart, und mir tränten darüber die Augen, aber Killer ließ sich nichts anmerken. Beim Würzen hatte ich mir schon ausgemalt, wie er unter Tränen *Ey, Alter! Gar nicht scharf, deine Soße!* rufen und wir uns einen Wettbewerb darin liefern würden, möglichst unbeeindruckt weiterzuessen, aber nun ging die ganze Ladung Chili einfach unbemerkt an Killer vorbei. Er besiegte mich in der von mir ausgerufenen Disziplin, ohne sich auch nur im Wettbewerb zu wähnen. Das war beeindruckend, aber auch ein bisschen öde.

Nach dem Essen interessierte es mich, wie es seinem Körper ging, die Blitze, der Tinnitus beziehungsweise das Übergehör, aber er hatte wenig Lust, über sich zu sprechen. Stattdessen war nun er es, der mir ein Video präsentierte. Ein Kollege von ihm hatte es irgendwo verlinkt. Wie ich sah, hatte es Tausende von Likes und Hunderte Kommentare. In dem Film ging es um eine rumänische Putzfrau, die in einer Anlage mit privaten Luxus-Ferienwohnungen Böden und Toiletten wischte. Man sah sie im Hintergrund beim Schrubben, in blauem Kittel und pinkfarbenen Fake-Crocs, während im Vordergrund irgendwer beschriftete Zettel in die Kamera hielt, aus denen hervorging, dass dies hier Liana sei. Seit Bestehen dieser herrlichen Ferienanlage sorge Liana mit unermüdlichem Eifer dafür, dass alles in Ordnung bleibe. Dafür erfreue sie sich mit ihrem «großen Lächeln» immenser Beliebtheit bei allen Besitzern. Aber das letzte Jahr sei hart gewesen für Liana. Ihr Mann war gestorben, und ihre Schwester, mit der und deren Kindern sie zusammenwohnte, wurde krank. Nun wolle man ihr etwas Gutes tun.

In der nächsten Einstellung betrat ein Mann vom Typ Immobilienmakler zusammen mit Liana eine frisch ausgebaute Dachwohnung in der Anlage und führte sie nach Maklermanier darin herum, pries die Böden, das große Bad, die Terrasse. Mit einem Putzeimer in der Hand folgte Liana dem Mann, nickte anerkennend, lächelte, musterte aus dem Augenwinkel die Fenster nach ihren eigenen Kriterien, danach, wie gut oder wie aufwendig sie zu reinigen waren. Der Mann setzte zu einem Monolog darüber an, welch gute, harte Arbeit Liana hier seit vielen Jahren in der Anlage leiste, wie viele Überstunden sie gemacht und dabei immer noch ein Lächeln für alle übrig habe. Sie hörte es sich leicht verdattert an. Weiter sagte der Mann, dass aber auch durchgesickert sei, was für schwere Zeiten sie hinter sich habe (worauf Liana erst traurig, dann erschrocken guckt – will man sie feuern?) und dass die Eigentümergemeinschaft sich deshalb erkenntlich zeigen und ihr etwas Gutes tun möchte. Dann präsentierte er ihr einen Vertrag und ein paar Schlüssel und verkündete, dass sie diese Wohnung für die kommenden zwei Jahre bewohnen dürfe, sie müsse nichts tun und nichts zahlen, nur einmal unterschreiben. Liana hält sich die Hände vors Gesicht, Tränen treten ihr in die Augen. Der Putzeimer mit den gelben Gummihandschuhen und den Lappen wackelt in ihrer Hand, während sie schluchzt. Der Mann macht einen Scherz: «Sie brauchen dann wohl eine Putzfrau!» – beide lachen, sie wischt sich die Tränen aus den Augen, sieht sich ungläubig um, legt eine Hand aufs Herz und sagt: «Ich kann kaum glauben.»

Killer sah mich an. «Was sagst du dazu?»

Ich wusste nicht, worauf er hier hinauswollte. «Was soll ich dazu sagen? Kitsch. Verlogener Kitsch.»

Da umarmte er mich und wiegte mich in seinen Armen hin und her, hielt mich an den Schultern fest wie ein stolzer Vater, strahlte und sagte: «Danke! Danke, Wenz, ich bin so froh.»

Okeh.

«Ich finde das so schrecklich», sagte er. «Diese scheinheilige Wohltätigkeitsinszenierung. In zwei Jahren zieht sie wieder um und putzt dann die Wohnung, die mal ihre war, wie alle anderen auch, und macht Überstunden und lächelt dabei ein großes Lächeln. Aber das Schlimmste», er wies auf den Bildschirm: «die Kommentare. Guck: *Wie wunderbar! Es gibt doch noch das Gute auf der Welt! – Ich weine mit Liana vor Glück! – Ich bin ein gestandener Mann und musste wei-nen – Einfach nur wunderbar! – Gott segne diese großzügigen Menschen! – Sie hat es sich absolut verdient! Respekt für diese gute Tat! – Es gibt noch Menschen mit Herz – Wow. Einfach nur wow*; und so weiter und so weiter, alles voller Herzchen und dankender Hände. Wenn man ganz weit runterscrollt, kommt irgendwo auch mal ein vorsichtiger Einwand, warte mal, finde ich jetzt nicht, Moment.» Killer suchte die Kommentarspalte ab.

«Hier: *Na ja, hätte man ihr nicht anders sinnvoller helfen können? Und was macht sie in zwei Jahren?* Und dann die Reaktionen darauf: *Manche Leute finden immer was zum Nörgeln. – Da tun Menschen mal was Gutes, und du suchst das Schlechte darin, wie erbärmlich! – WAS HAST DU FÜR EIN PROBLEM, TRAURIG!* Etc., etc.»

Killer hob die Arme zur Decke und rief: «Aaaahhhhh!»

Ich verstand schon, was er meinte, begriff aber seine Aufregung nicht. Das war ein bisschen *too much*, da kannte ich ganz andere Kaliber, Internetwahnsinn war mein täglich Brot. Mal ganz davon abgesehen, dass dieser Abend zum Biertrinken und Rumlabern vorgesehen war.

«Was macht der Tinnitus?», fragte ich, und genau in das Wort *Tinnitus* hinein klingelte es an der Tür. Es war 21 Uhr. Punkt 21 Uhr.

In Begleitung einer sehr jungen Frau, und zwar jener, die in dem Video mit dem McGurk-Effekt zu sehen war, kam Vica zu mir hereinspaziert. Ich hatte mir die Sache so vorgestellt, dass sie mir mein Portemonnaie übergeben und dann wieder gehen wollen, woraufhin ich sie dann hereinbitten würde, aber das war offenbar nicht nötig.

«Das ist Jez», sagte Vica mit nachlässiger Geste und flackerndem linkem Auge und meinte die Begleiterin. Jez trug ihre Haarpracht heute locker hochgebunden. Auf den langen, künstlichen Fingernägeln prangten Glitzersteine in verschiedenen Farben, ihre Füße steckten in ultramarinblauen Highheels, und sie schleifte eine immens dichte, süße Parfümwolke mit sich herum. Vica hingegen sah ich zum ersten Mal nicht im goldenen Kleid. Sie trug einen sehr eleganten dunklen Anzug. Nur ihre goldenen Kreolen waren wieder mit von der Partie.

Ich stellte den beiden Killer vor, aber als Marco. Es war eine jener Gelegenheiten, bei denen ich mir nicht sicher war, ob ich Marco sagen sollte oder Killer, so wie man sich manchmal unsicher ist, wann man eine Person duzt oder siezt. Killer erhob sich vom Sofa, und beide, Vica und Jez, traten an ihn heran und reichten ihm sehr klassisch und formell die Hand. Von oben drang Partygeklingel durch die Decke. Dann zog Vica aus der Innentasche ihres Jacketts (Jacketts für Damen hatten selten Innentaschen, soweit ich informiert war) mein Portemonnaie und legte es auf den Tisch.

«Hatte ich es also doch im Taxi liegen lassen», sagte ich.

«Nein», sagte Vica.

«Nein? Wo denn dann?»

«Sie hatten es nie hervorgeholt, also konnten Sie es auch nicht liegen lassen. Im Übrigen war das mein Auto und kein Taxi.»

Das war jetzt schon wieder ausreichend seltsam, aber ich konzentrierte mich und blieb mit der korrekten Frage am Ball: «Und wo war es dann?»

«In Ihrer Hosentasche.»

«Da haben Sie es ja aber nicht her.»

«Doch.»

«Sie haben mir mein Portemonnaie aus der Hosentasche gestohlen?»

«Gestohlen!», kreischte Jez dazwischen. «Was für ein großes, böses Wort!»

«Und wie nennt man das sonst?»

Wieder antwortete Jez: «Wie man es nennt, wenn jemand etwas nimmt *und dann gleich wieder zurückgibt*? Stehlen ja wohl nicht!»

«Geliehen», ergänzte Killer freimütig, während Vica tat, als ginge sie das nichts mehr weiter an.

«Was geht da oben ab?», fragte Jez nun.

«Mein Nachbar hat Gäste.»

«Party?»

«Anscheinend.»

«Und da hat er dich nicht eingeladen?»

«Doch. Er hat mich auch eingeladen.»

«Und warum bist du nicht dort?»

«Zum Beispiel weil ich hier auf mein Portemonnaie gewartet habe.»

«Ja dann», sie deutete eine fürchterlich affektierte Tanzbewegung an. «Das haben wir ja nun erledigt. Auf zur Party!»

«Ich wollte hier eigentlich mit Marco ...»

«Schon okeh, Wenz», sagte der. «Wir können da gerne mal vorbeischauen, ist doch schließlich dein Nachbar.»

Ich hatte wirklich gar keine Lust dazu jetzt, von der Dreistigkeit, da ungefragt zu viert zu erscheinen, mal ganz abgesehen, aber alle anderen setzten sich nach dieser Ansage von Killer ganz selbstverständlich in Bewegung. Vica legte mir sanft eine Hand auf die Schulter und gurrte: «Na, kommen Sie. *Join us.*»

«Hallo», stammelte ich, als Kässler die Tür öffnete. «Ich hatte deine Einladung ganz vergessen und gerade selber ein paar Freunde bei mir, aber wir wollten einfach mal Hallo sagen ...»

«Super, super! The more the merrier!»

«Das sage ich auch immer!», kreischte Jez. «Genau mein Motto!»

«Ein top Motto», sagte Kässler und wir folgten ihm in sein Terrassenzimmer, wo Damen im kleinen Schwarzen und einige Moritz-Kässler-Klone in Anzügen mit Sekt- und Cocktailgläsern herumstanden wie in der Karikatur von einer Cocktailparty. Aus den Lautsprechern kam chillige Musik, Ibiza-Lounge-Club-Bar-Soße, mir jetzt gerade nicht unangenehm, ein sanfter Klangkokon, der eine Verantwortung von meinen Schultern nahm, von der ich gar nicht wusste, wie sie da hingekommen war, und ein willkürliches Drifter-Zitat schoss mir durch den Kopf: *Ich gebe mich lässig, aber ich bin es gar nicht. Ich misstraue dem Lässigen sogar. Ich misstraue dem Internet und den Büchern. Ich misstraue der Wurst und dem Salat.*

Moritz Kässler sagte in den Raum hinein: «Meine Nachbarn», was ja nur zu einem Viertel stimmte; außerdem fragte ich mich, ob diese Information dazu dienen sollte, um vor seinen *executive friends* die Freakshow zu rechtfertigen, die wir eventuell abgaben. Man guckte halb interessiert, halb irritiert vor allem auf Jez, die gleich mit ihren Nagelstudionägeln im Beat schnipste und sich das ihr angereichte Glas Champagner zügig in den Hals kippte.

«Top Buuude!», rief sie, eine andere Stimmlage als schrill schien sie nicht zu können. Moritz Kässler störte es nicht, er rechnete sich vielleicht schon seine Chancen aus. Vica in ihrem Anzug passte auf den ersten Blick ganz gut in das Szenario. Auf den zweiten aber gar nicht. Gemessen, beinahe herrschaftlich schritt sie durch den Raum hindurch auf die Terrasse hinaus und grüßte auf ihrem Weg freundlich nach links und rechts. Dann stand sie da, ans Geländer gelehnt, im letzten Licht des Sonnenuntergangs, eine dunkle Silhouette vor rotem Glühen, nur die goldenen Kreolen erleuchtet. Killer und ich folgten ihr und blickten von dort über das Geländer hinaus über die Straßen und auf die Dächer.

In mir regte sich der Wunsch, Killer würde Vica, Jez und allen anderen hier ihren Comic- oder Tier-Pendants zuordnen. Bei Vica tippte ich auf Rabe, aber man wusste nie, was Killer daraus machen würde, er konnte es einfach besser. Leider kam nichts dergleichen von ihm. In der Hoffnung, jetzt endlich mal zum Zuge zu kommen, listete ich im Kopf schon meine Fragen an Vica auf, wobei mich aber das Gespräch zweier Gäste ablenkte. Zwei Männer waren es, ein blonder und ein brünetter, und ihr Lieblingswort war irritierenderweise *geil*. Dieses und jenes Portfolio hatte geil performt, einer hatte eine ziemlich geile Vision für einen Merger, ein Auto war bisschen prollig, aber geiles Fahrfeeling. Manches war aber auch *superspannend* oder *nice*. Kurz und gut, sie redeten wie Jugendliche von vor zehn Jahren oder, im Falle von *geil*, von vor vierzig Jahren beziehungsweise auch gar nicht wie Jugendliche, sondern wie Leute, die *superspannend* sagen. Wer immer die nun wieder waren.

Dann aber interessierte mich die Konversation auf einmal, denn jetzt ging es in plötzlich gedämpfter Tonlage darum, dass die Freundin *vom Neukirch*, die dieser vor Jahren offenbar *dem Strasser* ausgespannt hatte, nun wieder zum Strasser zurück sei. Und der Neukirch war jetzt wegen Burnout in der Reha.

«Der hat kein Burn-out, der hat Liebeskummer», sagte der Brünette, und ich war überrascht, dieses etwas altmodische Wort von ihm zu hören, er hätte ja auch sagen können, der hat voll Heartbreak. Jedenfalls stellte ich sie mir sofort alle vor, *den Strasser*, *den Neukirch* und *die Freundin*, sah sie wie in einer Boulevardkomödie nacheinander auftreten und ihre Texte aufsagen. («Ich bin der Strasser. Ich hatte eine wunderschöne Freundin. Aber der Neukirch, das Schwein, hat sie mir ausgespannt.» – «Ich bin der Neukirch. Ich hab mich in die wunderschöne Freundin vom Strasser verliebt. Die war viel zu gut für den. Sie sollte mein sein!» – «Ich war zuerst die Freundin vom Strasser. Dann kam der Neukirch, und ich verließ den Strasser. Aber jetzt habe ich den Neukirch verlassen und bin wieder beim Strasser, und der Neukirch liegt mit Heartbreak in der Reha.») Und sofort dachte ich mir: Was dieser blöde Strasser kann, das kann ich doch auch! Ich konnte die Hoffnung einfach nicht aufgeben.

Das Gespräch endete damit, dass der Blonde sagte: «Guck mal. Ist das nicht Ludovica Malabene?»

«Kenne ich nur dem Namen nach», meinte der andere. «Ist das die mit den krassen Finanztipps?»

«Genau. Die versteckt krasse Anlagetipps in Schminkvideos.»

Damit schlichen sie an mir vorbei auf Vica zu, und kurz darauf bildeten wir gemeinsam ein Grüppchen, Vica, Killer, die beiden Typen und ich. Vica überragte uns alle, und von dort oben blickte sie auf uns herab wie die gestrenge Vorsitzende einer Prüfungskommission. Entsprechend traute sich keiner der beiden, sie direkt anzusprechen, und man fragte lieber unverbindlich in die Runde: «Und, was macht ihr so?»

Weil daraufhin eine peinliche Pause entstand, antwortete ich schließlich: «Medien. Rundfunk.»

«Oh», sagte der Brünette und machte so ein Gesicht. Ich kannte dieses *Oh* und dieses Gesicht, sie sagten: Sieh an, du bist also einer von *denen*. «Cool. Irgendwo angestellt? Oder frei?»

«Ich bin beim öffentlich-rechtlichen Landessender.» Und bevor jemand auf die Idee kommen könnte, zu fragen, welches Ressort oder *Radio oder Fernsehen*, fügte ich hinzu: «Ich moderiere Kommentare und Leserforen.»

Freundliches Nicken. Dann noch die andere typische Nachfrage, hier vom Blonden: «Was hat man da für einen Background?»

«Da gibt es keine spezielle Ausbildung für. Ich bin abgebrochener Publizist.»

«Na, das klingt doch ganz passend.»

«Und ihr seid Kollegen von Moritz Kässler?»

«Ehemalige Kollegen. Moritz ist ja schon lange freier Consultant. Wir waren früher mal zusammen bei Pecker, aber da bin ich jetzt auch nicht mehr, ich bin jetzt im Management von LifeModules, das ist so ein ...»

Aber das musste er mir nicht erklären. «LifeModules! Kenn ich. Ich hab früher im Studium für so einen Veranstaltungsservice gearbeitet, die haben viel mit LifeModules gemacht, da hab ich oft bei den Kongressen gejobbt.» Es handelte sich um eben jenes dubiose Diätpulver-Unternehmen, bei dessen Veranstaltungen ich damals Ina und Clara kennengelernt hatte. «LifeModules.» Ich grinste. «Sehr interessant. Spielt man da immer noch ‹Simply The Best› und zeigt sich gegenseitig seine Hosen und Uhren?»

«Es läuft ziemlich gut», antwortete der Blonde frostig und fügte dann hinzu: «So als Hostess hast du da gejobbt, ja?»

Damit wollte er sich nun also revanchieren. «Ja», sagte ich. «Genau. Als Hostess.»

Grund genug für ihn, sich von mir ab- und anderen zuzuwenden. Sein Blick wanderte zu Vica. «Und du, kann es sein, dass ...»

«Ja», sagte Vica. Ihr rechtes Auge blickte auf ihn hinab, das linke flirrte in die Tiefen des Raums.

«Ich habe deinen Kanal abonniert.»

«Wunderbar. Wie hat dir mein letztes Video gefallen?»

«Das mit dem Raben und den Ringen?»

«Das war nicht das letzte.»

«Ah, dann habe ich das neue noch nicht ...»

«Es gibt schon zwei neue seitdem.»

«Umso besser, werde ich mir heute vorm Schlafengehen noch ansehen. Und, gibt es da auch wieder interessante, äh, wirtschaftliche Hinweise?»

«Selbstverständlich.»

«Hier», Killer hatte jetzt sein Smarti hervorgeholt. «Ich zeig euch auch mal ein Video.»

«Vorher müssen Sie uns aber noch verraten, was *Sie* beruflich machen», sagte Vica zu Killer. Darauf schien der nun gerade gar keine Lust zu haben. «Äh, ich bin bislang noch bei Abaddon.»

Was meinte er mit *bislang noch*?

«Abaddon», der Blonde nickte, «da kenne ich auch jemanden. Welche Abteilung?»

«Marketing.»

«Ach so, nee, der ist Mergers und Acquisitions.»

«Was meinen Sie mit *bislang noch*?», fragte Vica.

«Ich habe zum Monatsende gekündigt», sagte Killer.

Ich dachte, ich höre nicht richtig. «Wie bitte?»

Entschuldigend sah er mich an. «Wollte ich dir heute erzählen.»

«Was Besseres in Aussicht?», fragte der Brünette.

«Nein.» Killer kratzte sich am linken Oberarm, wo ich einen leicht verblassten Blitz entdecken konnte.

«Sabbatical?», fragte der Blonde. «Mal mit dem Jeep durch Australien?»

«Oh Gott, nein.»

Ratlos sahen wir ihn an, der Brünette, der Blonde und ich.

«Ich hab keine Ahnung, okeh?», polterte er. «Hauptsache, ich bin da erst mal raus, ich kann den Mist nicht mehr ertragen. Diesen ganzen Quatsch. Nie: Wie machen wir es gut, wie machen wir was Gutes. Einen guten Snack für den Schulranzen. Immer nur: Wie verpacken wir den minderwertigen Dreck, den wir so billig wie möglich produzieren, hinterher so, dass Kinder ihn im Schulranzen haben wollen und die Eltern ihn auch kaufen.»

So, dachte ich, jetzt ist es amtlich: Bei Killer hatte sich was verschoben. Es ist nicht so, als hätte er nicht mehr alle Tassen im Schrank. Aber er hat das Geschirr neu sortiert.

«Und letztens hatten wir so ein Teamding, so einen Grenzerfahrungsscheiß, so angeseilt überm Abgrund hängen.»

«Kenne ich!», riefen Blonder und Brünetter gleichzeitig. «Total geil.»

«Totaler Scheiß. Mein Kollege hat Panikattacken seitdem. Wer braucht Grenzerfahrung, um Schokoriegel und Wurstpralinen zu verkaufen? Das ist alles Bullshit. Bullshit, der anderen Bullshit rechtfertigen soll, kilometerhoch übereinandergeschichtete Bullshitsedimente.»

«Und jetzt das Video», sagte Vica, und alle atmeten auf.

Ich nicht.

Killer zog sein Smarti aus der Hosentasche, ein neues, teures Smarti, vor einem halben Jahr gekauft, danach einen Monat lang sein Lieblingsspielzeug, danach wieder vornehmlich Gerät für den Austausch von Textnachrichten und lustigen Bildern. Jetzt aber Minifernseher. Wir scharten uns davor, der Brünette setzte die Brille auf. Wir sahen den Mann im Anzug, ähnlich den Männern hier, und Liana, die Putzfrau. Beim zweiten Ansehen erschien es mir deutlich schlimmer als beim ersten, ich sah die tiefe Erschöpfung im Gesicht von Liana, die wahrscheinlich älter aussah, als sie war, erschöpft vom viel zu frühen Aufstehen, von anstrengender Arbeit, Existenzängsten, Verantwortung und Trauer, und davon, dies alles mit einem «großen Lächeln» zu bemänteln, damit kein Schatten dieser Erschöpfung auf die Besitzer und Besitzerinnen und Bewohnerinnen und Bewohner der herrlichen Häuser und Apartments falle. Und natürlich entwickelte sich die Vorführung dieses Theaters hier und jetzt in die schlimmstmögliche Richtung. Eine Frau, augenscheinlich die Frau oder Freundin des Brünetten, hatte sich zu uns gesellt. Der Brünette hatte einen Arm um sie gelegt, er schürzte jetzt zum Ende des Films die Lippen und sagte:

«Wow.» Die Frau applaudierte. Der Blonde machte ebenfalls dieses Lippenschürzen, nickte und sagte: «Klasse Geste. Respekt.»

Killer starrte sie mit offenem Mund an, er hatte tatsächlich nicht damit gerechnet, warum auch immer. Ich seufzte. Killer, was machst du hier, was ist los mit dir, wo ist deine *Weltklugheit* geblieben? Und dein *Swag*? Alter. Ich fühlte mich einsam.

Immerhin sagte Vica nichts und zeigte auch sonst keine emotionale Regung. Sie stand da mit ihrem Glas und beobachtete die Szene von ihrem erhöhten Posten aus mit gemäßigtem Interesse, nur ihr linkes Auge flackerte begeistert.

«Euer Ernst?» Killer klang brüchig.

«Ja, klar! Super Sache. Extrem cool.» Der Blonde. Brünett und Freundin nickten dazu und murmelten Bestätigendes («Absolut. Hammer.»).

Weder sie noch Killer waren sich klar über das vorliegende Missverständnis. Sie dachten noch, Killers Erstaunen bedeutete, dass er, der gerade dazu referiert hatte, aus welchen systemkritischen Gründen er seinen gut dotierten Job schmiss, ihnen, den gut dotierten anderen, den karitativen Impuls nicht zutraute, den sie hier am Werk sahen. Während Killer seinerseits nicht erkannte, dass sie das eben so dachten, dass sie meinten, sich hier mit ihrer Zustimmung zu dem Video aufeinander zuzubewegen, was ihre Reaktion noch verstärkte, diesen Affekt, jetzt hier zeigen zu wollen: Hey, wir haben doch auch ein Herz!

«Aber alles daran ist verkehrt!», röchelte Killer.

Man sah ihn verwundert an.

«Dieses ganze Video. Dass die überhaupt so ein rührseliges Video dazu raushauen. Was soll das? Ist sie damit einverstanden? Was haben sie vorher getan für Liana? Was wird nach den zwei Jahren aus ihr? Und dem Rest der Familie? Und all den anderen Lianas? Es geht gar nicht um die Frau, es geht nur um das doofe Video und diese pseudokaritative Selbstinszenierung!»

«Boah», schnaubte die Freundin des Brünetten. «Dein Ernst jetzt? Dann kann man ja niemandem mal was Gutes tun, wenn das die Kriterien sind. Dann reicht es ja nie.» Der Blonde und der Brünette signalisierten Zustimmung.

Killer wandte sich um und sah in die andere Richtung, über das Terrassengeländer, die Dächer, hinunter auf die nächtliche Straße. Vor dem Hauseingang gegenüber kotzte ein Mädchen ihren vielleicht ersten Alkoholrausch aus, während ihre Freundin sie mit einem Arm stützte und ihr mit der anderen Hand die Haare aus dem Gesicht hielt. Die Freundin des Brünetten kommentierte die Szene mit einem «Uhhh», und es hätte einen Ausweg für alle Beteiligten eröffnen können, aber Killer nahm jetzt sein Smarti, fuhr herum und schmiss es mit aller Kraft auf den Steinboden der Terrasse, und als alle betreten auf das zersplitterte Display blickten, machte Killer einen Satz und sprang ausgiebig auf dem Gerät herum, dass es knirschte. Danach beruhigte er sich etwas. In die entgeisterte Stille hinein trat er noch mal kräftig mit dem Hacken zu und verschwand von der Bildfläche.

Leblos und übel zugerichtet lag er da auf dem Boden, dieser Apparat, der doch mit all seinen Funktionen eine Art Nebenstelle von Killer bildete. Seine Kontakte speicherte, seine Termine, Notizen, Fotos, Kontoführung, Schrittzähler, Korrespondenz. Vorsichtig sammelte ich ihn auf, er kam mir vor wie ein fragiles Artefakt aus der Antike. Gleichzeitig das lebhafteste Zeichen dafür, dass etwas mit Killer passierte.

«Wild wie ein Tulpenbeet und süß wie der Tag», sagte Vica jetzt völlig zusammenhanglos. Das klang nicht nach ihr, und das war auch nicht von ihr. Das war nämlich ein Zitat von Drifter.

Drinnen hatte man nichts mitbekommen von Killers Anfall. Vom Hellen konnte man schlecht hinaus ins Dunkle sehen, obwohl es auch nicht sehr hell war drinnen, nur indirekt beleuchtet. Aber das war auch nicht der einzige Grund. Man war dort mit anderen Dingen beschäftigt. Moritz Kässler trug auf dem Kopf eine grün schimmernde Glasschale, die vorher vielleicht noch Chips beherbergt hatte oder einen Salat, und in der Hand, wie ein Zepter erhoben, eine Fusselrolle. Alle anderen sahen ihn gebannt an, offenbar hatten sie ihm gerade noch zugehört. Auf dem Sofa fläzte sich Jez. «Und jetzt gib die sprechende Fusselrolle weiter an die nächste Person», sagte sie, worauf Kässler seine Gäste reihum musterte wie ein Inspektor auf der Suche nach dem Schuldigen und schließlich die Fusselrolle einer Frau überreichte, die sie ehrfürchtig entgegennahm. Während ich den Raum durchquerte, winkte mir Jez mit ihren langen bunten Nägeln.

Irrigerweise war ich davon ausgegangen, Killer unten in meiner Wohnung anzutreffen, aber natürlich ging das nicht, er hatte ja keinen Schlüssel. Unten auf der Straße sah ich ihn nicht, und ich holte ihn auch nicht ein. Anrufen ging nicht mehr.

So lief ich den Weg bis zu ihm nach Hause und war froh, als er auf mein Klingeln an seiner Tür durch die Sprechanlage antwortete. «Warte, ich komm runter.»

Ich wartete, und er kam runter. Wir steuerten die Baulücke mit dem Spielplatz an, wo sich unsere notorische Tischtennisplatte befand, um uns dort auf eine Bank zu setzen. Unterwegs holte ich mir noch ein Bier im Späti, Killer wollte nichts. Als ich mein Bier bezahlte, fand ich in meinem Portemonnaie einen blitzeblanken, nigelnagelneuen gelben 200-Euro-Schein vor. Ich zog ihn heraus und begutachtete ihn unter den interessierten Blicken des Verkäufers. Er wirkte echt.

«Können Sie den mal prüfen?», fragte ich.

«Das kann ich nicht wechseln.»

«Nicht nötig, nur prüfen. Haben Sie nicht so ein Gerät?»

Er legte den Schein in ein kleines Prüfgerät und sagte: «Is echt.»

Keine Sekunde lang hatte ich befürchtet, aus meinem Portemonnaie könnte etwas fehlen. Ich hatte aber auch nicht damit gerechnet, dass etwas hinzugekommen wäre.

Angesichts der sowieso schon prekären Lage beschloss ich, diese Information nicht gleich an Killer weiterzugeben, diese Abstrusität nicht noch auf die anderen zu schichten, die sich sowieso schon zu einem untrennbaren Laminat zu verleimen drohten. Als ich mit meinem Bier aus dem Laden kam und ihn da stehen sah, ein bisschen schief und reichlich verloren, aber eindeutig mein Killer, Marco Killmann, the Kill, der Overkill, wollte ich ihn am liebsten in den Arm nehmen und tat es dann auch. Killer umarmte mich zurück, und dann gingen wir zu der Bank neben unserer Tischtennisplatte und setzten uns und sagten eine Weile nix. Ich beschloss, darauf zu warten, dass er anfängt.

Was er schließlich tat.

«Ich weiß, was du denkst. Du denkst, ich habe einen Schaden abbekommen durch den Blitzschlag und ruiniere gerade mein Leben. Aber so ist es nicht. Es stimmt schon, dass ich erst mal klarkommen muss gerade. Aber ich weiß schon, was ich tue und dass es richtig ist.» Er machte eine Pause und hob die Hände leicht an, wie um zu sagen: Das mal vorausgeschickt.

«Verstehe. Aber. Es ist dir auch klar, dass einer, der auf seinem Tausend-Euro-Smarti rumspringt, nicht gerade besonnen wirkt?»

Er nickte.

«Ja, daran muss ich arbeiten. Wie gesagt, ich versuche klarzukommen.» Vor uns hüpfte trotz nächtlicher Stunde ein Spatz hin und her und sah uns an, als hätte er auch etwas zu sagen zum Thema. Killer beobachtete ihn. «Ist dir schon aufgefallen, dass die Vögel komisch gucken in letzter Zeit?»

«Warst du noch mal beim Arzt?»

Er schüttelte den Kopf. «Ich brauche keinen Arzt. Es geht mir gut. Du glaubst, du kennst Ursache und Wirkung. Ursache ist Blitz, Wirkung ist Killer flippt aus. So siehst du das. Aber Ursache und Wirkung, dahinter steht ein zeitliches Konzept. Und Zeit ist wichtig als gesellschaftliches Organisationsprinzip, wichtig und komplett legitim, aber Zeit ist keine reale Dimension.»

«Alter.»

«Ich weiß! Ich weiß, wie das für dich klingt.»

«Dann sprich bitte so, dass ich dich nicht für irre halten muss.»

«Ich weiß nicht, ob das geht.»

«Wie, bist du jetzt ein Erleuchteter? Ein vom Blitz Erleuchteter, der mit mir Normalo nicht mehr auf Augenhöhe kommunizieren kann?»

«Nein!» Er erregte sich schon wieder. «Ich bin überhaupt nicht erleuchtet, im Gegenteil, ich bin verwirrt!»

«Hast du das nicht eben noch bestritten?»

Er seufzte. «Du denkst immer noch, es liegt an dem Blitz. Der Arzt würde das auch denken.»

«Das liegt doch aber auch nahe! *Seit* dem Blitzschlag bist du verändert, sagst selbst, du fühlst dich verwirrt. *Vorher* warst du es *nicht*.»

«Siehst du, du redest schon wieder von *Zeit*.»

Ich rang meine Hände, gleich würde *ich* hier einen Anfall bekommen. «Und wovon zum Teufel redest *du*?»

«Von einer Zäsur.»

Das war also die Lage, in der wir uns befanden.

Zu Hause ergänzte ich meine Vica-Frageliste um die Punkte:

– Drifter-Zitat?
– 200-Euro-Schein?

Killers Umzug, zurück in den Ranunkelring, war für mich ein Tiefpunkt. Die Miete für seine Wohnung hier im Viertel wurde ihm zu teuer, und seine Mutter brauchte Hilfe. In den Häuserblocks am Stadtrand herrschte kein Wohnungsmangel wie in den meisten anderen Teilen der Stadt, und so fand er direkt auf der Etage seiner Mutter eine Wohnung zur Hälfte des Preises seiner vorherigen. Er war guter Dinge, ich aber fand das alles unendlich deprimierend. Nicht nur, weil ich ihn aus meiner Nachbarschaft verlor. Ich schauderte bei dem Gedanken, dass Killer neben seiner alten Mutter wohnen würde, in jenem Haus, in dem wir beide aufgewachsen waren; eine fürchterliche, albtraumhafte Vorstellung. Eine Reise zurück an einen Ort, dem ich für immer entkommen glaubte, wo der Staub in den Ecken noch die endlose Langeweile von verregneten Wochenenden aufbewahrte, aus Zeiten eines unverstandenen, abhängigen und fremdbestimmten Daseins.

Killer bat nicht um Hilfe beim Umzug, er hatte ein Unternehmen beauftragt. Irgendwie wollte ich aber trotzdem helfen und stand dann während des Umzugs unnütz im Weg herum, während robuste Möbelpacker lautstark hin und her eilten und die Möbel gegen die Wände vom Treppenhaus anstießen. Zum Ausladen in den Ranunkelring fuhr ich dann nicht mehr mit.

Meine Eltern waren vor ein paar Jahren umgezogen, nach dem Brand. Sie hatten einen Kredit aufgenommen und sich ein Reihenhäuschen gekauft, gar nicht mal weit, vielleicht eine Viertelstunde Fußweg entfernt vom Ranunkelring, aber doch in einer anderen, einer grüneren, dörflicheren und solideren Welt, in der es ein Gärtchen zu bewirtschaften gab und einen Keller zum Einlagern von selbst eingemachter Marmelade und Grillabende mit den Nachbarn. Meine Mutter hätte sich auch einen Umzug in die Innenstadt vorstellen können, ihr gefiel es, wie ich hier wohnte, zwischen Cafés und kleinen Läden und bunten Mini-Kitas. «So mittendrin», wie sie sagte, aber mein Vater wollte unbedingt Garten und Keller. Die neuen Nachbarn waren größtenteils spießig (ein Begriff, zu dem mein Vater sowieso keinen Bezug hatte), aber harmlos. Und das war schon viel wert, nach dem ganzen Ärger mit den Baumanns, die sich jede Nacht angeschrien und manchmal im Suff geprügelt hatten, und Herrn Weber von untendrunter, dessen Zigarettenrauch ihnen immer in die Wohnung gezogen und der schließlich mit brennender Kippe eingeschlafen war und den Brand ausgelöst hatte. Zuletzt war im siebten Stock auch noch dieser voll tätowierte Russe eingezogen, bei dem jeden Monat eingebrochen wurde, und zwar von anderen Russen, und die Ewerts im elften hatten die Wohnung ihrem Sohn überlassen, Dennis, ein paar Jahre jünger als ich, von dessen Drogenproblemen sie wussten oder auch nicht und der einmal kaum ansprechbar im Fahrstuhl kauerte und dort so lange hoch- und runterfuhr, bis die ältere Tochter der neu zugezogenen irakischen Familie aus dem zehnten zustieg und den Notarzt rief.

Es war kurz nach Killers Umzug, als der Sender unsere ganze Abteilung in vorübergehende Heimarbeit schickte, wegen Renovierungen. Zuerst jubelte ich, stand eine Stunde später auf und setzte mich dann mit dem Laptop und einer Tasse Kaffee aufs Sofa. Auch musste ich nun nicht mehr fürchten, Gesine zu begegnen. In der zweiten Woche vermisste ich den persönlichen, optischen und akustischen Kontakt zu diesem speziellen Grüppchen ausgefranster Persönlichkeiten, die meine Kollegen im Community-Team waren. Adele und Peri und Lutz und noch ein paar andere. Zwar hatten wir alle diese Kommunikationsplattform installiert, auf der wir uns neue lustige Namen geben und wechselnde Profilbilder hochladen konnten, aber es fehlte die Verbundenheit im täglich kollektiv zur Schau gestellten Schmerz; das Augenrollen, das verzweifelte Händeringen, die auf dem Tisch zwischen den Armen vergrabenen Gesichter, tiefe Seufzer, irres Gelächter.

Trotz aller sich einstellenden Routine blieb die Gemengelage, wie sie sich mir in diesem Job präsentierte, für mich ein unerschöpflicher Quell des Staunens. Wie wichtig sich die Leute nahmen, sich und ihre unerheblichen Meinungen. Welche Abgründe sich auftaten. Mit welcher Selbstsicherheit sie andere auf vermeintliche Fehler hinwiesen, und davon nicht abzubringen waren. Wie viel Zeit sie auf fruchtlose Dispute in irgendeiner Kommentarspalte oder in unseren Social-Media-Kanälen verwendeten. Wie zielsicher sie aneinander vorbeiargumentierten. Wie jeder ein Experte zu allem sein wollte. Nicht mal die harmlosesten Regionalbeiträge blieben verschont. Porträt über die Betreiber einer kleinen Eisdiele? «Ach Gottchen, schon wieder mit so bekloppten Hipstersorten und vegan, wer braucht bitte veganes Eis, hoffentlich hält sich der Laden nicht lange!!!!» Eine Initiative sammelt Schulsachen für eine Flüchtlingsunterkunft? RIESEN-Shitstorm. Und manchmal, wenn ich mir aus masochistischer Neugier das Profil einer besonders auffälligen Person ansah, und las, was da so los war, packte mich wirklich die Angst vor Menschen.

Immerhin konnte man bei der schriftlichen Moderation von Online-Diskussionen zwischendrin durchatmen, mit Bedacht formulieren und umformulieren. Manchmal aber mussten wir bei Call-in-Sendungen auch die Telefone betreuen. Siebzig Prozent der Anrufer in solchen Formaten ließen sich getrost als gestört bezeichnen. Bei politischen Themen stieg der Anteil. Waren im Gespräch erst einmal die Schlagworte «Systemmedien», «Mainstream», «Meinungsdiktatur» oder «Lügenpresse» gefallen, konnte man es eigentlich so machen wie meine Kollegin Adele, die routiniert ihr Headset vom Kopf schob, ab und zu ein «Hmm, hmm» ins Mikro summte, bis der Redestrom langsam versiegte, noch ein joviales «vielen Dank für Ihren Anruf» flötete und auflegte.

Nach einigen unangenehmen Vorfällen, bei denen Pöbeltrolle unsere privaten Adressen, Telefonnummern und Social-Media-Profile ausfindig gemacht und dort weitergepöbelt hatten, operierten wir überdies nur noch unter falschen Namen. Meiner war «Dieter Auernwald». Das verströmte eine gewisse Bodenständigkeit, die zumindest einen kleinen Teil überschäumender Aggressionen in sich aufzusaugen vermochte. Als Dieter Auernwald hatte ich mir auch eine dazugehörige Dieter-Auernwald-Stimme und eine ganze Dieter-Auernwald-Persönlichkeit zugelegt: die bedächtige, auch in der Wortwahl möglichst volkstümlich gehaltene Redeweise eines leutseligen Reihenhaus-Nachbarn mit Gartengrill und praktischen Fähigkeiten. Doch der Trick funktionierte nicht immer. Für einige beinharte Anrufer war jeder, den sie bei uns in der Leitung hatten, wie auch immer der hieß oder klang, von vornherein ein verachtenswerter Scherge der feindlichen Meinungsdiktatur. In solchen Fällen musste man halt von Adele lernen, sich das Headset vom Kopf ziehen, in einen Pausenapfel beißen und ab und zu «Hmm, hmmm» sagen.

Davon wollte Kollegin Peri nichts wissen. Sie bekannte sich offensiv zu Konfrontation. Außerdem war sie das, was man ein wandelndes Lexikon nennt, die Frau, die man gern als Telefonjoker hätte, wenn man in einer Quizshow sitzt und nicht weiterweiß. Sie hatte einen scharfen Blick für argumentative Schwachstellen, verzichtete auf ein Pseudonym und agierte munter als Perihan Yiğit. Diese teuflische Kombination (gebildet, eloquent, Frau, türkischer Name) brachte Anrufer reihenweise zur Raserei. Mehrere übergriffige Kandidaten hatte sie bereits zur Anzeige gebracht. Einen hatte sie sogar dabei erwischt, wie er ihr gerade verfaultes Gemüse in den Briefkasten stopfte.

Hass und Ablehnung bekam auch Gesine reichlich ab, nachdem sie vor die Kamera gewandert und damit zu einem semiprominenten TV-Gesicht geworden war. Sie hatte ihre Fans, und die waren auch in der Mehrheit, aber die Kehrseite davon waren die sehr persönlichen Angriffe, die an und gegen sie gerichtet wurden. Gegen sie als Frau vor allem. Vor allem von Männern, die bei anderer Gelegenheit anderen Kulturkreisen ihre Frauenfeindlichkeit vorwarfen. Es war alles so durchsichtig und sinnlos und dumm, und man konnte Gesine nur dafür bewundern, wie klug und besonnen sie damit umging. «Sind sicherlich arme Tröpfe, solche Typen», sagte sie.

Ein anderer Effekt ihrer Bekanntheit war, dass sie immer wieder als Teilnehmerin oder Moderatorin bei Diskussionen und Podien eingeladen wurde. Zu einer Zeit, in der es in ihrem Leben noch keinen DCG und in meinem keine Ludovica Malabene gegeben hatte, als Killer noch ein strahlender Sonnyboy war, den das Leben mit Glück, Geld und Bewunderung überhäufte, sollte sie bei einer Podiumsdiskussion zum Thema «Repräsentation in der Krise» dabei sein. Und nachdem die ursprünglich vorgesehene Moderatorin kurzfristig ausgefallen war, brachte Gesine aus heiterem Himmel mich als Ersatz ins Spiel. Erst zwei Wochen vorher hatte sie mir bei einem langen grauen Spaziergang in aller Ausführlichkeit mitgeteilt, warum sie sich fortan nicht mehr privat mit mir treffen wollte oder, anders ausgedrückt, warum es nun aus sein sollte zwischen uns. Endgültig und vollständig jetzt mal. Als Zeichen der nunmehr ernst zu nehmenden Auflösung hatte sie den bezaubernd lädierten Vivienne-Westwood-Schlüsselanhänger, den ich mal im Park auf einer Wiese gefunden hatte, wo Gesine mit dem Kopf auf meinem Bauch gelegen und eine Moderation geübt hatte, von ihrem Schlüsselbund getrennt und in den Ententeich geworfen. Der monarchistisch anmutende Anhänger dort an ihrem Schlüssel war mir ein symbolischer Anker gewesen, ein nicht deklarierter, prekärer Verlobungsring. Den zu versenken, war eine durchaus entschlossene Geste gewesen, die ihren Effekt nicht verfehlte.

Nun aber kam sie plötzlich mit diesem Vorschlag an. Ja gut. Das war natürlich auch nicht privat, war ja beruflich. Ein Auftrag. Gemeinsame Reise.

Mit dem Zug fuhren wir zum Einsatzort, einer mittelgroßen Ortschaft in einem benachbarten Bundesland. Veranstalter war ein anderer regionaler Sender, und neben Gesine als Vertreterin des Prinzips «Presse» waren ein Lokalpolitiker, eine Landespolitikerin, eine Wissenschaftlerin und irgend so ein Krawall-Johnny, der sich angeblich als Buchautor hervorgetan hatte, eingeladen. Dieser Mensch hatte von nichts eine Ahnung und zu allem eine Meinung, er war das Destillat und zugleich die monströs aufgeblähte Version meiner täglichen Problem-Klientel, der bundesweiten Kommentarspalten-Gesellschaft. Andersherum bildeten jene mit ungebremster Bereitschaft zu Empörung und Aufgeregtheit die Grundlage für sein Geschäftsmodell, das eindeutig in der Befeuerung jeder sich bietenden Gelegenheit zu Empörung und Aufgeregtheit lag.

Beide anwesenden Politiker eigneten sich eigentlich nicht zum Feindbild. Die Frau eine emsige Sozialdemokratin in praktischen Schuhen, er ein gemütlicher parteiloser Bürgermeister in kariertem Hemd. Ein erheblicher Teil des Publikums war aber nun mal gekommen, um die Krawallshow zu sehen, die sich aus der Anwesenheit des Autors heraus versprach. Diese dann bitte schön auch herzustellen, war damit seine genuine Aufgabe. Ohne Krawallshow hätte er versagt. Ich verstand so eine Einladungspolitik nicht, aber hier stand ich nun. Natürlich hätte ich diese undankbare

Aufgabe niemals angenommen, wenn sie mir nicht von Gesine serviert worden wäre.

Während der Anreise wollte ich mich gern gemeinsam mit ihr auf die Veranstaltung vorbereiten, ich war einigermaßen aufgeregt. Aber im Zug hatte Gesine die ganze Zeit über Knöpfe in den Ohren und hörte mit konzentriertem Ausdruck einen Podcast. Dann, während der kurzen Weiterfahrt in der Regionalbahn, fragte sie mich, als fiele es ihr gerade erst ein: «Und hast du irgendeine Strategie oder einen Plan?»

Schön wär's, dachte ich.

«Ich dachte mir, den Knauf» (so hieß der Autor) «möglichst gar nicht erst auf seine Linie kommen zu lassen ...»

«Wie willst du das denn anstellen?»

«... indem ich die sachlichsten und langweiligsten Fragen an ihn richte, damit er erst mal ...»

«Wieso denn langweilige Fragen, du kannst doch nicht absichtlich langweilige Fragen stellen.»

«An den schon, finde ich. Du bekommst dann die aufregenderen.»

«Alles klar. Klingt gut.»

So sah die ganze Strategie aus. Danach redete Gesine darüber, wie sehr es sie befremdete, sich selbst gefilmt zu sehen. «Ich sehe da Gesichter und Ausdrücke, die kenne ich gar nicht. Die fühle ich überhaupt nicht. Das bin nicht ich, wie ich mich von innen her erlebe! Ich mag mich von außen nicht, und das deprimiert mich echt, Wenzel.»

Dem Knauf war es schließlich vollkommen egal, welche Fragen an ihn gestellt wurden und welche nicht oder wie sie formuliert waren, denn wie immer beschränkte er sich darauf, seine simple Agenda in die Welt zu posaunen, ob er nun nach seinem Demokratieverständnis, nach konkreten Vorschlägen oder nach seiner Schuhgröße gefragt wurde. Alle anderen hätten auf ein geheimes Signal hin komplett das Thema wechseln und Kochrezepte austauschen können; er hätte trotzdem weiter krakeelt. («Stichwort Gurken, die Politik verachtet doch die Erfahrungen der arbeitenden Menschen mit Gurken, da wird alles in Hinterzimmern ausgeklüngelt, Hauptsache, die Diäten stimmen!») Das politische Personal benannte er durchgehend mit kecken Spitznamen (immer ein Lacher), und wenn er selbst nicht redete, grinste er süffisant ins Publikum. Die Landespolitikerin adressierte er wie ein dummes Schulmädchen, den Bürgermeister wie einen Vollidioten, und die Wissenschaftlerin ignorierte er einfach, um im nächsten Satz wieder von der Arroganz der Macht zu schwadronieren.

Und Gesine? Bei ihr versuchte er, ihrer vollendeten, smarten Coolness so etwas wie einen ironisierten Schürzenjägermodus entgegenzusetzen, um davon abzulenken, dass sie eine smarte, coole Person mit guten Argumenten war und er nur eine populistische Krawallschachtel. Damit wollte er sie halt kleiner machen. Gesines Gegenstrategie bestand in einem erstaunlich spröden Ton, der die Zuschreibung recht effektiv von ihr abprallen ließ; die Politikerin versuchte es mit Sarkasmus, die Wissenschaftlerin ignorierte ihn zurück, und der Bürgermeister ließ sich leider auf die Eskalationsspirale ein. Dazwischen lispelte ich hilflos herum, bemüht, mehr Dieter Auernwald zu sein als Wenzel Zahn. So wurde die Veranstaltung zu einer Zumutung für alle Beteiligten bar jeder inhaltlichen Erkenntnis. Mit minimalem Aufwand hatte der einzelne Störer gesiegt.

Mich wunderte das nicht, diese Dynamik war mir mittlerweile vertraut.

«So einen darf man gar nicht erst einladen», sagte ich beim anschließenden guten italienischen Essen zu den Veranstalterinnen, und weil der Ärger mir noch in den Knochen steckte, bemühte ich mich dabei nicht um Diplomatie.

«Also, wir wollten schon unterschiedlichen Positionen eine Stimme geben», erwiderte die eine Dame vom Sender etwas verkniffen.

«Nur hatte der gar keine Position zum Thema. Seine Position war die Zersetzung von Kommunikation an sich.»

«Stimmt schon», sagte die andere, jüngere und nickte, aber die erste blieb in Opposition. «Naja, man kann da schon gegen ankommen», sagte sie und meinte damit natürlich, dass ich in dieser Aufgabe also versagt hätte.

Und vielleicht hatte sie recht. Vielleicht hatte ich versagt. Vielleicht versagte ich öfters. Wäre es anders gewesen, dann wäre Gesine meine Freundin und ich wäre im Sender irgendwo Redakteur oder Redaktionsleiter, irgendwas mit mehr Anspruch, mehr Status und besserer Bezahlung jedenfalls.

Immerhin lächelte die jüngere von den beiden Veranstalterinnen mich ziemlich süß an, wie um mir zu bedeuten, dass ich in ihren Augen doch kein kompletter Versager bin. Oder um mir irgendetwas anderes zu bedeuten, wer weiß. Ich habe es nie erfahren, denn kaum hatten wir gegessen, da raunte mir Gesine zu, dass sie gern aufbrechen würde. Auf dem Weg zurück zum Hotel machten wir noch Zwischenstation in einem Weinlokal. Alles natürlich nicht privat. Beruflich saßen wir beim Wein, beruflich sah mir Gesine tief in die Augen, und beruflich verbrachten wir die Nacht im selben Zimmer (ihrem). Beruflich legte sie während der Rückreise ihren Kopf auf meine Schulter und schlummerte ein wenig.

Danach war wieder Funkstille, und dann kam Donato.

Wo und wann genau Killer und ich uns kennengelernt haben könnten, lag tief verborgen im Gestrüpp der Kindheit, verwoben mit einer Zeit, in der die Dinge noch nicht scharf voneinander getrennt oder kartiert waren. Nicht Orte, nicht Zeiten, nicht mal innere Gedanken und äußere Welt. Infrage kommen der kleine Spielplatz vor dem Haus, der große Spielplatz hinterm Haus und die Wiesen drum herum.

Dennoch habe ich eine früheste Killer-Erinnerung. Darin stehe ich unten im Hausflur und warte zusammen mit einem Elternteil auf den Fahrstuhl. Der Fahrstuhl kommt, öffnet sich, und heraus kommt Killer in einem geringelten T-Shirt. Vor schierer Freude darüber, uns zu sehen, hüpfen wir beide im Aufgang herum und lachen, in reiner Euphorie über das Wiedersehen mit einer Person auf Augenhöhe, eines einzigartigen Pendants zwischen all den großen Individuen, die wichtig sind, aber anders, und all den Kleinen, die noch nicht richtig individuell unterschieden, eher eine Masse von Spielkameraden sind. Es war das Wiedererkennen eines Freundes.

Wie oft war einer von uns im Schlafanzug in den Fahrstuhl gestiegen, um mit dem anderen zusammen vor dem

Schlafengehen noch eine Weile Lego zu bauen und das Sand-
männchen zu gucken oder, später, die jeweilige Serie im
19-Uhr-Kinderprogramm. Wir besuchten denselben Kinder-
garten, wurden in derselben Grundschule in dieselbe Klasse
eingeschult und kamen ein paar Jahre später auf dieselbe
Oberschule. Der einzige Unterschied war, dass Killer am katholischen Religionsunterricht teilnahm und ich nicht. So
ging es bis zur Neunten, die ich leider wiederholen musste,
während Killer in die Zehnte aufstieg.

Eine Klasse drunter weiterzuexistieren, war erniedri-
gend, aber mit der Zeit kam ich zurecht. Auf der Klassen-
fahrt fand ich hier und da Anschluss. Killer seinerseits rückte näher an Mopsi ran, einen Mitschüler, der gegenläufig
zu seinem Namen groß und athletisch und unser Kumpel
war. Wenn ich spontan bei Killer klingelte, dann saß da jetzt
manchmal schon Mopsi herum. Dagegen ließ sich prinzipiell
nichts einwenden, mit Mopsi ließ es sich auskommen, aber
es war eben anders als vorher.

Inzwischen weiß ich, welch Privileg es ist, dass dieser
Freund, der von Anfang an da war, mir ein Leben lang geblieben ist. Ich weiß nicht, was ich für einer wäre ohne Killer. Von
Eltern seilt man sich ab, Menschen kommen und gehen; Begeisterung, Verliebtheit, beeindruckende Begegnungen, das gab es
alles. Aber Killer war immer einfach da. Immer, immer da.

Nach dem Schulstart in der ersten Klasse hatte unser
Lehrer uns bald auseinandergesetzt, wahrscheinlich weil
wir uns zu viel miteinander beschäftigten. Ich saß danach
neben Hanna, und Killer saß neben Amelie. Hanna und Amelie hatten beide Probleme in der Schule, wenn auch ganz
unterschiedliche. Während wir alle lernten, Buchstaben zu

Wörtern zusammenzusetzen, las und schrieb Hanna schon ganze Sätze. Das erste Leselernheft übersprang sie und begann gleich mit dem zweiten, aber als wir beim zweiten angekommen waren, war sie mittlerweile beim vierten. Einmal, als im Sachkundeunterricht alle durchs Zimmer sprangen und lärmten, anstatt sich in ihren Arbeitsgruppen mit dem Thema Wasser zu beschäftigen, setzte Hanna sich unter den Tisch, malte das Blatt für unsere Arbeitsgruppe fertig und blieb dann da sitzen. Am nächsten Tag bezog sie morgens sofort wieder ihren Platz unter dem Tisch. Der Tisch wurde ihr eigenes kleines Haus. Für mich kein Problem, ich musste nur ein bisschen aufpassen, wohin ich meine Füße steckte. Nach den ersten Sommerferien war Hanna nicht mehr da, sie hatte die Schule gewechselt.

Amelie hingegen konnte ihrem Leselernheft nicht viel abgewinnen. Anfangs interessierte sie sich noch für die Bilder, aber alle Aufgaben darin ließ sie sich von Killer ausfüllen, was sie ihm in Bonbons und Schokoriegeln vergütete. Für Killer war das doppelte Ausfüllen kein Problem, auch er war immer überdurchschnittlich schnell fertig mit seinen Aufgaben. Nachdem er seine eigenen bearbeitet hatte, tauschte er das Heft oder Arbeitsblatt mit Amelie, die sich ihrerseits damit beschäftigte, insektenartige Wesen an die Ränder zu malen. Nur manchmal hatte Killer keine Lust mehr, dann blieb Amelies Blatt leer, und wenn der Lehrer nachfragte, sagte Amelie, sie sei nicht zu den Aufgaben gekommen, weil sie erst noch die Tiere an den Rand malen musste. «Du kannst malen, nachdem du die Aufgaben gemacht hast», erklärte ihr der Lehrer, mehrmals, aber davon ließ Amelie sich nicht beeindrucken.

Über die ersten Schuljahre hinweg taten es mehrere Kinder Hanna gleich und verließen die Schule. Es waren immer diejenigen mit den vielen Einsen im Zeugnis. Nach einem der Elternabende fragten sich wohl auch meine Eltern, ob ihr Sohn nicht auf die etwas weiter entferntere Schule am Kirchgraben wechseln sollte, wo das Niveau höher und die Probleme auf dem Schulhof weniger gravierend waren, wie sie hörten, aber für mich war es undenkbar, nicht zusammen mit Killer zur Schule zu gehen. Und Killers Eltern kamen nicht auf die Idee, ein Problem in der Schule zu sehen, schließlich brachte ihr Sohn ja gute Noten nach Hause.

Die Zustände auf dem Schulhof waren tatsächlich unangenehm. Ältere terrorisierten uns Kleinere mit rohen Worten und Schubsereien, und manchmal stürmte eine zur Kette untergehakte Bande grölend über den Hof; wer im Weg war, wurde überrannt. Zum Glück hatten Killer und ich immer einander, waren immer ein Team und als solches weniger verletzlich als all die Einzelnen, die zwar auch manchmal Teams hatten, aber keine zuverlässigen. So wurde Freddy, Teil des schlimmsten Rowdy-Trios im ganzen Jahrgang, eines Tages von den anderen beiden aus seinem Team ausgemustert und fürchterlich drangsaliert. Dann aber tat er sich erfolgreich mit einem anderen Rohling aus dem Jahrgang drüber zusammen, woraufhin schließlich einer der beiden aus seinem früheren Trio sich ihnen anschloss und wiederum den anderen allein zurückließ, der nun vom neuen Trio drangsaliert usw.

Dann, am Gymnasium, waren mit einem Schlag alle Amelies und auch alle Freddys weg und alle Hannas wieder da. Auf dem Schulhof ging es vergleichsweise beschaulich zu, aber durchs Probehalbjahr kamen wir beide nur mit Ach und Krach. Ich musste erst lernen zu lernen, und so riss ich schließlich irgendwann die Latte und musste noch mal antreten.

Dabei wäre es Killer gewesen, der jedes Recht gehabt hätte, während der Neunten abzustürzen. Kurz nach Beginn des Schuljahrs verunglückte sein Vater tödlich auf der Autobahn. Killer rief mich am selben Abend an, um es mir zu erzählen und um mir zu sagen, dass er morgen vielleicht später zur Schule komme. Ich stieg nicht in den Fahrstuhl, ich nahm die Treppen zu ihm runter. Frau Killmann hing weinend am Telefon, und ich wusste nicht, was ich zu ihr sagen sollte. Dann saß ich bei Killer im Zimmer, er wirkte seltsam ratlos, nach einer Weile weinte er auch, fing sich aber wieder, und am nächsten Tag ging er ganz normal mit mir zur Schule.

Anstatt abzustürzen, reifte er sich danach in etwas Neues hinein. Erst wurde er stiller und ernster, aber nur kurz, dann konzentrierter und zielstrebiger. Heraus kam eine Dynamik, die ihn zusammen mit seinem magnetischen, jungenhaften Charme überall hintrug. Sein ganzer ausgereifter Killercharakter entstand da. Manchmal vermutete ich, dass Killers Vater ihm nach seinem Tod aus unbekannten Sphären stetig Glück und Segen zuschusterte, und ich fragte mich, ob ich Ähnliches auch hätte haben können, wenn ich am katholischen Religionsunterricht teilgenommen hätte.

Frau Killmann wandelte nach diesem Schock wie ein Geist umher. Man sah sie beim Einkaufen und Müllrunterbringen und all den anderen alltäglichen Verrichtungen, aber dabei blickte sie komplett entkernt durch alles hindurch. Wenn man sie im Fahrstuhl grüßte, erschrak sie kurz und brauchte einen Moment, um einzuordnen, was das war, ein Gruß, suchte nach der adäquaten Reaktion, fand sie, lächelte und grüßte mit leichter Verzögerung zurück. Mit der Zeit fing sie sich wieder, aber mehrere Monate lang hatte der vierzehnjährige Killer von einem Tag auf den anderen nicht nur keinen Vater mehr, sondern auch eine Mutter, um die er sich selbst kümmern musste.

Killer und ich hatten, sobald wir lesen konnten, einen unersättlichen Hunger nach Comics entwickelt, Disney und Asterix vor allem. Leider waren unsere geliebten Lustigen Taschenbücher auch immens teuer. In der Anschaffung wechselten wir uns ab, damit wir immer tauschen konnten, und Killers Vater war irgendwann auf den Trichter gekommen, online gebrauchte Ware stapelweise zu kaufen. Welcher Überschwang, als wir die Kartons voller bunter Bücher öffneten. Wir fühlten uns wie Onkel Dagobert im Geldspeicher.

In unserer Klasse gab es einen Jungen, Marvin, merkwürdiger Typ, überheblich und unterwürfig zugleich, der immer tat, als brauchte er niemanden, weil er ja eh schon der King war, während er aber tatsächlich eben gar nicht der King war. Eines Tages kam Marvin in der Pause auf uns zustolziert in seiner undurchsichtigen Art und verkündete, er sammle ebenfalls Comics. Das interessierte uns nun. Noch am selben Tag, nachdem wir zu Hause unsere Ranzen abgeladen hatten, machten wir uns auf zur anderen Seite vom Ranunkelring, wo die Häuser genauso aussahen wie bei uns, was uns aber trotzdem als entferntes, unbekanntes Territorium erschien. Marvin wohnte im Sechsten. Das Haus wirkte desolater als unseres, was vielleicht nur daran lag, dass fremde Tristesse einen anders anspringt als bekannte. Das Desolate im Eigenen fällt vielleicht überhaupt erst in leicht verzerrter Spiegelung auf, denn ein Zuhause ist immer vor allem ein vertrauter Ort.

Unbestreitbar anders aber war es bei Marvin zu Hause, denn Marvin hatte etwas, was wir beide nicht hatten, nämlich Geschwister. Es können sechs gewesen sein oder auch nur zwei, das haben wir nicht nachgezählt, jedenfalls kreischte irgendwo etwas Kleines, Spielsachen lagen herum und Schuhe in verschiedenen Größen. Marvin teilte sich das Zimmer mit seinem älteren Bruder. Was wir nicht erwartet hatten: Marvins Comics waren ganz andere Comics als unsere. Marvin hatte Superheldencomics, hauptsächlich Batman. Wir kannten die Hefte aus dem Zeitschriftenladen, hatten uns aber nie dafür interessiert, gar nicht mal aus aktiver Ablehnung; es waren nur einfach nicht *unsere* Hefte. So wie wir morgens in unseren Klassenraum gingen und nicht in den der Parallelklasse, kauften wir eben auch unsere Hefte und nicht Batman. Folgerichtig hätten wir Batmancomics auch eher in der Parallelklasse verortet, die uns so fremd und andersartig erschien wie Marvins Ecke vom Ranunkelring.

Auf dem Teppichboden neben Marvins Bett sitzend blätterte ich mich durch die düsteren und bedrohlichen Bilder, blickte mit Batman von weit oben hinab in tiefe Häuserschluchten, Häuser, höher noch als unsere, die auch viel dichter zusammenstanden, in einer Welt, in der anscheinend ewige Nacht herrschte. Ich war froh, nichts zum Tauschen mitgebracht zu haben. Meine geliebten Entenhausengeschichten erschienen mir dagegen kindisch, zumal vor

Marvins Bruder, der jetzt von seinem Bett herunter große Vorträge hielt über Batman. Dabei schien es um ganze Welten zu gehen, abgründig wie die Häuserschluchten in den Bildern, labyrinthisch wie die Gänge und Lüftungsschächte im Inneren der Häuser; ich verstand also quasi nichts. Schließlich legte neben mir Killer das Heft, das er gerade in der Hand gehalten hatte, zur Seite, stand auf, wühlte durch ein paar Comicstapel im Regal und sagte: «Hast du gar nichts mit Micky Maus?»

«Doch», sagte Marvin, suchte ein bisschen hier und da und zog dann aus einem anderen Stapel zwei Micky-Maus-Hefte hervor. Sie kamen mir vor wie freundliche Boten aus der Heimat, die gerade viel weiter weg lag als nur ein paar Häuserblocks.

«Kennst du Gamma?», fragte Killer, an Marvins Bruder adressiert.

«Nee?»

«Der ist cool. Der ist 88,88 Zentimeter groß und kommt aus der vierten Dimension und hat eine Hose an, aus der er alles einfach rausholen kann, was er gerade braucht, auch Essen oder Möbel.»

«Auch Geld?»

«Gamma ist allergisch gegen Geld.»

«Nee, kenn ich nicht.»

«Der ist ein Freund von Micky.»

«Batman ist besser, mehr Action.»

«Nee, find ich nicht. Ich find die anderen lustiger.»

Marvin blickte zwischen Killer und seinem Bruder hin und her, ich guckte nur auf Killer. Das Ganze war eine Art Killer-Schlüsselerlebnis für mich. Vorher war er mein

Freund gewesen, jetzt war er auch noch mein Held. Niemals hätte ich dem cool und überlegen auf seinem Hochbett lungernden älteren Bruder mit seinem raumgreifenden Superhelden-Wissen widersprechen können, schon gar nicht in so einem unaufgeregten Ton, und niemals hätte ich das, was ich dachte, so präzise auf den Punkt bringen können – *die anderen sind lustiger*. Genau. Ganz genau!

Und es war auf dem Weg von Marvin zurück nach Hause, dass Killer zum ersten Mal sein Talent aufblitzen ließ, einem Menschen die zugehörige Comicfigur zuzuordnen, als er nämlich meinte: «Der Bruder von Marvin sieht aus wie Hugo Habicht.» Es stimmte. Es stimmte auf eine wahnsinnig subtile Art. Und das beeindruckte mich so sehr, dass ich das Prinzip auch gleich anwenden wollte. «Und Marvins Mutter sieht aus wie Trudi, die Frau von Kater Karlo.»

Aber Killer wiegte den Kopf und sagte: «Eigentlich nicht.» Und auch das stimmte.

Während ich andauernd in irgendwen verliebt war, hörte ich dergleichen selten von Killer. Und weil ich meistens sein wollte wie er, versuchte ich, ebenfalls nicht immer verliebt zu sein oder zumindest nicht ständig darüber zu reden, was mir aber nur phasenweise und mit großer Anstrengung gelang. Dann platzte ich wieder damit hervor, umso unkontrollierter, nachdem das Ventil nicht mehr hielt. Bei Killer war es, wenn dann, eher andersherum. Mit jeder Faser erinnere ich mich daran, wie er mir in der achten Klasse mit fragender Miene die Einladung von Valerie Kiehl unter die Nase hielt. «Hey, Kill, komm zu meiner Geburtstagsparty am 17. Oktober, da und da, Kuss, Val» – Kuss! Bezeichnenderweise hatte ich ihm ausgerechnet von meiner Faszination für Valerie nicht erzählt, ein Anzeichen dafür, dass sie mir besonders naheging, dass sie wirklich mein Geheimnis war, das ich abschirmte wie ein Heiligtum. Dass sie nun Killer einlud und nicht mich, war eine Sache. Fast noch schlimmer erschien mir dieser kokette Ton der Einladung. Der stimmte nicht überein mit meinem heiligen Valerie-Bild, und das schnürte mir die Kehle zu.

«Und, gehst du hin?», presste ich hervor, es sollte unbeeindruckt klingen.

«Weiß nicht. Valerie ist schon cool, oder? Aber ich weiß eigentlich nicht, was ich da soll. Und was kann ich der denn schenken?» Killer ging nicht zu Valeries Party. Aber Valerie blieb am Ball und wurde seine erste Freundin. Noch etwas linkisch wirkte Killer mit ihr, wenn sie nach der Schule Händchen haltend den Weg zur S-Bahn gingen. Doppelt schrecklich für mich, denn nicht nur beneidete ich Killer, ich war zusätzlich auch noch eifersüchtig *auf* Valerie, mit der mein bester Freund nun ins Kino ging und an einen See fuhr. O schreckliche Jugend.

Mit der Zeit fügte sich Killer in sein Schicksal als Ladymagnet. Er nahm es an. Wenn ich bei ihm zu Besuch war, dann klingelte ziemlich häufig das Telefon, Killer ging ran, und man hörte ihn Dinge sagen wie: «Laura! – Ja, klar ... Nee, dieses Wochenende nicht, aber vielleicht ja nächste Woche? ... Haha. Ja. ... Ich ruf dich dann an.» Halbe Stunde später dasselbe noch mal, aber mit einer Julie oder einer Tess. Mit Killer auszugehen war Vorteil und Nachteil zugleich; Vorteil, weil man immer ein paar Mädchen kennenlernte, Nachteil, weil die immer nur Augen für Killer hatten. Wobei:

Auch die Mädchen hatten ihre Konstellationen. Da gab es ja auch immer eine, die der Killer war, und eine, die nicht der Killer war. Allerdings war Killer gut darin, seine Aufmerksamkeit gleichmäßig zu verteilen, er pflegte sogar den Nicht-Killerinnen gegenüber besonders charmant zu sein, um ein bisschen ausgleichende Gerechtigkeit herzustellen und die Herzen mancher Mauerblümchen zu erfreuen, ihr Selbstbewusstsein zu boosten. Weil er es halt konnte. Als Arschloch hätte er es mir einfacher gemacht.

Zum Ausgleich für mein Dasein als Nicht-Killer wandte ich mich erstens dem Internet und zweitens Büchern und Filmen zu, wobei sich das eine aus dem anderen ergab. Während es noch von überallher tönte, das Internet untergrabe die Bildung und die Jugend lese keine Bücher mehr, war es für mich schließlich der Zugang. Natürlich verdaddelte auch ich Stunden und Tage an der Spielkonsole. Aber ich stöberte auch durch frühe Blogs und Weblogs, in denen Menschen erzählten, was sie lasen, was sie sahen, was sie hörten, wie sie lebten. Menschen, die älter waren als ich und mehr von der Welt gesehen hatten. Und von diesen Formaten gab es immer mehr, und sie wurden immer professioneller. Was ich weiterhin suchte, war etwas Interaktives, etwas, wo ich mitmachen konnte. Zwar gab es diverse Web-Chats, aber die waren leider öde. Am liebsten wollte ich all die Leute aus meinen bevorzugten Blogs zusammenführen und mit denen exklusiv konversieren. Unter Ausschluss aller Trolle und Langweiler.

Irgendwann, zu der Zeit, als mein Studium schon langsam bröckelte, unternahm ich einen dieser assoziativen Streifzüge durchs Netz, um mich davon abzulenken, dass ich eine Seminararbeit zu schreiben hatte. Dabei gelangte ich zum Wikipedia-Eintrag des schottischen Schriftstellers Scooter McSmorley, über den ich schon lange mehr wissen wollte, seit ich vor vielen Jahren ein höchst seltsames Buch von ihm gelesen hatte, das ich mir aus dem Bücherregal in einer Jugendherberge in Irland gegriffen hatte und das von irgendwoher jetzt wieder in meinem Gedankenstrom auftauchte. Ich erfuhr darin, dass McSmorley seine bekanntesten Werke in den Vierzigerjahren geschrieben hatte und dass diese inzwischen «Kultstatus» besäßen. Eine seiner wiederkehrenden Figuren, der fiktive deutsche Wissenschaftler Ulrich von Kneckesand, welcher unter anderem die Thesen vertrat, pflanzliches Leben stünde in Kontakt mit außerirdischen Intelligenzen und durch bestimmte «immaterielle» Risse in der Materie könne Antimaterie strömen, wodurch geltende Naturgesetze zeitlich und lokal begrenzt außer Kraft gesetzt würden, was allerdings nur äußerst selten geschehe, hatte wiederum in der englischsprachigen Wikipedia einen eigenen Eintrag, in welchem auch ein Blog verlinkt war, der sich mit den fiktiven Thesen des fiktiven von Kneckesand (und dessen Adepten) halb fiktiv auseinandersetzte. Von dort wiederum gelangte ich auf «The Six Splendid Archives», ein Online-Magazin, benannt nach einer von Kneckesand herausgegebenen fiktiven Zeitschrift, wo typisch abseitige Kneckesandthemen von diversen Autoren in bester McSmorley-Manier (und erstaunlicher Ausführlichkeit) verhandelt wurden.

Irgendwann versuchte ich mal, Killer davon zu erzählen, mit großer Emphase, von der ich wollte, dass sie ansteckend wäre, doch er stieg frühzeitig aus mit den Worten: «Erspar mir deinen Nerdkram.»

Jedenfalls, in den «Six Splendid Archives» stieß ich auf einen Link zu einer offenbar deutschen Seite mit dem Namen «Ministerium für ehrliche Propaganda». Dahinter fand ich ein tatsächlich deutschsprachiges Forum vor. Es war von einfacher Struktur und minimalistischer Oberfläche. Nur wenige Unterhaltungen waren ohne Anmeldung einsehbar. Sie waren klug und witzig. Um nicht zu sagen, das Klügste und Witzigste, was das Internet mir bislang angespült hatte. Und es handelte sich nicht um eine einzelne Person, die klug und/oder witzig vor sich hin bloggte, sondern um eine ganze Gemeinschaft, die so miteinander parlierte. Ich wollte sofort dabei sein.

Suchte den Anmeldebutton, fand unter dem Stichwort «Anmeldung» aber nur den Hinweis, man möge, um einzutreten, eine Art Vorstellungsmail schicken, freie Form, das Ministerium werde dann über die Aufnahme entscheiden. An dieser Mail feilte ich noch länger als an meinen späteren Nachrichten für Gesine. Schließlich fasste ich mich kurz:

Sehr geehrtes Ministerium,
hiermit beantrage ich die Aufnahme in Ihr faszinierendes Forum. Mein Name ist Wenzel Zahn, ich gelte als zuverlässiger und zurückhaltender Mensch. Mein bester Freund sagt, als Comicfigur wäre ich Daffy Duck. Für Rückfragen stehe ich zur Verfügung. Bitte nehmen Sie mich auf. Bitte.
Mit freundlichen Grüßen
W. Zahn

Drei Tage später erhielt ich Antwort:

Sehr geehrter Herr Zahn,
Ihr Schreiben hat uns gut gefallen, das Ministerium für
ehrliche Propaganda genehmigt die Aufnahme zur Probe.
Cheers
Die herrschende Klasse

Darunter ein Link, der mich schließlich zum handelsüblichen Anmeldeformular führte. Als Mitgliedsname wählte ich wenzelzahn, als Passwort Daffy9Duck. Danach tauchte ich mehrere Tage ab in die dunkel glitzernden Tiefen des Ministeriums. Und blieb.

Das MifeP, wie es intern genannt wurde, war in seinen Anfängen ein Fanforum gewesen, und zwar zum Werk von K:B Drifter. Den ich damals gar nicht kannte. Mittlerweile hatte sich es zu einem Debattenort für alles Mögliche ausgewachsen; für Literatur, für Film, Musik und Kunst. Es konnte aber auch ausufernd darüber diskutiert werden, welche Matratzen etwas taugten oder wie man die beste Lasagne zubereitete. Der Ton war sehr spielerisch, verpönt waren Beleidigtsein und Emoticons. Das Erscheinungsbild, von mir für Retro-Chic gehalten, war einfach nur authentisch alt. Das MifeP kam aus dem Web 1.0 und hatte keine Ambitionen, sich technisch oder optisch zu verändern. Ich sog das alles in mich auf, diese Diskussionen, Informationen, Querverweise, Denkbilder und Kontroversen, die Albernheit und das kunstvolle Abschweifen. Vieles war mir kryptisch, und das Kryptische faszinierte mich am stärksten. So begann es auch mit meiner Leseliste. Alles, was mir interessant erschien, suchte ich mir im internationalen Bücher- und Literaturverzeichnis LibroX heraus und setzte es mit einem

Klick auf die Liste. Mit Filmen verfuhr ich ebenso über die Kinoseite Cinematic. Anfangs, mit den ersten zwanzig, dreißig Büchern und Filmen erschienen meine Listen mir wie ein immaterieller Schatz, den ich immer wieder gern ansah, durchging, und mich auf das Einlösen der darin enthaltenen Versprechen freute. Aber je weiter die Listen ausuferten, desto mehr wurden sie zu Mahnmalen eines schockierenden Missverhältnisses zwischen Lebenszeit und Wissensdrang. Vielleicht zerschellte mein Studium auch daran. Ich hatte zu wenig Zeit. Und dann kam auch noch der Job im Sender und die nervenzerfetzenden Strudel der Liebe. Alles frisst einem die Zeit.

Außenstehenden das MifeP zu erklären, war schwierig bis unmöglich. Es klang immer falsch und albern. Allein schon der Name. In jedem Fall aber war es ein Privileg, überhaupt einen solchen Ort wie das MifeP zu haben, während 99,9 Prozent der Menschen reichlich ort- und heimatlos durchs Netz taumelten. Anfangs wagte ich kaum, mich zu beteiligen, aber da man immer sehen konnte, wer gerade online war, wurde ich, als es gerade darum ging, besonders interessante Stationen im globalen Webradio zu finden, von «Laodike» aufgefordert:

Wer ist denn dieser wenzelzahn, der gerade online ist? wenzelzahn, sag DU jetzt mal, ob du einen interessanten lateinamerikanischen Radiosender kennst!

Kannte ich nicht, aber so kam ich denn zu meinem ersten Posting.

Kurz nach meinem Eintritt ins MifeP hatte Drifter sein drittes Buch herausgebracht, *Endlich zeigst du dein wahres Gesicht, Kassierer.* Wie nicht anders zu erwarten, löste es einen lebhaften Disput aus. Längst nicht alle Mitglieder des MifeP waren beinharte Drifterianer, einige hatten sich nach dem kontroversen Vorgänger *Hätte ich was zum Anziehen, würde ich gern mal ausgehen* von ihm abgewandt, andere waren anscheinend nie große Fans gewesen und aus ähnlichen Gründen ins MifeP geraten wie ich auch. Ich, in all meiner literarischen Unbedarftheit, mochte den *Kassierer*, ein umherstreifendes Selbstgespräch mit mal wütendem, mal predigendem Tonfall, wie der Redeschwall eines laut vor sich hin schreienden Irren auf der Straße, dem man, fast gegen den eigenen Willen, fasziniert zuhören musste, dessen kruder Logik man sich nicht entziehen konnte. Eine Art Unwetter. Danach las ich auch noch *Hätte ich was zum Anziehen* (und verstand die Aufregung darum nicht, es ging um einen antriebslosen Menschen, der sich den Anforderungen des Lebens immer weiter entzieht, bis er schließlich nur noch, bei pausenlos laufendem Fernseher, auf dem Sofa sitzt und zu einem von TV-Weisheit gespeisten Guru wird, den zuerst seine Nachbarn und dann immer mehr Leute aufsuchen, um sich seinen Rat einzuholen) und dann noch *Der Shitstorm gegen die heilige Johanna*, Drifters gefeierten Erstling, ein Heftchen voller comichafter Zeichnungen und Collagen, begleitet von lyrischen Texten inner- und außerhalb von Sprechblasen, die sich aus Werbe-, TV-, Film- und Songschnipseln speisten und die Wirkung eines bizarren Evangeliums entfalteten, das brandneue Evangelium der Popkultur, das Evangelium nach K:B Drifter.

Zusammen mit dem Buch hatte Drifter eine seltsame Webseite lanciert, auf der sich mitgefilmte Schnipsel aus allerlei Fernsehsendungen aneinanderreihten, alle aus dem deutschen Fernsehen, aber aus unterschiedlichen Jahren, die ältesten aus den frühen Sechzigern. Sie waren erstaunlich einheitlich formatiert, was den unbedingten Eindruck vermittelte, es gebe hier etwas Bedeutendes zu verstehen. Über das Land und die Menschen und über die Welt drum herum. Später, zur Veröffentlichung von *Hätte ich was zum Anziehen,* waren sie ersetzt durch ein neues Video, auf dem ein Mann mit Halbglatze und brauner Strickjacke von hinten beim Zappen und Nüsschenessen zu sehen war. Der Film war exakt sechs Stunden lang, danach startete er in einem kaum bemerkbaren Schnitt neu zu einem endlosen Loop.

Auch zum *Kassierer* war ein neues Video erschienen: ein wiederum endloser Handkamera-Streifzug durch Städte, Dörfer und Landschaften. Das Video war alles, was es auf der Seite zu sehen gab.

Seitdem waren sieben Jahre vergangen, ohne dass sich an der Seite irgendetwas verändert hätte und ohne ein Zeichen für ein neues Buch.

Kein Wunder also, dass es für Erstaunen sorgte, als ich berichtete, in der S-Bahn eine Frau mit neuem Drifter in der Hand gesehen zu haben. Ich schrieb es noch am selben Abend ins MifeP, wo ich mich von dem Schock darüber ablenken wollte, dass mein bester Freund gerade vom Blitz getroffen worden war.

Die meisten hielten das für halluzinatorischen Unfug. Schließlich fanden sie den Titel *Elektrokröte* ebenso wenig im Netz wie ich selbst. Nicht, dass jemand mich vorsätzlicher Lüge bezichtigte, der Tenor war eher: «Hast dich bestimmt verlesen.» Als ich dann nach meinem Besuch im Buchladen insistierte, es würde in zwei Wochen erscheinen, mein Buchhändler hätte es tatsächlich im System finden und bestellen können, rannten sie alle los. Das erstaunliche Ergebnis: MifeP-Mitglied «DeSelby», der mein Posting abends unterwegs in der Bahn auf seinem Smarti gelesen und kurz darauf in der gerade schließenden Bahnhofsbuchhandlung nachgefragt hatte, bekam noch dieselbe Information wie ich. Alle anderen, die erst am nächsten Tag ein Geschäft aufsuchten, bekamen da schon ein Kopfschütteln. *Elektrokröte?* Gibt es nicht. Gar nicht. Von keiner Autorin und keinem Autor bei keinem Verlag. Nein, auch nicht als Comic. Und auch sonst nichts Neues von K:B Drifter.

Ich war heilfroh, die Unterstützung von DeSelby zu haben, um nicht an meiner eigenen Zurechnungsfähigkeit zweifeln zu müssen. Von einem Tag auf den anderen war das Buch verschwunden, und ich verfluchte mich noch einmal dafür, zusätzlich zu den größeren Verfluchungen des Tages auf der Pferderennbahn, kein Foto gemacht zu haben von der mir zu diesem Zeitpunkt unbekannten Vica, mit *Elektrokröte* in der Hand.

Fotos sind so wichtig. Fotos sind Beweise.

DeSelby entwickelte die Theorie, dass es sich um eine Art Guerilla-Aktion handeln könnte, einen Trick, eine Fährte. Allerdings konnte niemand außer mir eine leibhaftige *Elektrokröten*-Sichtung vorweisen, weder in unserer kleinen MifeP-Welt noch sonst irgendwo im Netz. Und das wäre selbst für eine Guerilla-Aktion etwas mager.

Dass ich zwischenzeitlich die Bekanntschaft der Frau mit der *Elektrokröte* gemacht hatte, behielt ich vorerst für mich. Ich hatte ein paar Versuche unternommen, die ganzen verqueren Vorkommnisse fürs MifeP zu beschreiben, aber noch während ich das hintippte, die Begegnungen mit ihr, die Konversationen, in denen sich die Frage nach Drifter nie effektiv unterbringen ließ, das Portemonnaie, Jez, mein aus der Spur geratener bester Freund, erschien es mir selbst alles so wirr und unglaubwürdig, so nicht vermittelbar und vielleicht auch viel zu persönlich, dass ich beschloss, damit zu warten, bis etwas Licht in die Sache kommen würde. Was ja zweifellos mal passieren müsste.

Erschwerend kam hinzu, dass einige Spaßvögel im MifeP in kleinen, scherzhaft daherkommenden Kommentaren die Idee streuten, ich selbst könnte ja vielleicht K:B Drifter sein. Spekulationen darüber, ob Drifter still bei uns mitlas oder gar aktiv mitmischte, waren nicht ganz neu, aber in den Bemerkungen mir gegenüber schwang ein Verdacht mit, der in seiner scheinbar witzigen Uneindeutigkeit schwieriger zu handhaben war und sich tiefer einnistete, als es eine klar ausgesprochene Frage oder Bezichtigung hätte sein können.

DAS HAUS

Wie die meisten Wohnungen
im Ranunkelring 92 hatte die neue von Killer drei Zimmer.
Sie lag im vierten Stock wie die seiner Mutter, aber nicht direkt daneben, sondern ein paar Türen weiter. Vierter Stock
wohnt Killer, so war es früher gewesen, und so war es jetzt
wieder.

«Wer hat hier vorher gewohnt?», fragte ich ihn bei meinem ersten Besuch. Da hatte er schon alle Möbel aufgestellt
und alle Kisten restlos ausgepackt. Sogar Bilder hingen bereits an den Wänden. Mich befremdete das maßlos. Mehr als
die wütende Darbietung mit dem Smarti auf Moritz Kässlers
Terrasse. Dass Killer seine Sachen nicht nach und nach installiert, zusammengebaut und ausgepackt hatte, sondern
offenbar am ersten Tag gleich alles picobello erledigt und
schön eingerichtet hatte. Das war unmenschlich. Schlimmer: Es war *so not Killer*.

«Hier haben doch die Breuers gewohnt.»

«Breuers?»

«Ja, Christoph und Jeanine hießen die Kinder, bisschen
älter als wir, weißte nicht mehr?»

«Ach, Christoph und Jeanine Breuer?»

«Genau.»

«Und in der Zwischenzeit sonst keiner?»

«Nee, also Herr Breuer ist vor einigen Jahren gestorben, und Frau Breuer ist jetzt im Pflegeheim.»

«Und Christoph und Jeanine?»

«Keine Ahnung, was die machen.»

Christoph und Jeanine Breuer. Er war eigentlich ganz cool, zurückhaltender Typ, sah auch gut aus, aber Jeanine war wirklich eine schlimme Asi-Schnepfe, die überall ihre Kaugummis hinklebte. Wo sie ging und stand, klebte sie Kaugummis hin, während sie, wie eine Kettenraucherin, schon den nächsten auspackte. Kettenkauerin.

«Ist der Christoph nicht ausgewandert? Südamerika irgendwie?»

«Ja, kann sein.» Killer nickte.

«Und klebten noch Kaugummis an den Wänden?»

Darüber musste er lachen. Endlich lachte er mal wieder. Das stimmte mich gleich so übermäßig froh, dass ich selbst mitlachte über meinen Witz, und dabei sah ich Jeanine Breuer vor mir, wie sie stumpf ihre Kaugummis an die Wand neben ihrem Bett drückt, was mich in einen völlig überzogenen Lachanfall beförderte.

«Und wie fühlst du dich hier so? Wie hast du geschlafen?»

«Gut.» Killer nickte. «Allerdings gibt es hier so ein Geräusch.»

«Nachts?»

«Immer. Sei mal still. Hörst du das?»

Still saßen wir da und horchten, wobei Killer mit einer Hand leichte Bewegungen vollführte, als dirigiere er einen Chor in seinem Kopf.

«Meinst du die Geräusche vom Parkplatz?»

«Nein!», er verdrehte die Augen. «Nein, dieses rhythmische Pusten meine ich, dieses Gurgeln. Als ob so drei bis vier Leute a cappella was mit kleinen Pustgeräuschen machen und zwischendrin schnalzen.»

Noch mal waren wir ganz still, und diesmal wiegte Killer leicht den Kopf, als hätte er Earpods an.

«Da bin ich raus.»

«Hm.»

«Und das hörst du die ganze Zeit?»

«Meistens.»

«Tinnitus.»

«Nee. Nee, nee. Hier in dem Raum ist es viel deutlicher als im Schlafzimmer, und am allerdeutlichsten ist es im Bad. Außerdem, was soll das für ein komischer Tinnitus sein?»

«Dann vielleicht Musik von irgendwo?»

«Schon eher. Aber komisch, dass da jemand andauernd dieselbe Musik hört.»

«So was gibt's. Hier gibt's doch sowieso alles.»

So einiges jedenfalls hatte es hier schon gegeben. Wie dieses sehr höfliche und korrekte ältere Paar, sie hatte einen schwäbischen Akzent, und er mindestens sieben verschiedene Toupets, von blond bis dunkelbraun, glatt bis lockig, zwischen denen er ganz selbstverständlich wechselte, als seien es Hüte. Es gab einen Jesus-Freak, einen Hare-Krishna-Freak und einen germanischen Schamanen. Es gab eine, die zu jeder Tages- und Nachtzeit Saxofon übte, und eine, die sich einmal im Monat vom Balkon im zwölften Stock zu stürzen drohte. Frau Fox stand im Ruf, ihre Wohnung weniger zu bewohnen, als dort einen Massagesalon zu betreiben, und Herr Dragunović warf mit vergammeltem Gemüse nach spielenden Kindern auf der Wiese vor seinem Balkon. Und es gab Kinder, die das Gemüse aufhoben und zurückwarfen. Es gab ordentliche Familien, überarbeitete Mütter, vernachlässigte Kinder, abwesende Väter, kriminelle Jugendliche, Trinker, Spießer und Gestörte aller Couleur.

Wie es jetzt war, wusste ich nicht. Ein paar alte Namen standen noch an den Klingelschildern, manche waren neu, einige ganz leer, und Killmann gab es jetzt zweimal.

«Wie geht's deiner Mutter?»

«Ganz gut. Ich wollte gleich noch mal zu ihr rüber, komm doch mit.»

Frau Killmann öffnete, und ihre Mimik präsentierte sogleich einen Kampf widerstreitender Emotionen. «Ach, der Wenzel!», rief sie, freudig, um als Nächstes anzufügen: «Ach Mensch, und ich bin ganz fix und fertig gerade, Marco, ich muss ins Krankenhaus, der Tino hat sich was gebrochen!»

«Was, was?» Killer folgte seiner Mutter, die fahrig zurück ins Wohnzimmer eilte, ich hinterher. Wie lange hatte ich sie nicht gesehen, wie lange war ich nicht in dieser Wohnung gewesen?

«Ach Mensch», sagte sie wieder. «Mensch, Wenzel, na wie geht's dir denn? Bisschen blass siehst du aus.»

«Ja, gut. Alles gut.»

«Mama und Papa?»

«Auch gut. Gehe ich nachher noch vorbei, wohnen ja nicht so weit von hier.»

«Ja, grüß mal schön.»

Bisschen blass, das hatte sie schon immer gesagt zu mir, und auch sonst hatte sich nicht viel verändert in der Killmann-Wohnung. Im Flur stand immer noch das Telefontischchen mit einem ziemlich betagten Festnetztelefon, von dem ich so oft meine Eltern angerufen hatte, um Bescheid zu geben, dass ich bei Killer bin oder länger bei Killer bleibe oder gleich hochkomme. Ich hatte mich dann immer gefragt, ob meine Stimme direkt durch die Kabel ein paar Stockwerke nach oben geleitet wurde oder ob sie irgendwie umständlicher durchs Telefonnetz geschickt werden musste und dort weitere Wege zurücklegte als eigentlich notwendig. Auch Frau Killmann sah aus wie immer, ein bisschen rundlicher vielleicht, und ihre Haare schienen mir dunkler, als ich sie in Erinnerung hatte. Die einzige Veränderung war, dass überall Marien- und Heiligenbildchen hingen und ein Kruzifix über dem Telefon.

«Mama», sagte Killer. «Was ist los, wer hat sich was gebrochen?»

«Ach. Der Tino.» Sie legte die Hände aneinander und seufzte. «Der Tino.»

«Wer ist Tino?»

«Na, Konstantinos. Ich nenne ihn Tino. Tino Nicolaidis.»

«Wer ist das denn?»

Sie seufzte wieder. «Konstantinos Nicolaidis. Der Herr Nicolaidis. Vom Restaurant Akropolis.»

Ich erinnerte mich. In der Einkaufspassage hatte es früher ein griechisches Restaurant gegeben, das Akropolis, meine Eltern waren da oft gewesen. Die Wände teils weiß gespachtelt, teils Mauerwerk, ionische Säulen aus Gips. Viele Stammgäste, man kannte sich, der Betreiber ging von Tisch zu Tisch, unterhielt sich und trank mit jedem einen Ouzo. Kann gut sein, dass auch meine Eltern den Tino genannt hatten. Doch, ziemlich sicher: Tino.

Killer bemühte sich um Geduld. «Und warum musst du jetzt ins Krankenhaus zu dem Tino Nicolaidis?»

«Na, ach ... der ist eben *mein* Freund.»

«Ihr seid befreundet?»

«Ja, genau.»

«Das wusste ich gar nicht. Das Restaurant ist doch bestimmt schon seit zehn Jahren weg?»

«Ja, ja, der hat sich ja zur Ruhe gesetzt dann.»

«Aber ihr habt noch Kontakt.»

«Ja, natürlich. Wie ich sagte, der Herr Nicolaidis ist ... dein Vater hatte ja auch so seine Freundinnen, und er ist eben *mein* Freund.»

«Okay. Verstehe. Ihr ... ihr seid ein Paar, ja?»

«Ja? Ja, schon.» Frau Killmann hatte sich jetzt aufs Sofa niedergelassen und knetete ihre Hände. Ich stand im Türrahmen und fühlte mich angenehm deplatziert. Für Killer war es bestimmt eine glückliche Fügung, dass ich hier mit reingeraten und Zeuge dieser Aufführung wurde, so musste er mir die Absurdität des Gesprächs nicht hinterher mühsam auseinandersetzen.

«Und warum hast du mir das nie gesagt?»

«Hm?»

«Warum hast du nichts erzählt davon, dass du jemanden hast. Ist ja auch dein gutes Recht, nach Papas Tod mal einen neuen Mann zu haben. Das freut mich doch für dich.»

Frau Killmann winkte ab. «Ach. Nicht doch erst seit Papas Tod. Er hatte seine Freundinnen, und ich hatte halt den Herrn Nicolaidis.»

Killer sah mich an, Mund offen, Augenbrauen ganz weit nach oben gezogen.

«Ja, und nun ist er auf der Treppe gestürzt und hat sich das Bein gebrochen und ist im Krankenhaus gelandet, und er braucht doch seine Tabletten und seine Brille!» Damit stand sie auf und kam auf mich zu beziehungsweise auf die Tür, in deren Rahmen ich herumstand.

«Huch», sagte sie, «du bist ja auch noch da!» Sie griff nach ihrer Tasche, dann suchte sie ihren Mantel an der Garderobe. Killer trat hinzu und reichte ihr den Mantel, der quasi direkt vor ihr hing. Sie strich ihm über die Schulter, nahm meine Hand in ihre beiden Hände und sagte: «Wir sehen uns bestimmt noch!»

«Viele Grüße an Herrn Nicolaidis», antwortete ich.

Killer zog die Tür hinter ihr zu.

«War das jetzt irgendwie seniler Unsinn?», frage ich.

«Sie ist überhaupt nicht senil oder dement. Ich fürchte, das meinte sie alles genau so.»

«Mit Herrn Nicolaidis vom Akropolis.»

«Klingt wie ein Adelstitel.»

Wir gingen raus auf den Balkon und blickten ins gnädige Licht des frühen Abends. In der Ferne ragten andere Häuser auf, ebenfalls mit Balkonen dran, hinter den Balkonen andere Wohnungen mit anderen Leuten mit anderen Geheimnissen.

«Darum hat sie immer so gern griechisch gekocht. Warum hat sie mir nie was gesagt? Und ich hatte mich immer gewundert, dass sie die ganzen Affären von meinem Vater so hingenommen hat.»

«Die Liebe lag woanders.»

«Alter Schwede.»

«Alter Grieche. Ich hab den noch vor Augen, den Nicolaidis.»

«Ich nicht. Wir waren da nie.»

«Kein Wunder.»

Killer lachte kopfschüttelnd vor sich hin, vor lauter Verdatterung.

«Er ist ein bisschen ... Also, ein bisschen sieht er aus wie Gargamel, der Gegner der Schlümpfe», sagte ich.

«Wenz, ich weiß, wer Gargamel ist.»

«So bisschen sah der immer aus, aber in freundlich.»

Killer sah mich skeptisch an, er hatte kein Zutrauen in meine Fähigkeiten bei der Ähnlichkeitsvermessung zwischen Menschen, Tieren und Comicfiguren.

Ich nahm wieder die Treppen, wie ich es immer tat, eigene Muskelenergie verbrauchen anstatt elektrischer. Es roch nach abgestandenem Essen, wie es immer gerochen hatte in diesem Haus. Draußen ging ich die alten Wege, die ich ewig nicht gegangen war, außer in meinen Träumen. Meine Träume führten mich oft hierher, auf eine halb vertraute und halb fremde Art lief ich zwischen den Häusern herum und suchte irgendetwas oder versuchte, vor irgendwem zu entkommen. «Jetzt bleibt mir nur noch die alte Hood», dachte ich dann. Der Ranunkelring als letztes Refugium, wenn sonst nichts mehr ging, wenn ich sonst nichts mehr hatte. Manchmal irrte ich auch durch Treppenhäuser und öffnete die Türen zu fremden Wohnungen, in denen ich dann herumstand und mich verloren fühlte. Am unangenehmsten waren die Fahrstuhlträume. Manchmal fuhr der Fahrstuhl ungewollt tiefer und tiefer unter die Erde, und ich fürchtete mich davor, dass sich die Tür gleich auf einen finsteren Tunnel öffnen würde, der mich vielleicht einsaugt oder aus dem es mir kalt und unbehaust entgegenweht. Meistens aber war es andersherum, und der Fahrstuhl fuhr über den zwölften Stock hinaus weiter nach oben, über das Dach, wie bei einem Skilift, bei dem man den Ausstieg verpasst, und dann in einer wackeligen Gondel-Konstruktion immer noch weiter hinaus, über Bäume und Dächer, ohne klares Ziel und ohne Ausstiegsmöglichkeit.

Meine Mutter stand im Vorgarten und schnitt an einem Strauch herum, mein Vater kam aus dem Keller, wo er an einem weiteren Vogelhäuschen gesägt hatte.

«Schöne Grüße von Frau Killmann», sagte ich.

Auf meinem Tisch lag die Liste mit den ungeklärten Vica-Fragen. Der 200-Euro-Schein steckte immer noch in meinem Portemonnaie (selbst im Supermarkt hatte die Kassiererin gestöhnt, den könne sie jetzt nicht wechseln), aber bevor ich mich dazu aufraffen konnte, mich bei Vica zu melden, meldete sie sich bei mir. Es gebe etwas zu besprechen, funkte sie und nannte einen konkreten Terminvorschlag. Den nahm ich auch gleich an und schlug meinerseits als Ort ein Café in der Nähe vor, aber darauf kam erst mal keine Reaktion.

Ich brannte darauf, Moritz Kässler im Treppenhaus zu begegnen oder ein Paket für ihn anzunehmen, um ihn in einen Plausch zu verwickeln und in Erfahrung zu bringen, wie es mit seiner Party weitergegangen war und wie Jez ihn und seine Gäste bitte schön dazu gebracht hatte, eine sprechende Fusselrolle herumzureichen. Aber über mir herrschte mal wieder stille Abwesenheit.

Am Tag vor unserem Treffen fragte ich bei Vica noch einmal nach wegen der Örtlichkeit, und nach einer ganzen Weile kam zurück, «man» werde bei mir klingeln. Na gut. Ich hielt ein paar Getränke und eine Wasabi-Knabbermischung bereit und stellte mich auf Pünktlichkeit ein. Es klingelte dann mit zwanzigminütiger Verspätung, und zur Tür herein-spaziert kam keine Vica, dafür Jez und ein schmaler Mann, ungefähr Ende fünfzig oder Mitte sechzig mit Halbglatze, beigefarbener Funktionsjacke und einer S-förmigen Körper-haltung, der mir entfernt bekannt vorkam. An einer Leine führte er den großen Zottelhund bei sich.

«Heeeyyy», kreischte Jez, die eine kunstvoll zerlöcherte Jeans und ein mit Pailletten besticktes T-Shirt trug, und fiel mir um den Hals. «Das sind Bello und Heurtebise.»

Soso, Heurtebise, ja? Undeutlich assoziierte ich damit eine Figur aus einem französischen Schwarz-Weiß-Film, aber whatever. «Was ist mit Vica?»

«Verspätet sich leider. Sorry!»

Sie stürmte durch den Flur ins Wohnzimmer, der Mann nickte mir zu, sagte: «Guten Tag, Herr Zahn», der Hund nickte mir ebenfalls zu (so mein Eindruck), dann folgten sie Jez, die sich bereits aufs Sofa geworfen hatte. Ich holte einen Stuhl aus der Küche.

«Okeh», sagte ich. «Was kann ich für euch tun?»

«Och.» Jez überlegte und machte dabei mit ihren Händen jonglierende Gesten. «Weinschorle?»

«Äh. Ja, klar.» Ich wandte mich an den Mann. «Und Sie?»

«Danke, nichts.»

Ich holte eine Flasche Wein und eine Flasche Wasser und vorsichtshalber vier Gläser und unternahm einen neuen An-lauf: «Ja ... Und worum geht es denn?»

Jez goss sich ihr Glas voll mit Wein und erteilte mit einer gelangweilten Geste dem Mann mit dem französischen Na-men das Wort. Der räusperte sich und neigte den Kopf etwas zur Seite, worauf der Hund sich aufrichtete und ebenfalls den Kopf leicht neigte.

«Nun. Es ist so, dass die Herzogin für ihr expandierendes Geschäftsmodell nach angemesseneren Räumlichkeiten sucht», lispelte er, und der Hund schmatzte wie zum Kommentar. Da fiel mir ein, wo ich den Mann schon gesehen und gehört hatte. *Sie sind doch der Taxifahrer*, wollte ich sagen, aber nun drängte sich etwas anderes davor: «Herzogin?»

«Ihre Hoheit, die Herzogin Doktor Ludovica Domenica Waltrude Malabene von Bessarabien und Aragonien.»

Kurzum, man wollte mich also verarschen.

Ich sagte einfach mal nichts und ließ den ganzen Quatsch im Raum verhallen. Ließ ihn gegen die Wand prallen und wartete, dass er von dort, wie eine diese klebrigen Figuren, die man an ein Fenster werfen konnte, wo sie kurz haften blieben und dann abwärts wanderten, langsam runterrutschte, begleitet von einem Cartoon-Fail-Sound. Quäääk quäääk quäääk oioioioioiiiinggg. Alle im Raum sollten es hören. Killer hätte es bestimmt gehört.

«Die Herzogin glaubt, Sie mit Ihrer gewachsenen Stadtkenntnis und Ihrem untrüglichen Urteilsvermögen könnten dabei sicher hilfreich sein. Natürlich gegen ein angemessenes Honorar.»

«Ich hab schon was bekommen», sagte ich. «Zweihundert Euro.»

«Das war ein kleiner Vorschuss.»

«Entschuldigung, wie war noch gleich Ihr Name?»

Unser Lispel-Duell klang unfassbar lächerlich, und das irritierte mich, aber weder Jez noch der Mann ließen sich etwas anmerken.

«Heurtebise», sagte er, ohne mit der Wimper oder etwas anderem zu zucken. Dann, auf den Hund verweisend: «Er heißt Bello.»

Bei Nennung seines Namens setzte der Hund sich wieder auf, hob eine Pfote und machte eine kleine Verbeugung. Heurtebise oder Herr Heurtebise hatte einen starken Überbiss. Ich blickte auf den Zettel mit der Liste von Fragen an Vica. Ganz unten standen die 200 Euro – war diese Frage jetzt beantwortet? Das war also ein ungefragter Vorschuss auf einen Job, den ich noch gar nicht angenommen hatte? Eins drüber die Frage nach den tänzerischen Fähigkeiten des Hundes. Bello. Bellow?

«Haben Sie schon eine Idee?», fuhr Heurtebise fort, Jez schenkte sich ihr zweites Glas Wein ein und erhob es zum Gruße, Bello rollte sich zusammen.

«Für was?»

Konsterniert blickte Heurtebise mich an. «Nun, wie gesagt, für Räumlichkeiten.»

«Ich habe noch nicht mal den Job angenommen», sagte ich. «Ich bin nicht auf Arbeitssuche, ich habe keine Langeweile, ich bin voll berufstätig. Für so einen Auftrag sollten Sie einen Makler konsultieren.»

Nun nickte Heurtebise nachdenklich und sagte: «Verstehe. Sie haben genug zu tun. Sie haben einen schönen Beruf, der sie ausfüllt und ernährt. Sie haben Familie, Freunde, eine Freundin.»

«Was hat das eine mit dem ...»

«Darf ich fragen, was genau machen Sie?»

«Ich bin im Community-Team vom Regionalsender. Wir sind zuständig für die Kommunikation mit dem Publikum.»

«Ah, öffentlich-rechtlich, ja?»

«Ganz genau.»

Er nickte wieder, nachdenklich jetzt: «Toll. Tolle Sache.» Vergiftete Anerkennung. *Hast du ganz toll gemalt, das Krikelkrakelbild, Wenzelchen.*

«Hätt ich *da* keinen Bock zu!», tönte es von Jez, und dazu schwang sie das Weinglas durch die Luft, verschüttete ein Drittel des Inhalts, gab ein dummdreistes «Ooops» von sich und rubbelte den Wein mit der Hand etwas tiefer in das Sofa hinein.

Heurtebise rümpfte die Nase und zog die Oberlippe kraus, sodass seine obere Zahnreihe weit in den Raum hineinragte. «Müssen Sie ja auch nicht!», pöbelte er gegen Jez. «Ist ja nicht Ihre Arbeit und nicht Ihr Leben, sondern das von Herrn Zahn hier. Und der macht das eben gern! Er ist noch jung, er hat noch viele Jahre vor sich in dem Job!»

Bello stand auf, trottete zu mir hin und legte mir zutraulich die riesige Schnauze aufs Bein. Treuherzig blinzelte er mich an, und ich kraulte ihm den Nacken, wie man es eben so macht. Er schnurrte. Ich dachte an Donato. Wie er in rasender Geschwindigkeit unter maximaler Körperbeherrschung einen steilen Abhang hinunterbretterte, direkt in Gesines Arme. Wie sie ihn erwartete, unten am Hang, sie küssen sich leidenschaftlich und purzeln eng umschlungen in den Schnee.

Ich begann zu plappern: «Also, ich wüsste schon was. Ist aber nicht gerade Top-Lage.»

«Lage egal», sagte Heurtebise.

«Ich würde aber gern noch mal in Ruhe mit Vica sprechen, wann kann ich mal mit Vica sprechen?»

«Jederzeit! Vor allem, wenn wir jetzt Geschäftspartner sind, wenn ich das richtig deute.»

«Äh, ich … nicht unbedingt, ich sag ja nur, dass mir da grad was eingefallen ist, ganz spontan, unverbindlich …»

Jez war aufgesprungen und rief: «Na, das muss gefeiert werden!», goss sich noch mal das Glas voll, dazu ein halbes für mich und einen eher symbolischen Schluck für Heurtebise, zum Anstoßen.

Ich nippte und sagte: «Wie haben Sie eigentlich diesem Hund das Tanzen beigebracht? Ich meine, das ist ja schon mehr als erstaunlich, so was hab ich überhaupt noch nie …»

«Hey!», rief Jez. «Du bist Abonnent?!» Sie schnippte mit den Fingern. «Heurtebise, er ist Abonnent!»

«Ausgezeichnet», lispelte Heurtebise und legte dabei die Fingerspitzen aneinander. Wie man dem Bello das Tanzen beigebracht hatte, erfuhr ich an diesem Tag leider nicht mehr.

Killer hatte sich noch immer kein neues Smarti zugelegt. Er hatte jetzt einen Festnetzanschluss, dort in seiner neuen Wohnung, und daran hatte er ein Telefon mit Anrufbeantworter angeschlossen, man glaubt es nicht. *Dies ist der Anschluss von Marco Killmann. Bitte hinterlassen Sie mir eine Nachricht nach dem Ton.*

«Killer, kannst du mir mal sagen, wer die aktuelle Hausverwaltung bei euch ist und wie ich die erreiche? Da stehen doch noch einige Wohnungen leer im Haus, richtig? Ich frage nicht für mich. Ruf mal zurück, erklär ich dir dann.»

Tatsächlich stand beinahe die gesamte sechste Etage leer und war unbewohnt, wie Killer mir erklärte. «Bis auf Frau Fox.» Oder wegen Frau Fox? Frau Fox hatte eine der kleineren Wohnungen, am Gang ganz hinten gelegen. Sie war eine gepflegte Erscheinung, etwas, aber nicht viel jünger als unsere Eltern, und sie fuhr einen kleinen weißen Sportwagen. Es hatte immer Gerüchte gegeben, Frau Fox wohne gar nicht in dem Haus, sondern nutze die Wohnung, um dort professionell Herrenbesuch zu empfangen. Hinweise darauf waren erstens, dass sie zwar täglich (oder nächtlich) in ihrem Wagen an- und wieder abrauschte, aber nie mit irgendwelchen Einkäufen gesehen wurde, und zweitens, dass jeden Tag wechselnde Männer bei ihr ein und aus gingen. Vielleicht war es den Nachbarn zu bunt geworden? War Fox überhaupt ihr echter Name? Daran, wer früher direkt daneben gewohnt hatte, konnten weder ich noch Killer uns erinnern. In jedem Fall gab es dort also drei freie Wohnungen zum Aussuchen.

Ich schickte die Nummer der Hausverwaltung an Vica. Die bedankte sich und fragte nach meiner Kontoverbindung. Ein paar Tage später ging eine Überweisung von 2503 Euro ein, Betreff «Vermittlungshonorar», gesendet von einer Jezebel Guevara.

«Hat das also geklappt mit der Wohnung?», textete ich wieder. Antwort: «Tipptopp. Bitte Treffen dort am Freitag, 18:45 Uhr.»

Gern hätte ich geantwortet: «Freitag kann ich leider nicht.» Natürlich würde ich früher oder später sowieso dort auftauchen, mein bester Freund wohnte ja zwei Etagen tiefer. Ich wollte nur einfach nicht dem Befehl folgen wie ein Bello. Leider konnte ich aber sehr wohl, am Freitag um 18:45 Uhr, und zum Extralügen war ich zu faul. Außerdem hatte ich gerade ein heillos übertriebenes Honorar für die Gegenleistung eines Anrufs bekommen.

Natürlich meldete ich mich zuerst bei Killer an, und zwar für 18 Uhr. Ich hörte deutlich zu wenig von ihm, seit er kein Smarti mehr hatte und nicht mehr ums Eck wohnte. Manchmal hatte ich richtiges Killer-Weh, Killer-Sehnsucht, besonders am frühen Abend nach der Arbeit. Aber als ich eines Abends so dasaß, in den Fernseher guckte und Killer vermisste, da dachte ich auch: besser als Gesine vermissen. Ein nicht ganz so scharfer Schmerz. Vielleicht also im Grunde ganz gut. Wie eine Salbe, die ein bisschen brennt, unter der die Verletzung aber besser heilt.

Ich setzte mich in einen Carsharing-Wagen und scheiterte am Verbinden meines Smartis mit dem Audiosystem. Also Radio. Von unbekannten Vorbenutzern war die Frequenz auf einen unbekannten Jazz- oder Easy-Listening-Sender eingestellt, und was da lief, jazzte sich sogleich ganz bestrickend in meine Ohren und die Eingeweide vor, wo es ein Kribbeln auslöste, eine Vorfreude auf den Abend und auf alle möglichen Abende in einer golden schimmernden und perlig jazzenden Zukunft. Die Alleen lagen grün, milde Stadtluft floss durch das geöffnete Fenster zu mir hinein, an einer Ampel wechselte ein eng umschlungenes Paar die Straßenseite. Auf meiner Kühlerhaube landete eine Elster und fixierte mich durch die Windschutzscheibe, als hätten wir eine Verabredung. Vielleicht hatte Killer recht gehabt mit seiner Beobachtung, die Vögel würden komisch gucken in letzter Zeit. Als ich anfuhr, hielt sich die Elster unter hektischen Trippelschritten noch erstaunlich lange auf der Stelle, bevor sie endlich die Flügel schwang und nach rechts oben hin entschwand.

Diesmal fuhr ich zuerst bei meinen Eltern vorbei, zum Kaffee. Meine Besuchsfrequenz bei ihnen profitierte jedenfalls von Killers Umzug. Bei veganem Kuchen und Kaffee mit Mandelmilch (sie hatten neue Ernährungskonzepte für sich entdeckt) saßen wir auf der Terrasse und guckten ins bunte Geblüh des Gartens mit dem besonders prächtigen Schmetterlingsbaum, bevor ich weiterfuhr zum Ranunkelring.

«Was macht das Geräusch, das rhythmische Pusten und Schnalzen?», fragte ich als Erstes, als wir auf Killers Balkon saßen, ich mit Flasche Bier, er mit Apfelschorle. Es war drückend, die Schwalben flogen tief und zogen zirpende Schlaufen durch die Luft.

«Kommt und geht. Tendenz eher zunehmend, aber ich habe mich dran gewöhnt. Neu ist jetzt der Orangenduft. Ab und zu duftet es in der Wohnung nach Orange.»

«Da gibt's ja Schlimmeres. Was macht Herr Nicolaidis?»

«In der Reha.»

«Und was machst du so? Neuer Job in Aussicht?»

Killer zog die Stirn kraus, womit er für einen Moment aussah wie der alte Killer, der Teufelskerl und Ladykiller-Killer. «In den letzten Wochen hatte ich hier erst mal genug zu tun.»

«Mit der neuen Wohnung und deiner Mutter?»

Er nickte. «Auch. Dann hab ich noch Herrn Dragunović beim Fensterputzen und Frau Jablonski beim Einkaufen geholfen und ein paarmal bei den Yousefs gebabysittet. Ach, und einem Jungen aus dem zwölften, Justin, dem gebe ich bisschen Nachhilfe.»

«Das klingt alles sehr ehrenvoll, Kill, aber irgendwann musst du auch wieder mal was aufs Konto kriegen, oder?»

Er winkte ab. «Da liegt noch genug. Die bezahlen mich ja auch alle, da bestehen die drauf. Und die Yousefs kochen mir dauernd was und meine Mutter auch. Ich lebe hier sehr günstig.»

«Ich hab grad zweitausendfünfhundertunddrei Euro bekommen dafür, dass ich Ludovica Malabene gesagt habe, dass hier Wohnungen frei sind, und ihr einen Link zur Hausverwaltung geschickt habe.»

«Nicht schlecht. Zweitausendfünfhundertunddrei? Eine Primzahl.» Er nickte anerkennend, und mir war unklar, ob wegen der Höhe der Summe oder wegen der Primzahl. Und überhaupt: «Woher weißt du, dass das eine Primzahl ist?»

«Weil sie nur durch eins und sich selbst teilbar ist.»

Ich seufzte. «Du sollst mir nicht erklären, was eine Primzahl ist, Killer, du sollst mir sagen, warum du eine so große Primzahl erkennst. Oder handelt es sich um einen Witz?»

Er, vollkommen ernst: «Kein Witz! Zweitausendfünfhundertunddrei ist absolut eine Primzahl!»

Richtig, stimmt ja, was fragte ich noch lange. Es war ja das Zeitalter der unerklärten Merkwürdigkeiten angebrochen. Zeit, den Balkon zu verlassen und zwei Stockwerke nach oben zu nehmen, es war achtzehn Uhr zweiundvierzig.

Im fünften verließ gerade eine Frau mit vielleicht elfjähriger Tochter eine Wohnung, und beide grüßten Killer, und Killer grüßte zurück. «Nein, Mama, nicht den Fahrstuhl», sagte das Mädchen, dann gingen sie an uns vorbei die Treppen hinunter.

«Kennst du hier jetzt schon wieder alle?», fragte ich.

«Einige.»

Immerhin, das schnelle Schließen von Bekanntschaften war noch sehr old Killer.

Gerade, als wir den sechsten Stock erreichten, öffnete sich die Fahrstuhltür, und heraus traten, in dieser Reihenfolge, Heurtebise, Jez, Vica mit Bello und ein mir nicht bekannter Mann. Vica heute wieder im Anzug. Jez umarmte uns beide, Heurtebise und Vica reichten uns die Hände, und der Unbekannte ging durch bis nach hinten zu Frau Fox. Dann schloss Heurtebise die erste Tür am Gang auf, und wir betraten eine Baustelle. Mindestens fünf Arbeiter waren am Hämmern, Schrauben und Bohren, und alle hatten sie ein asiatisches

Aussehen und sprachen in einer asiatischen Sprache miteinander, vielleicht Chinesisch. Vica schritt voran, und ich stellte fest, dass nicht nur die eine, sondern offenbar gleich alle drei freien Wohnungen gemietet und zwischen den Wohnungen bereits Wände durchbrochen worden waren.

«Darf man das?», fragte ich, vage in den Raum hineingesprochen, und bekam die Antwort von Heurtebise gelispelt: «Aber selbstverständlich.»

Wenn diese Wohnungen alle drei Zimmer hatten, machte das zusammen neun Räume und drei Balkone. Ich blickte durch ewige Zimmerfluchten hindurch, wie bei den aneinandergereihten Waggons in der U-Bahn. Einer der eventuellen Chinesen war gerade dabei, die Zimmerdecke mithilfe einer langen Teleskopstange in silberner Farbe zu streichen. Eine gelbliche Dunkelheit huschte durch die Räume, draußen zog ein Gewitter auf.

«Suuuper, dass das so schnell geklappt hat!» Jez Guevara hatte mich auf der einen und Killer auf der anderen Seite untergehakt. Sie trug sehr hohe Schuhe und einen sehr kurzen Rock. «Jetzt können wir hier unsere Base einrichten, das ist total super!»

«Wo hattet ihr denn bislang eure Base?»

«Bislang hat uns das echt total gefehlt, so was.»

«Aber eigentlich sind das ja hier Wohnungen. Gibt es da nicht irgendwelche Regelungen, wegen Gewerbe?»

Sie löste sich von uns und winkte ab. «Wir wollen hier natürlich auch wohnen, vielleicht.»

Killer hatte sich relativ unbeeindruckt umgesehen und wirkte, als würden ihm andere, wichtigere Dinge durch den Kopf gehen als diese Renovierungsaktion hier. Gedankenverloren trat er vor ein Fenster und blickte raus ins Wetter. Ich meinerseits blickte mich nach Vica um. Als Jez ein gestenreiches Gespräch mit einem der Handwerker begann, nutzte ich die Gelegenheit, mich von ihr abzusetzen. Dabei versuchte ich zu erfassen, wo welche Wohnung endete, wo im Originalzustand Bäder, Flure, Küchen und ursprüngliche Durchgänge gewesen waren, aber das fiel mir verblüffend schwer, und nur Blicke nach draußen gaben mir Orientierung, aber die meisten Fenster waren bereits hinter durchgängig an den Wänden gespannten, dichten Vorhängen aus silbernem Stoff verschwunden. Irgendwann fand ich mich in einer Sackgasse aus silbernen Vorhängen wieder. Ich zog einen leicht zur Seite und fand dahinter eine Wand. Hinter dem anderen aber ging es weiter, er war als Raumteiler quer durch ein Zimmer gespannt. Vica hatte ich immer noch nicht wiederentdeckt, ich sah nur chinesische Handwerker und jetzt immerhin auch den S-förmigen Herrn Heurtebise mit seinem Überbiss, der gerade die Laufschiene eines weiteren Vorhangs testete, indem er ihn ein paarmal auf- und wieder zuzog. Der Vorhang surrte leise und leichtgängig hin und her, anders als der in meinem Schlafzimmer, der mit unzuverlässigen Metallclips auf ein mittig durchhängendes Drahtseil gespannt war.

«Danke für die großzügige Provision», sagte ich.

«Durchaus angemessen.» Er wandte sich mir zu und legte die Fingerspitzen aneinander. «Und da Sie ja Medienprofi sind – wenn Sie hin und wieder mal ein halbes Stündchen am Abend, natürlich nicht jeden Abend, ein paar Kleinigkeiten in unseren Social-Media-Accounts regeln würden, selbstverständlich ebenfalls gegen ein angemessenes Honorar ...»

«Oh Gott.»

«Es ist bestimmt weniger aufreibend als Ihre derzeitige …, also Ihre normale Arbeit. Vielleicht einfach mal zur Probe in den nächsten zwei, drei Wochen? Ich schicke Ihnen die Zugänge. Es ist wirklich nicht viel zu tun, der reinste Selbstläufer, ein paar Herzchen verteilen, ein paar nette Worte, einen Scherz, Sie werden sehen.»

Ich knickte schneller ein als gedacht. «Längerfristig sollten Sie dafür jemanden einstellen. Aber vorläufig kann ich das machen.»

«Ausgezeichnet.»

Was mich in diesem Moment spontan lockte, war weniger das mögliche Zusatzeinkommen als vielmehr die Aussicht, einen Blick hinter die Kulissen, die silbernen Vorhänge dieses eigentümlichen Vica-Imperiums werfen zu können. Von wegen nämlich ein paar Herzchen und Scherze; so groß, wie die das Ding hier aufzogen, würden sie sehr schnell Sachen wie professionelle Datenanalysen, Suchmaschinenoptimierung und eine konzertierte Strategieplanung benötigen, und bei so was war ich dann sowieso ganz schnell raus.

Ein Handwerker kam angelaufen und richtete eine Frage an Herrn H, auf – vermutlich – Chinesisch. Der schmatzte und antwortete auf Deutsch: «Das muss noch nachbestellt werden. Wie weit sind Sie denn?» Dann verschwanden sie beide hinter einem silbernen Vorhang.

Mir war das recht, mit ihm oder Jez hatte ich sowieso nicht viel zu bereden, ich wollte Vica finden, Frau Malabene, Doktor Malabene, die Fürstin oder Gräfin oder was immer sie sein wollte. Meinen Fragezettel trug ich in der Hosentasche. Ich ging in die Richtung, aus der ich meinte gekommen zu sein, entgegengesetzt zu der, in die Heurtebise mit dem Handwerker entschwunden war. Wieder geriet ich in einen Raum voller Vorhänge. Der, den ich als Raumteiler vermutete war keiner, sondern verhüllte eine Fensterfront und einen Balkon. Ich trat hinaus und sah, dass es inzwischen regnete. Es regnete auf die Parkplätze, die Autos, Müllcontainer, Rasenflächen, Bäume und Häuser, die wie aus der Bauklotzkiste eines Kindes nebeneinander aufgereiht standen. Menschen kamen in diesem Bild nicht vor. In der Ferne war Donner zu hören und ein kalter Wind drückte sich an der Hauswand entlang. Die ganze triste, nasse Aussicht katapultierte mich zurück in ungezählte Nachmittage, in denen die Zeit sich kreisförmig bewegte, und mir kam der Gedanke, dass diese bizarre Veranstaltung direkt hinter mir, dass allein schon die Möglichkeit, hier drei verwaiste, öde Wohnungen in eine silberne Merkwürdigkeit zu verwandeln als ein Versprechen gelten sollte. Eine überfällige Disruption, die mit etwas Glück und Quantenphysik vielleicht sogar rückwärts in die Zeit hineinwirken könnte, in meine zirkulären Nachmittage hinein.

«Haltet durch!», wollte ich nach oben und unten rufen. Halte durch, renitenter Herr Dragunović im ersten Stock, halte durch, kaputter Dennis im elften, halte durch, kriminell verstrickter Russe im siebenten, halte durch, geschäftstüchtige Frau Fox nebenan; haltet alle durch, die ihr mühsam und beladen seid, ihr ganzen Freaks vom Ranunkelring!

Als ich nach rechts blickte, sah ich zwei Balkone weiter Killer und Vica, die mich ihrerseits schon längst entdeckt hatten.

Immer parallel zur Wand schaffte ich es, ihren Balkonzugang zu erreichen, ohne mich zwischen silbernen Vorhängen zu verirren.

«Glückwunsch zur neuen Unternehmenszentrale. Ungewöhnlich. Ungewöhnliche Ortswahl, aber ... aber ja. Haut ja hin, irgendwie.»

«Sie sind hier aufgewachsen?»

«Wir beide.»

Der Moment für den Zettel voller Fragen war endlich gekommen. Ich griff in meine Hosentasche, fand aber den Zettel nicht, musste es wohl doch die andere ...

«Suchen Sie den?» Vica hielt meinen Zettel in der Hand und faltete ihn auseinander.

«Entschuldigung, aber das geht einfach nicht, dass Sie mir andauernd Dinge aus den Taschen – echt jetzt, das geht gar nicht!»

In Ruhe las sich Vica meine Liste durch und zog dabei an einer schmalen Mentholzigarette. «Das ist doch sowieso an mich gerichtet.»

«Das konnten Sie doch aber gar nicht wissen!»

«Nein, natürlich nicht.»

Der Regen hatte zugelegt und wurde jetzt von Windböen auf den Balkon getragen, auf Blitz folgte postwendend Donner, das Gewitter war näher gekommen, ganz nahe, es war direkt über uns. Eigentlich wollte ich mich gerade an Killer wenden, er sollte auch mal etwas sagen zu dieser Komödie hier, da trat er an die Balkonbrüstung und erfreute sich daran, wie der Regen ihm ins Gesicht klatschte. Darauf tat auch Vica ein paar Schritte vor in die ungemütliche Zone und hielt ihren schwarzen Pagenkopf in den Regen. Begeistert blickte sie nach rechts und nach links, dann riss eine Sturmböe ihr den Zettel mit meiner Frageliste aus der Hand, und alle drei sahen wir ihm dabei zu, wie er davonsauste; flink, behende, abenteuerlustig, zwischen allen Hindernissen hindurch entschwand er unseren Blicken wie ein Drache, der sich von seiner Schnur losgerissen hat. Im Haus gegenüber schlug der Blitz ein. Der Anblick war eindrucksvoll, dem Haus war es aber egal. Killer blickte andächtig, Vica lachte.

Keinesfalls durfte ich mich von alldem ablenken lassen, Zettel hin oder her. In Türnähe lauerte ich darauf, dass man wieder nach drinnen zurückkehrte, und als wir das schließlich taten, griff ich Vica am Arm und redete, eine Spur zu schrill, sofort drauflos: «Was ist das mit den Blitzen? Der Blitz in der S-Bahn? Danach wurde Killer getroffen!» Den letzten Satz mit sich überschlagender Stimme. Erst mal reagierte nicht sie, sondern er: «Wenzel, komm mal runter, was hat sie denn damit zu tun?»

«Genau das ist die entscheidende Frage!»

Diesmal sah er *mich* an wie einen Verrückten. Vica, noch schlimmer, machte einen auf verständnisvoll: «Schon gut», schnurrte sie. «Man neigt dazu, Verbindungen zu ziehen zwischen Ereignissen. Es war ein Schock für Sie *beide*.»

Und ich ließ mich davon beeindrucken. Sie hat recht, dachte ich. Zwar war es Killer gewesen, der getroffen wurde, aber auch für mich war es ein Schock gewesen, und vielleicht erklärte das mehr, als ich dachte. Ich schnaufte vernehmlich und trollte mich dann zwischen den Handwerkern herum, aber die Idee einer Erklärung beruhigte mich doch ungemein. Anspannung und Unbehagen bröckelten ab von mir und flogen schließlich davon, dem Zettel aus meiner Hosentasche hinterher; sein Inhalt, die Liste voller Fragen, vom Regen längst verwaschen und verschmiert.

In einer Ecke des Raums saß Bello und sah mich freudestrahlend an. Ich ging auf ihn zu und kraulte ihm den hellbraunen Flokati, worauf er zufrieden schmatzte und so etwas sagte wie: «Aiaiaiu.»

«Na klar», sagte ich. «Sprechen kannst du auch.»

Dann suchte ich in der Carsharing-App nach einem Auto. Das, mit dem ich gekommen war, stand nicht mehr am Ort, und nach mir hatte in der gottverlassenen Gegend hier niemand mehr eines abgestellt. Musste ich den Bus nehmen. Vorher vielleicht noch das Wetter aussitzen.

Jez schrie mir ins Ohr: «Hey, sollen wir dich im Auto mitnehmen?»

Vica hatte einen großen schwarzen Schirm aufgespannt, Jez trug ein metallic-rosa Cape, und der gebogene Heurtebise schritt ebenso ungeschützt wie unbeeindruckt durch den Regen zum Wagen. Wir stiegen in denselben alten Volvo, in dem ich schon einmal mitgefahren war, nach der Party von Ina und Clara, und wieder saß Heurtebise am Steuer. Jez saß vorn, Vica hinten neben mir, zwischen uns der Hund. Schon ein paar Ecken weiter riss vor uns der Himmel auf, der Regen ließ nach, und die Sonne präsentierte sich in all ihrer Pracht. Wir fuhren mit geöffneten Fenstern, die Nässe auf den Straßen verdampfte nach oben, es roch nach Bäumen und Blüten und Asphalt. An der Ampel trat ein Jongleur auf. Um mich herum wurde sofort frenetisch applaudiert, und alle vier, Bisc, Jez, Vica und Bello der Hund verfolgten begeistert wie kleine Kinder den sehr mittelmäßigen Auftritt, bei dem der Mann in seiner von karierten Hosenträgern gehaltenen

Clownshose kopfwackelnd ein paar Blechdosen durch die Luft warf. Anschließend wieder johlender Applaus, und als der Mann mit einer Verneigung ans Fenster trat, reichte ihm Jez einen Zwanzig-Euro-Schein, den er gerade überschwänglich dankend annehmen wollte, als sie ihn mit einer dieser klassischen Zaubertrick-Gesten zwischen ihren Fingern verschwinden ließ. «Simsalabim!», kreischte sie, und wieder wurde applaudiert, diesmal ihr.

Bise setzte den Wagen in Bewegung, und der Clown blieb befremdet zurück.

«Nice!», gurrte Vica, und Jez drehte sich zu uns nach hinten, vollführte eine altertümliche Verneigung, wie sie ein Hofnarr, Bajazzo oder Harlekin nach geglückter Posse hinlegen würde, Heurtebise nickte ihr anerkennend zu, und Bello sagte: «Huhuhu.»

Nur ich war irritiert. Und da fiel mir auch wieder etwas ein: «Das Buch von K:B Drifter», sagte ich zu Vica. «*Elektrokröte.* Woher hatten Sie das?»

«Heee!», krakeelte Jez von vorne. «Von dir gar kein Applaus, oder was? Kein Lächeln, kein Schulterklopfen?»

«Wofür?»

«Für den gelungenen Trick natürlich!»

«Na ja – war das nicht ein bisschen fies irgendwie?» – Riesentumult im Wagen. *Fies??? Buuuh! Das war ein Eins-a-Trick!* – usw.

In mir rappelte das Gefühl, dass es doch gerade eben noch um Wichtigeres gegangen war, aber bevor ich ausstieg, war es Vica, die von selbst daran anknüpfte: «*Elektrokröte,* jaja, stimmt. Das habe ich. Hat der Autor mir mal zugeschickt.»

«Darüber muss ich unbedingt Näheres wissen!», rief ich, während die Tür schon wieder ins Schloss fiel.

Eine neue Liste begann ich aber nicht.

Stattdessen loggte ich mich in den Malabene-Kanal bei LosVideos ein und sah, dass es einen Neuzugang gab. Es handelte sich um ein unspektakuläres ASMR-Filmchen für Connaisseure sanft knackender Geräusche, absurderweise mit Jez, ausgerechnet, die hier nun herumflüsterte, als schliefe neben ihr jemand, den sie nicht wecken wollte. Der Inhalt des Gesäusels aber bestand aus diffusem Vermögensberatersprech, wovon ich zu wenig Ahnung hatte, um beurteilen zu können, ob es überhaupt einen Sinn ergab. («Neue Assetklassen sind allzu oft lediglich Hybridprodukte traditioneller Assetklassen. Bei Einsatz von Venturecapital die Risikoallokation nicht aus dem Blick verlieren. Kapital ist nicht durchgehend fungibel, dafür gibt es Liquiditätsprämien, aber Komplexitätsprämien sind wichtige Treiber für Investments mit Entwicklungspotenzial. Im Fokus steht diese Woche der Shareholder-Value von blablabla.») Alles mit zärtlich klickenden Konsonanten gewispert. Dazu erzeugte sie Knistergeräusche mit einer Haarbürste und einem kleinen Fetzen durchsichtiger Verpackungsfolie.

Ich verließ LosVideos und wechselte ins Propagandaministerium. Aktuell herrschte leichte Sommerflaute, aber letzte Woche waren noch mal einige Drifter-Theorien ins Kraut geschossen, größtenteils mutwilliger Unfug, darunter auch wieder einige, die mich ins Visier nahmen. Diese Linie verfestigte sich langsam, aber während mich das anfangs nervös gemacht und besorgt hatte, gefiel ich mir nun in der Rolle des geheimnisvollen Jemands, der vielleicht irgendein

Spinner war, eventuell aber auch irgendwelche Drifter-Spe-zialverbindungen hatte. Und hatte ich das nicht tatsächlich?

Während ich noch so auf den Bildschirm starrte, stellte ich fest, wie übermäßig erschöpft ich mich fühlte. Ich schmierte mir noch eine Stulle, putzte die Zähne und legte mich ins Bett. Da wollte ich eigentlich noch lesen, wenigstens zehn Minuten, aber es ging nicht, schon das Licht war mir zu viel Informa-tion. Ich drückte den Schalter und sank tief in wohltuende Dunkelheit hinab. Ein paar Gedanken jagten noch durch den Kopf: Warum schickte Drifter ein Buch an Vica, kannten sie sich? Morgen Blumen gießen bei Frau Güterich nicht ver-gessen, Blumen, wer waren Blumen, denen gab auch keiner zwanzig Euro, logisch, dass Geld immer weggezaubert wurde, man könnte das aber auch ganz einfach zurückspulen mit einer Fernbedienung. Eulen im Sand –.

Frau Güterichs Pflanzen auf dem großen sonnigen Eckbal-kon waren in ein Stadium uferlosen Wucherns eingetreten. Sie feierten den Sommer und sich selbst, ihre Blütezeit, diese eigenartigen Wesen, von denen man so wenig wusste, und jetzt, wo sie frisch gegossen waren, summten sie wieder bunt vor sich hin, sprühten vor Energie. Hörte ich wirklich Pflanzen summen? War das nicht eher was für Killer, den Post-Blitz-Killer? Ich lag auf dem Liegestuhl im Schatten, und wieder begannen die Gedanken, angenehm zu wandern, hierhin und dahin, Fetzen vom gestrigen Tag; *man neigt dazu, Verbindungen zu ziehen zwischen Ereignissen.* Das hatte ich doch schon einmal gehört?

Smarti surrte, ich hatte eine Nachricht von Vica, oder deren Nummer jedenfalls, welche ja offenbar von ihrer ganzen Gang oder Firma bewirtschaftet wurde, inklusive Hund wahrscheinlich. Die Nachricht enthielt die Zugangsdaten für verschiedene Accounts, nur versehen mit einem knappen Kommentar: «Wie besprochen, MfG BH.»

BH? Bogomir Heurtebise? Bello Hund?

Gott, mit was für einem Haufen Clowns hatte ich mich da eingelassen.

Das mit den Zugangsdaten funktionierte einwandfrei, und die Moderation der Malabene-Kanäle war ein warmes Zimt-Vanille-Schaumbad gegen das, was ich sonst durchmoderierte. Lauter neugierige, wohlgesinnte Fans versammelten sich da. Sie liebten den Hund, sie waren verschossen in Jez, sie bewunderten Vica. Sie applaudierten, lobten, fragten, scherzten, wünschten sich was. Versuchsweise gab ich hier und da ein paar Smileys, Herzchen und freundliche Worte zurück, Fragen und Wünsche sammelte ich in einem Dokument. Als ich abends noch einmal hineinsah, hatten meine kleinen Interventionen noch mehr Begeisterung und Dankbarkeit erzeugt, und so streute ich weitere aus. Wie Blumengießen war das, gluckernd und gurgelnd wurde meine Arbeit aufgesogen und brachte noch mehr lebendiges, blühendes Grün. Niemand verhielt sich beleidigt, sarkastisch, passivaggressiv oder aktiv-aggressiv, niemand schrie Zensur oder Cancel Culture, und niemand stellte Links zu ominösen Quellen ein und befahl, sich dort zu «informieren». Tatsächlich wirkte sich die Arbeit in den Malabene-Kanälen schon nach wenigen Tagen auch positiv auf meine, äh, *alte* Arbeit aus; ich war entspannter, das Geschwurbel und Geschrei amüsierte mich mehr, als dass es mich aufregte, und irgendwie gelangen mir auf diese Weise die Dinge viel besser als vorher, obwohl ich nur noch die halbe Zeit dafür aufwendete.

Am Ende des Monats hatte ich a) sowieso schon das gut doppelte Geld auf dem Konto und b) ein Angebot vom Sender, die Leitung der Abteilung Community zu übernehmen. Ich verhandelte eine satte Gehaltserhöhung und ein Recht auf Teilzeit-Homeoffice.

So bekam ich von da an zwei Gehälter, die jedes für sich höher waren als mein vorheriges, und trotzdem gingen mir die beiden Jobs kombiniert leichter von der Hand als der eine vorher. Ich leistete mir dies und das, und dennoch wuchsen meine vorher auf niedrigem Niveau stagnierten Ersparnisse. Ich wähnte mich schon fast in einer Liga mit Moritz Kässler.

Apropos. Irgendwann war er zurück. Erholt und noch gebräunter als sonst, aber auch hager, und diesmal hatte er ein Päckchen für mich angenommen (darin eine begehrte Smartwatch der neuesten Generation von dem extrem gehypten Start-up *Hallimasch*). Ich klingelte bei ihm, und bevor er es tun konnte, klopfte ich ihm auf die Schulter und sagte: «Kässler, alles klar?»

«Wunderbar, wunderbar.»

«Siehst gut aus, warst lange weg. Aktivurlaub?»

«Nicht ganz. Eher Kontemplativurlaub.»

«Aha?»

«Ja, Wenzel, ich war bei einem Meditationsretreat in Nepal. In einem Kloster.» Er nickte bedeutungsvoll. «Ich habe gelernt, dass der Geist immer da ist. Immer präsent. Das Bewusstsein ist wie eine Leinwand, auf die unterschiedlichste Filme projiziert werden. Nur sehen wir immer den Film, nicht die Leinwand.» Er trug dazu ein kragenloses Hemd aus einem groben Baumwollstoff in Senfgelb-Rostrot gestreift mit einer kleinen Knopfleiste aus hölzernen Knöpfen und eine dunkelblaue Baumwollhose, und obwohl ich der Meinung war, dass es die genuine Aufgabe von Leinwänden war, Filme draufprojiziert zu kriegen, ließ ich seine Ausführungen mal so stehen.

«Hm. Ja, du hast ein Paket für mich angenommen?»

Er nickte wieder, bedächtig, wandte sich um, wandte sich noch mal zurück: «Möchtest du reinkommen? Ich mache gerade einen Tee.»

Wollte ich nicht. Vielleicht wenn sich das Hippieding wieder verflüchtigt hatte. Schließlich wollte ich etwas über die Party damals hören und vielleicht sogar etwas über Geldanlagen. Interesse an Bewusstseinserkenntnissen zum Tee: eher gering.

Die Smartwatch sah fantastisch aus, vor allem aber fühlte sie sich höchst erstaunlich an, rundum weich und anschmiegsam, nicht wie Gummi, nicht wie Leder, mehr wie eine Art stabiles Moos, und sie ließ sich sofort intuitiv bedienen. Während auf meinem Smarti die dazugehörige App lud, spielte ich noch eine Runde FreeCell. Die lief ruckzuck, fertig in zweieinhalb Minuten, knapp über meiner bisherigen Bestzeit. Gleich noch eine hinterher. Diesmal war es vertrackt. Zuerst schien es gut zu laufen, zwei Asse ließen sich schnell lösen, aber dann setzten sich überall Karten gegenseitig fest und bildeten hartnäckige Blockaden. Ich begann noch einmal von vorn, konnte das Problem aber weiterhin nicht lösen. So eine zickige Runde trieb meine Durchschnittszeit gleich nach oben. Ich ließ das Spiel ruhen und öffnete die frisch geladene App zu meiner Smartwatch. (Wie sollte ich die jetzt bloß nennen? Smarti war schon vergeben. Hallimasch? Halli? Okay, Halli.) Ermittelt wurden da Herzfrequenz, Schritte, Bewegungsdaten, Kalorienverbrauch, Schlafanalyse, Stress, ja gut, damit hatte ich gerechnet; Körpertemperatur, Konzentration, Kreativität, ein bunter Strauß verschiedener Stimmungen («Fröhlichkeit, Traurigkeit, Zufriedenheit, Wut, Enthusiasmus, Ekstase, Langeweile» – Was war das denn für eine Auswahl?), Ernährungsanalyse, Verdauung, Hormonzyklus, Allergien, Körperfettanteil, Kreativität, Meditationsmodus, aha, ob Kässler so was auch nutzte? Und dann ganz unten noch: *Erinnerungen, Wünsche (Beta-Version).*

Erinnerung: Ich wache morgens auf, die Sonne scheint ins Zimmer, und neben mir liegt Gesine. Wunsch: Noch mal so, bitte.

Dann kehrte ich noch einmal zurück zu FreeCell. Verdammte Konstellation, bei der jetzt beide rote Sechsen oben hartnäckig verbarrikadiert waren; ohne die Sechsen ging es nicht weiter, schon wieder hatte ich mich in eine Sackgasse befördert, müsste entweder die letzten Züge rückgängig machen oder erneut von vorn anfangen. Bestimmt dokterte ich schon eine halbe Stunde an diesem Spiel rum, aber bislang hatten sie sich alle noch irgendwie lösen lassen, 222 Spielrunden jetzt schon, Gesamtzeit ein Tag, neun Stunden, dreiundfünfzig Minuten, Siege 100 Prozent.

Früher, als das Spiel auf meinem alten Rechner lief, hatte ich öfter mal verloren oder aufgegeben, aber inzwischen akzeptierte ich das nicht mehr. Ich begann noch mal und noch mal. Theoretisch war es möglich, ein unlösbares Spiel erwischt zu haben, aber das wäre fast so wahrscheinlich wie ein Lottogewinn. Ich beschloss, darüber zu schlafen und darauf zu setzen, dass mein Hirn das Spiel nachts prozessieren und mir morgen neue Lösungswege aufzeigen würde, so was gab es doch.

Im Dunkel fluoreszierte die Halli in einem freundlichen Grün.

Am nächsten Morgen zeigte sie mir an, dass ich um 23:26 Uhr eingeschlafen und um 8:11 Uhr aufgewacht war. Das stimmte schon mal. Nach dem Einschlafen hatte ich eine längere Tiefschlafphase gehabt, gefolgt von einer kürzeren REM-Phase, gefolgt von einer Leichtschlafphase, dann wieder Tiefschlaf, Leichtschlaf, REM, usw. Faszinierend. Sie riet mir, ein paar leichte Dehnübungen zu machen und vor dem Frühstück ein Glas Wasser zu trinken. Keine Ratschläge hatte sie in Sachen FreeCell. Auch beim Frühstück gelang mir kein Durchbruch.

An der Klingelanlage vom Ranunkelring 92 gab es jetzt neben zweimal Killmann auch folgende drei neue Namen neben je einem Klingelknopf: *Malabene, Legion Malabene GbR,* und daneben: *LM Auskunft.* Genauso waren auch die Klingelschilder oben neben den Wohnungseingängen beschriftet. Ich klingelte bei «Auskunft». Es überraschte mich gar nicht, dass dort B. Heurtebise mit einem Headset hinter einem Empfangstresen saß und telefonierte. Der Tresen war aus Backsteinen gemauert und silbern angestrichen wie fast alles hier, nur Bise selber war weiterhin grau und beige. «Ist mir gleich, vollkommen egal», lispelte er und bedeutete mir mit einer Geste, dass ich warten sollte. «Machen Sie das, wie Sie wollen, das überlasse ich alles Ihnen, Hauptsache, es funktioniert ... Ja. Ja, richtig. ... Sie haben unsere volle Unterstützung, darauf können Sie sich jederzeit berufen ... Hmm, ja. Bis dann.» Er legte auf und informierte mich: «Das war der Hausmeister.»

«Ist das noch der alte Schwonder?»

«Ja, der Herr Schwonder.»

Schwonder war früher unser Angstgegner gewesen. Ewig mit einer Schubkarre voller Gerät bewaffnet, rumpelte er durch die Gegend und schnauzte Kinder an, wo immer er sie traf, weil Kinder immer und überall Verbotenes taten (über den Rasen laufen, die Füße beim Gehen nicht ordentlich heben, laut lachen, laut weinen, streiten, rennen, Skateboard fahren, mit Wasserpistolen spritzen, sich auf eine Decke setzen und ohne Gewerbeschein alte Spielsachen verkaufen). Es wunderte mich, dass es ihn immer noch gab, war er mir doch damals schon ziemlich alt vorgekommen. Wahrscheinlich einer dieser Typen, die mit Mitte dreißig bereits aussehen wie sechzig und dann einfach für immer so bleiben.

«Gehen Sie bitte durch, Herr Zahn, Frau Malabene erwartet Sie.»

Ich betrat den Raum hinter dem Empfangsraum, der kahl war bis auf ein Sofa in Neon-Pink. Die silbernen Vorhänge am Ende des Raums ließen mittig eine Öffnung, der Raum dahinter hatte einen Balkon. Der war bereits üppig bepflanzt, überwuchert fast, mit tropisch anmutenden Gewächsen, die sich in den Raum hinein fortzusetzen schienen, und fast ein Viertel des Zimmers wurde vom Boden bis zur Decke von einer Voliere eingenommen, in der kleine gelbe Vögel zusammen mit einigen großen blauen Schmetterlingen herumtobten. Vica fand ich auch hier nicht vor, aber immerhin hörte ich schon ihre gediegene Stimme, die mit jemandem sprach, der auf den Namen Ruprecht hörte. Einen Raum weiter fand ich sie, sie trug ihr goldenes Kleid und beschäftigte sich mit einem Raben, dem Raben aus dem Zaubervideo, und der Rabe hieß also Ruprecht. Darauf aber konnte ich kaum achten, denn mein ganzes Staunen war auf den Raum gerichtet, der nicht nur in der Fläche viel größer war, als es Räume in diesem Haus sonst waren, sondern auch in der Höhe. Ich stand da und starrte, und in verständnisvollem Ton erklärte

Vica: «Wir haben auch ein paar Decken rausgenommen.» Ihr rechtes Auge blickte freundlich zu mir herab.

«Rausgenommen?»

«Schön, nicht?»

«War die Wohnung drüber denn auch leer?»

«Zwei sogar.»

«Ihr mietet hier fünf Wohnungen?»

Sie überlegte kurz. «Ja, fünf, glaube ja, oder waren es sieben?»

Sie hatten die kleinen Schuhkartons in silberne Turnhallen verwandelt und bevölkerten diese nun mit Vögeln?

«Das sind ja immense Kosten.»

«Investitionen.»

Der Rabe spazierte durch die Halle und krähte: «Investitionen!»

«Jedenfalls, wunderbare Arbeit, Wenzel, genau so haben wir uns das vorgestellt, ich bin Ihnen sehr verbunden. Brauchen Sie noch irgendetwas? Einen neuen Rechner, Schreibtisch, WLAN, ein Büro?»

«Äh ...»

«Geben Sie einfach Bescheid, Heurtebise wird sich drum kümmern. Und notieren Sie sich schon mal den Einunddreißigsten. Da machen wir hier eine Einweihungsparty. Ich dachte außerdem, Sie möchten sicher dabei sein, wenn wir unser neues Video drehen.»

«Ja, äh, klar.»

«Dann gehen wir doch mal zusammen rüber, ich hoffe, wir können gleich loslegen.»

Ich folgte ihr durch den nächsten Vorhang hindurch in die nächste Halle, in der es dunkel war bis auf einen silbrig flirrenden Spot, der irgendwo auf den Boden traf, ein ähnliches Szenario wie in dem Zaubervideo mit dem Raben. «Viel Spaß», sagte Vica, dann war sie nicht mehr da, und stattdessen tauchte Bello der Hund neben mir auf und führte mich wie ein Platzanweiser im Theater durchs Dunkel zu einem Sofa, auf dem ich sitzen konnte. Links neben mir saß bereits jemand, und als meine Pupillen sich angepasst hatten, sah ich, dass auf weiteren Sofas, Stühlen und Sesseln noch mehr Personen saßen. Ich versuchte zu erkennen, ob Killer dabei war, aber dafür war es doch zu dunkel, und dann setzte auch schon ein gluckerndes Geräusch ein, gefolgt von einer Lichtshow, bei der ziemlich unwahrscheinliche Glitzer- und Bokeh-Effekte durch die Luft waberten, was mir ein schwebendes Gefühl vermittelte, wie unter Wasser. Bin ein Fisch, dachte ich ziemlich schnell, bin ein Fisch und fühle Fischdinge. Es roch sogar nach Meer. Auf dem Boden vor mir lag der Hund. Ob der jetzt auch ein Fisch war?

In dem Lichtpegel senkte sich von oben (an einem unsichtbaren Seil?) nun Vica herab und stand dann auf dem Boden, wie man in einem Schwimmbecken steht, halb schwerelos. Ihre Stimme erfüllte den weiten Raum und die Weite des Raums. Sie sagte: «Immobilien sind unsere Leidenschaft!» Sie vollführte eine luftige Drehung. «Leidenschaft ist als Konzept gar nicht anschlussfähig. Es ist sowieso ein Wort, in dem man ertrinkt. Wer nicht ertrinken will, muss Kiemen ausbilden. Man könnte auch einfach in Ruhe und Frieden ertrinken, aber der biologische Terror zwingt uns überall und ständig zum Überleben. Wir aber sind *für* die nicht anschlussfähige Leidenschaft. Je nicht anschlussfähiger, desto besser. Wo kein Anschluss ist, da wird geblutet. Und geschlafen. Ganz ruhig und tief wird da geschlafen, und was gibt es Schöneres in der Welt, als ganz ruhig und tief zu schlafen, ohne was zu müssen? Nichts, gar nichts müssen. Nicht antworten, nicht staubsaugen, nicht verreisen. Nicht Zähne putzen, nicht die neue Staffel gucken. Nichts beantragen, nicht recht haben, nicht nachsalzen. Schlafen wie ein Fisch. Fische leben schon seit 450 Millionen Jahren auf der Erde, da hat sich eine Menge Erfahrung angesammelt, vormenschliche Evolutionserfahrung, in unserem inneren Fisch. Es existiert nichts Neues in dieser Welt, woher soll es kommen, es war doch alles immer schon da. All dein Essen schon hundertmal gegessen, jedes Molekül mal hier, mal da am Start, anderer Hut auf, und schon scheint uns die Sache neu. Aufräumen ist ein sinnloses Unterfangen. Aufräumen ist eine Illusion. Alle Ideen sind schon gedacht, die Bücher aus der Zukunft schon fertig geschrieben, die Filme schon gedreht, die Musik komponiert, die Witze erzählt.»

Äh. Moment – dieser Sound? Diese Sprache! Ein finsterer Verdacht schwappte mir in den offen stehenden Mund. Das war doch astreiner Drifter-Sound, hier in diesem Aquarium, hier aus Vicas Mund gesprochen mit rollendem R! Biologischer Terror? 1:1 ein Drifter-Begriff! *Der Autor hat mir das zugeschickt –* Ha! Von wegen! Sie hatte nicht Drifter *zitiert* bei Kässlers Party – sie *war* Drifter!

Gott, da hätte ich auch früher draufkommen können. Ich mal wieder, schwer von Kapee. Aber jetzt hatte ich verstanden. Ich lachte vor mich hin. Bello drehte seinen Kopf zu mir herum und lachte mit.

Danach passierte noch dies und das, es gab ein bisschen Akrobatik, Szenenapplaus, das Meer wurde zum Weltall, einzelne Zuschauer wurden involviert, aber ich passte nicht mehr richtig auf, denn im Kopf formulierte ich schon mein großes, wichtiges Drifter-Enthüllungsposting fürs MifeP.

Jemand zog einen Vorhang zur Seite, Tageslicht füllte den Raum und ließ nichts übrig von dem Budenzauber, der hier gerade noch passiert war. Vica stand da im kahlen Raum und goldenen Kleid und nahm den Applaus entgegen.

Ich erkannte spontan unsere früheren Nachbarn, die Baumanns und Herrn Weber von unten drunter, Herrn Dragunović, die Frau mit der Tochter, die Killer letztens im Hausflur gegrüßt hat, den Russen aus dem Siebenten. Killer war nicht dabei.

Alles scharte sich jetzt um das Mädchen aus dem Fünften und Herrn Dragunović, die beide auch mal in den Lichtpegel getreten und da irgendwas gemacht hatten. Sie hielten jeder etwas in den Händen, etwas sehr Fragiles, wie es schien, und die anderen sahen sich das staunend und ein bisschen ungläubig an. Kinderschreck Dragunović blickte ganz sanft und betört, dann löste sich Frau Baumann aus der Gruppe. Sie hatte ein zerstörtes Säufergesicht und kam mir lächelnd entgegen: «Dis is doch der Wenzel, von den Zahns, guck ich doch richtich, oder?»

«Hallo, Frau Baumann.»

«Meeensch. Was machst du denn hier?»

«Also, ich, äh, ich arbeite so bisschen mit, bei Frau Malabene, und … und mein alter Freund Marco, Marco Killmann, der wohnt jetzt auch wieder hier.»

«Jaaa, na den Marco, den hamwa schon gesehen.

Meeensch, der hilft ja hier und da, der Gute, jaaa, Marco und du, ihr wart immer dicke, was? Seid ihr Freunde geblieben, ja?»

«Ja, sind wir.»

«Meeensch, und was machen deine Eltern, geht's denen gut, ja?»

«Ja, denen geht's gut.»

«In ihrem neuen Haus, ja?»

«Ja, die fühlen sich wohl, mein Vater wollte ja immer einen Garten.»

«Jaaaa, so 'n Garten is was Schönes! Meeensch, der Wenzel! 'n richtiger großer Mann biste, was?»

«Und was hatte Herr Dragunović da gerade in der Hand, was Sie da ...»

«Dolle Show, was?! Also, mir fehlen da vollkommen die Worte, so was hab ich überhaupt noch nie gesehen – und was die hier gemacht haben!» Sie blickte sich um und ruderte dabei mit ihren blassgrauen, dünnen Armen durch den Raum. «Ich hab schon zu mein Mann gesagt, hier hätten wa mal unsere Silberhochzeit feiern sollen!» Sie brach in rasselndes Lachen aus. «Na, die ham schon gesagt, wir können hier gern mal was feiern, wär ja doll, was, wär was für den Siebzigsten!»

Bei Killer reagierte keiner, ich schlich zwei Türen weiter zu seiner Mutter. Die kam angeschlurft und guckte dann durch den Spalt hinter dem Vorhängeschloss. «Is da wer?», fragte sie. Eigentlich stand ich direkt vor ihr. Ich tat einen Schritt weiter in die rechte Hälfte ihres Blickfelds. «Ach», sagte sie jetzt. «Der Wenzel.»

«Ist Marco vielleicht hier?»

«Komm rein, komm rein.»

Killer war gar nicht da. Aber in der Küche stand Herr Nicolaidis vom Akropolis und brutzelte etwas. «Kochen ist einfach schwierig geworden für mich», sagte Frau Killmann. «Ich finde ganz oft die Sachen nicht. Ich weiß genau, ich hab Butter im Kühlschrank, aber ich finde sie nicht.» Sie schüttelte den Kopf.

«Gar kein Problem», sagte Herr Nicolaidis. «Ich finde die dann schon.» Er sah mich an. «Du kommst mir bekannt vor!»

«Ich hab auch mal hier gewohnt», sagte ich. «Meine Eltern waren oft bei Ihnen im Akropolis. Daniela und Bernd Zahn.»

«Ahhh! Dani und Bernd, ja. Was machen die?»

«Die sind umgezogen, geht ihnen gut.»

«Schöne Grüße.»

Das Gebrutzelte roch so, dass ich es sofort essen wollte, und im Wohnzimmer hatte Frau Killmann auch schon drei Teller auf die rechte Seite vom Tisch gestellt, auch die Tischdecke darunter bedeckte nur diese eine Hälfte.

«Kommt Marco auch noch?», fragte ich.

«Ich weiß gar nicht», sagte Frau Killmann, «seid ihr nicht verabredet?»

«Nicht direkt, ich hatte ihm nur auf dem AB gesprochen, dass ich heute im Haus bin.»

«Na, dann weiß er ja Bescheid!»

Ich wollte gerade zulangen, da faltete Frau Killmann die Hände, Tino Nicolaidis blinzelte mir komplizenhaft zu und faltete mit, dann sprach Frau Killmann ein Tischgebet: «Lieber Herr Jesus, schön, dass der Wenzel heute mit uns essen kann, und danke, dass der Tino so gut kocht. Die griechische Küche ist gesund und vielseitig, auch, wenn man sie in

Deutschland genießt. Gut, dass es jetzt draußen nicht mehr so heiß ist. Amen.»

«Amen», sagten wir.

«Und wie geht es Ihnen?», fragte ich Tino Nicolaidis. «Haben Sie sich gut erholt, von, äh …»

«Ich hatte mir den Knöchel und zwei Rippen gebrochen. Die Treppe! Geht mir wieder gut, ich hatte Glück, aber ich sage Ihnen, wenn man alt ist, sollte man sich tunlichst nichts mehr brechen. Bei vielen ist das der Anfang vom Ende.»

«Zum Glück gibt es hier den Fahrstuhl», sagte Frau Killmann.

«Hier ja, aber woanders begegnet einem ja manchmal auch eine Treppe. Und dann musst du sofort vorsichtig sein, Gudrun. Sofort denken: Achtung, Treppe! Und dann ganz langsam und konzentriert da runter.»

«Oder rauf.»

«Oder rauf! Aber fallen tut man eher auf dem Weg nach unten.»

«Das war ganz köstlich», sagte Frau Killmann und legte das Besteck zur Seite. Sie hatte nur die Hälfte gegessen. Tino Nicolaidis drehte kommentarlos ihren Teller um 180 Grad und sagte: «Iss doch noch den Rest.»

«Ach», sagte sie, «da ist ja noch was», griff sich Messer und Gabel und aß weiter.

«Wussten Sie eigentlich von dieser Veranstaltung heute, im sechsten? Bei den neuen Mietern? Malabene?»

«Ja, da war ein Aushang. Heute war das? Was war denn da los?»

«So eine Art … Darbietung. Die machen so kleine Filme, Videos, fürs Internet. Und man konnte sich das ansehen.»

«Und was gab es da zu sehen?»

«Bisschen Theater und eine Lichtshow.»

«Interessant, und das machen die hier in unserem Haus?»

«Ja, das machen die jetzt hier. Im sechsten, siebenten Stock.»

«Sechster oder siebenter?», fragte Tino Nicolaidis.

«Äh, beides. Also, Eingang im sechsten, aber sie haben ein paar Deckendurchbrüche gemacht zum siebenten, damit die Räume höher sind.»

«So was geht?»

«Ich hab auch gestaunt.»

Nebenan klingelte das Telefon, und Frau Killmann stand auf, um ranzugehen. «Das war Marco», sagte sie, als sie zurück ins Zimmer kam. «Er sagt, er ist grad oben bei Frau Iglesias. Ich hab ihm gesagt, dass du hier schon wartest, er meinte, du sollst einfach hochkommen.»

«Iglesias? Welcher Stock?»

«Hier, direkt über uns.»

Mir öffnete die Frau, die ich schon bei der Malabene-Show gesehen hatte, die mit der Tochter, die uns zusammen mal im Flur begegnet war und Killer gegrüßt hatte. Die Wohnung war klein, hell und aufgeräumt, und auf dem Boden im Wohnzimmer saß Killer mit der Tochter.

«Wenn man will, kann man sich die einsetzen lassen», sagte die gerade und zeigte ihm etwas, so wie vorhin den anderen im Malabene-Palast nach der Video-Aufzeichnung. Mit den Händen in den Hosentaschen blieb ich im Raum stehen und sagte: «Hallo.»

«Wenzel!» Killer strahlte mich an, und das tat so gut. «Das ist Jenny», sagte er, «und Jennys Mutter Pamela.»

«Hallo», sagte ich noch einmal. «Wenzel.»

«Ich hab schon von dir gehört, Wenzel», sagte Jenny, vielleicht zehn Jahre alt. «Du hast auch mal hier gewohnt früher.»

«Das ist richtig.»

«Wo wohnst du jetzt?»

«Äh, ziemlich zentral, da so … nördlich von der Parkallee.»

«Ist es da schön?»

«Mir gefällt es.»

«Wie viele Stockwerke hat das Haus?»

«Vier, also jetzt fünf, seitdem der Dachboden ausgebaut ist.»

«Was ist der Dachboden?»

«Das ist der Raum unter einem Giebeldach», sagte die Mutter, ihr Name war mir wieder abhandengekommen. «Und jetzt mal Schluss mit Fragen.» Sie sah mich an: «Es gibt da sonst kein Ende.»

«Dann habe ich jetzt mal eine Frage», sagte ich. «Was hast du denn da in der Hand?»

Das Mädchen richtete sich in ihrem Schneidersitz auf und sagte, im Tonfall einer Grundschullehrerin: «Das sind Kiemen.»

«Kiemen?»

Sie öffnete die Hand, und ich sah ein lamellenhaftes Gebilde, das vielleicht organisch war oder auch nicht. Tatsächlich hatte ich absolut keine Vorstellung davon, wie Kiemen aussahen, sie hätte mir auch die Bauchspeicheldrüse eines Pandabären zeigen können.

«Damit können Fische unter Wasser atmen.»

«Hat Vica dir die gegeben?»

«Sozusagen.»

«Sozusagen, soso. Und was machst du jetzt damit? Die werden bald stinken.»

«Nein», Jenny verdrehte die Augen. «Das sind künstliche Kiemen.»

«Ach so? Und was macht man mit künstlichen Kiemen?»

«Man kann sie sich einsetzen lassen und dann unter Wasser atmen.»

Wohl nicht, dachte ich, nickte aber tapfer. Diese Inkonsequenz schien Jenny genau zu durchschauen. «Und sie hat mir Aktien geschenkt, von ihrem Unternehmen.»

«Wie, die sind an der Börse?»

«Ja, ganz neu.»

«Das kann ja nicht sein», sagte ich, an Killer gerichtet, «Aktiengesellschaften müssen ja wohl *bisschen* größer sein als drei Leute und ein Hund.»

«Sind sie ja auch», sagte Jenny, die jetzt vollends von meiner Blödheit überzeugt war.

«Aha. Und du hast ein eigenes Aktiendepot?»

«Wir haben eins eröffnet.»

«Das kann man mal eben so machen?»

«Ich kann dir zeigen, wie das geht.»

Aua. – «Okeh. Zeig mal.»

In wenigen Minuten hatte ich an Ort und Stelle ebenfalls ein Aktiendepot bei einem Guerilla online Broker mit Malabene Aktien dazu («Neosmart Life Science» hießen die). Jenny zeigte mir ihr Depot mit den zehn geschenkten Aktien und, oho, sie waren offenbar schon wieder im Wert gestiegen. Von je knapp drei auf über neun Euro. «Dreiundneunzig Euro schon!», rief sie. «Mama, schon dreiundneunzig Euro!»

Später erzählte mir Killer von Jennys vielen Begabungen und wie gut ihre Mutter das alles mit ihr hinbekäme. Sie besuchte dieselbe Krepelschule wie wir damals, die (laut Killer vermittels Jenny und seines Nachhilfeschülers Justin) aber inzwischen nicht mehr ganz so krepelig sei. Irgendwie hatten sie es geschafft, pädagogisch nach vorn zu gehen, mit Kräutergarten, Schulzoo, Konfliktlotsen und einem erfolgreichen Pop-Orchester, in dem Jenny Schlagzeug spiele. Justin kümmere sich im Schulzoo um irgendwelche Kröten und habe nun auch ein Terrarium zu Hause, wo er deren Nachwuchs aufzog. Des Weiteren berichtete er, dass der Russe zusammen mit dem ältesten Sohn der Yousefs im Fahrstuhl stecken geblieben sei, wo sie sich zuerst eine ganze Weile fürchterlich angebrüllt hätten, sodass man schon Angst hatte, sie schlügen sich gleich die Köpfe ein. Dann aber sei der Fahrstuhl in den Keller gerauscht, die Tür ging auf und die beiden wurden dort von Jez in Empfang genommen und als erste Versuchspersonen in den frisch eingerichteten Malabene Escape Room gelotst, wo sie hinterher als beste Freunde wieder herauskamen.

«Escape Room im Keller?»

«Ich war noch nicht da.»

«Horror. Horrorvorstellung.»

«Ja, dachte ich auch.»

«Hast du so was schon mal gemacht?»

«Ja, bei einem Teambuilding natürlich. Aber nicht im Keller.»

«Also, die bespielen jetzt auch noch den Keller, ja? Wollen die das ganze Haus übernehmen? Warum warst du eigentlich nicht anwesend bei dieser Darbietung vorhin?»

«Ich wollte kommen, und dann bin ich eingeschlafen.»

«Du machst Sachen.» Mir kam eine herrliche Idee. «Hast du heute noch was vor? Wollen wir was unternehmen? Ausgeschlafen bist du ja jetzt.»

Komm, lass uns mal in den Keller gucken», sagte ich beim Verlassen der Wohnung, und so stiegen wir in den Fahrstuhl und drückten den schrecklichen K-Knopf.

Kein Kind geht gern in den Keller, und ich war keine Ausnahme. Bei Betreten des Kellers beginnt automatisch der Kopffilm «Was, wenn ich hier nicht wieder rauskomme». Keller befinden sich unter der Erde und somit an dem Ort, an dem auch die Hölle verortet ist. Nur dass Keller immer kalt sind. Und beengt. Keller sind das ES der Wohnhäuser, das zugemüllte Unterbewusste, wo das Verdrängte hinwandert, um dort zu brüten.

Den Keller nicht über die Kellertür im Flur zu betreten, sondern mit dem Fahrstuhl dorthin hinabzusinken, war noch eine Steigerung des Schreckens. Die Tür öffnet sich direkt ins Dunkel, dann schließt sie sich wieder, hinter dir, automatisch, der Fahrstuhl, deine einzige Hoffnung, fährt zurück nach oben.

Aber heute war alles anders. Die Fahrstuhltür öffnete sich, und dahinter lag nicht der dunkle Schlund, sondern ein heiter beleuchteter Partybunker. Heiter, weil bunt, mit LEDs, Lichterketten und Lampions, dazu entspannte Musik.

Die neuartige Verspiegelung der Decke nahm dem niedrigen Raum das Klaustrophobische. Personen wuselten von hier nach dort, unter ihnen entdeckte ich Jez. Oder sie uns.

«Heeey, wollt ihr in den Escape Room?»

«Eher nicht.»

«Der ist wie für euch gemacht! Das perfekte Freundschaftsding, das lasst ihr euch nicht entgehen! Folgt mir.»

Es ging von hier aus sowieso nur in die eine Richtung geradeaus, also konnten wir auch erst mal hinter ihr hertrotteln. Nach ein paar Metern gabelte sich der Gang, das wusste ich noch, wir hatten unseren Verschlag damals rechts runter den zweiten. Jez führte uns nach links, aber es war dann auch gar nicht der Gang, sondern ein Verschlag, den wir unwissentlich betraten und, zack, plötzlich schloss sich hinter uns die Tür.

«Hey!», rief ich. Killer seufzte.

«Hatte ich nicht eigentlich gesagt, dass wir das nicht wollen?»

«Lass es uns schnell hinter uns bringen.»

«Man muss schon in so was einwilligen vorher, meine Meinung.»

«Guck doch mal», sagte Killer und sah sich in dem Raum um. Ich blickte auf die Wand vor mir, ich blickte nach rechts, nach links, ich drehte mich um die eigene Achse, mir wurde flau. Wir standen in einer Schrumpfversion meines alten Kinderzimmers.

«Was soll der Scheiß!», schrie ich. «Was soll der Psychoscheiß?»

Aus einem kleinen Lautsprecher in der Ecke kam Vicas angenehme Stimme: «Herzlich willkommen in unserer Memory Experience. Herr Zahn, wir haben uns ja vorhin schon gesprochen, ich freue mich, dass Sie sich heute hier so fleißig umsehen. Herr Killmann, ich grüße Sie.»

Ich fuhr herum. «Können Sie uns sehen?»

«Das ist immer so in Escape Rooms», sagte Killer. «Da ist immer eine Spielleitung über Kamera verbunden, damit sie Hinweise und Anweisungen geben können.»

«Sehr richtig», sagte Vica. «Und für Sie mache ich das heute mal höchstpersönlich.»

«Das ist mein verdammtes Kinderzimmer hier!»

«Das haben Sie also schon erkannt, Herr Zahn, wunderbar. Wie gesagt, dies ist unsere Memory Experience. Wir sind noch in der Beta-Version, darum freue ich mich, dass wir hier gemeinsam Erfahrungen sammeln können. Fragen können wir gern später noch klären, jetzt möchte ich Sie bitten, sich auf das Spiel einzulassen.»

Mein Zimmer. Ein erweiterter Teil meines kindlichen Selbst, ein beseelter Raum. Geprägt, markiert durch seinen Bewohner, ein vergangenes Ich, einer, den es nicht mehr gab, der allenfalls eine Art Nachfolger hatte in mir, dessen Erinnerungen ich aufbewahrte in meinem Kopf, weitergegeben von Stunde zu Stunde, über ein Leben hinweg. Ein anderer Junge hätte andere Poster an den Wänden gehabt und sie anders angeordnet, er hätte andere Flecken auf den Teppichboden gekleckert, hätte sich einen anderen Teppichboden ausgesucht. In jede Faser hatte der sich eingeprägt, der hier gelebt hatte, unsichtbare Abdrücke hinterlassen, auf und in den Tiefen der Materie. Ich erkannte nicht einfach nur den Raum, ich erkannte mich in diesem Raum. Und er sollte schön da bleiben, wo er war, in meiner Erinnerung nämlich, in der Vergangenheit, und das war bitte sehr hoch oben im neunten Stock und nicht im Scheiß-Keller.

«Erste Aufgabe!», verkündete Vica. «Sucht den Gameboy!»

Ich hatte einen Knoten im Kopf und im Hals, aber wo der Gameboy lag, wusste ich sofort. Mechanisch bückte ich mich nach einer grünen Spielzeugkiste links unten im Regal und holte zwischen verstaubten Actionfiguren, Mini-Puzzles, Jo-Jos, Stiften und einzeln herumfliegenden Geldstücken (spanische Peseten, dänische Kronen, österreichische Schillinge von längst vergangenen Reisen meiner Eltern) das Gerät hervor wie gefordert. «Oh Mann», sagte Killer. Nahm es mir mit seligem Lächeln aus den Händen, schaltete ein und startete eine Runde Super Mario.

«Sehr gut», gurrte Vica. «Das ist dann auch gleich die zweite Aufgabe.»

Killer absolvierte sie problemlos.

Als Nächstes mussten wir einen auf dem Schreibtisch bereitliegenden verhauenen Mathe-Test korrigieren (darunter die authentische Unterschrift unserer Mathe-Lehrerin Frau Glockendahl) und gegeneinander eine Partie Kniffel spielen (in dem Kniffel-Karton lagen noch angefangene Spielblöcke mit meiner und Killers Kinderschrift darauf). Der Sieger (ich) durfte sich einen Kinderzimmertraum erfüllen; «Geheimrutsche in den Vierten», sagte ich, obwohl ich immer noch stinksauer war. Killer lachte. «Genau! Das wollten wir immer! Einen Geheimgang zwischen unseren Zimmern. Rutsche nach unten und Kletterparcours nach oben.»

Eine Wand samt Regal schob sich zur Seite, dahinter erschien eine Leinwand, auf der ein Animationsfilm lief. In dem Film wurde ein kleiner Wenzel von seiner Mutter ins

Bett gebracht, tat kurz, als schliefe er, stand auf, schlüpfte durch eine Geheimtür im Schrank in einen Schacht und rutschte direkt in das Kinderzimmer seines Freundes Killer, der ihm, ebenfalls im Schlafanzug, auf ein Klopfzeichen seine Geheimtür öffnete.

Wir sahen uns an.

Die Leinwand wurde hochgezogen, dahinter lag nun das Kinderzimmer von Killer.

«Wie zum Teufel», sagte ich.

Killer sah sich um, zog die Stirn kraus. «Verblüffend», sagte er. «Aber einiges stimmt nicht.»

«Was stimmt nicht?», fragte der Lautsprecher.

«Ich überlege. Einiges. Auf jeden Fall war das Kopfende vom Bett schon mal genau andersrum. Dann hier das Regal ...»

Ich unterbrach ihn: «Nee, Killer. Das stimmt schon so mit dem Bett.»

«Nee.»

«Doch, doch. Ich erinnere das genau so.»

«Absolut nicht. Und bei dem Regal waren die Schubladen nicht links, sondern rechts. Und diese beiden Poster hier, das mit den Simpsons und das Jurassic Park, die hatte ich zwar beide, aber bestimmt nicht gleichzeitig. Die Simpsons haben die Dinos nämlich abgelöst.»

Nun war ich es, der die Stirn runzelte. «Also, es ist natürlich dein Zimmer, Killer, aber mit meinen Erinnerungen stimmt das alles voll überein.»

«Wie war das denn eben bei deinem Zimmer?», fragte er. «Stimmte da alles für dich? Da hätte ich nämlich auch ein paar Dinge anders gemacht.»

«Stimmte alles. Erschreckend, aber ist so.»

«Hoch interessant», schaltete sich Vica ein. «Machen Sie weiter. Hier wartet das eigentliche Rätsel!»

Beide blickten wir in die kleine Überwachungskamera.

«Okeh», sagte Killer, «wir haben also ganz offensichtlich unterschiedliche Erinnerungen, aber die von Wenz stimmen mit dem hier überein und meine nicht.»

«Messerscharf.»

«Das bedeutet», er sah mich an. «Das bedeutet, beide Räume sind nach deinen Erinnerungen modelliert.»

Mir stellten sich die Haare auf.

Von der Decke regnete es Glitzerkonfetti, dazu erklang die Gewinnermelodie aus «Wetten, dass». Die Türen öffneten sich, und draußen warteten Jez und Heurtebise, sie mit einem laminierten Riesenscheck über fünfhundertfünfundfünfzig Euro und einer unseriösen Medaille, die sie Killer um den Hals legte, er mit einer Flasche Moët&Chandon. Sie applaudierten.

«Herzlichen Glückwunsch, Herr Killmann», gesellte sich die Vica-Stimme hinzu. «Eine beeindruckende Leistung. Beim nächsten Mal könnten wir Ihr Zimmer durchaus auch nach Ihren Erinnerungen einrichten, aber dafür bräuchten Sie dann ebenfalls eine *Hallimasch* aus unserer Produktion.»

Ich griff mir ans Handgelenk. «Soll das heißen, ihr seid das Hallimasch-Start-up oder wie?»

«Genau. Hallimasch gehört zu unserer Unternehmensgruppe Neosmart Life Science. Es hat uns natürlich sehr gefreut, als wir gesehen haben, dass Sie, Herr Zahn, sich für unser Produkt entschieden haben. Hätten wir das vorher gewusst, hätten wir Ihnen das Gerät natürlich gern kostenlos zur Verfügung gestellt. Es handelt sich um eine bahnbrechende Technologie auf Basis von Quantenphysik und Pilz-Hyphen, und wir sind bislang die Einzigen, die Derartiges herstellen können.»

«Vorher gewusst? Hättet ihr doch einfach mal in meinen Kopf reingeguckt wie sonst auch, dann ...»

«Keine Sorge, niemand guckt in Ihren Kopf, Herr Zahn», gurrte Vica, aber Jez plärrte dazwischen: «Außerdem, bevor du die Hallimasch hattest, hattest du ja noch keine Hallimasch, denk doch mal logisch!»

Dann schob Heurtebise uns lächelnd zurück zum Fahrstuhl, Killer mit seiner Schampusflasche, seinem Scheck und seiner Medaille, mich mit meiner ganzen bodenlosen Fassungslosigkeit. Im Erdgeschoss spuckte uns der Fahrstuhl wieder aus, wir waren beide mit Glitzer überzogen, draußen war es überraschend kühl. Ein Schwarm Krähen schoss mit Geschrei zwischen zwei Bäumen hin und her, als sei damit irgendetwas gewonnen.

«Zeig mal diese Hallimasch», sagte Killer.

Ich nahm sie vom Handgelenk und gab sie ihm. «Und ich Idiot dachte, die Funktion *Erinnerung* sei eine Art Wecker.»

«Ist es ja normalerweise auch.» Killer knetete die Hallimasch und wischte darauf herum. «Und was ist *Wünsche*?»

«Eine Merkfunktion? Wunschliste?» Wir sahen uns an. «Dachte ich jedenfalls, bislang. Ist alles noch in Beta-Version.»

Langsam hob Killer die Hand mit der Hallimasch. In der anderen hielt er den Champagner, ich trug den dämlichen Scheck. Wir sahen uns weiterhin an. Ich nickte. Wie schon zuvor einmal sein Smarti schmetterte er nun die Hallimasch auf den Boden, wo sie vollkommen unversehrt landete. Ich sprang und trat darauf herum, sie gab ein bisschen nach, aber als ich sie aufhob, funktionierte sie immer noch einwandfrei.

Auf einer Bank mit Ausblick auf die verwaiste Skater-kuhle köpften wir den Moeschongdong. «Danke, Mister Burns», sagte Killer und nahm einen Schluck, der ihm nicht schmeckte.

«Mister Burns!», schrie ich. Das war so lächerlich nahe-liegend, dass ich wirklich selbst hätte draufkommen *müssen*! Heurtebise war Mister Burns, und zwar eins zu eins! «Und Jez?»

«Jez ist schwierig. Sie ist vielleicht eine barbiefizierte Version von Pippi Langstrumpf.»

«Mit der Stimme von Miss Piggy.»

«Wenzel! Sehr gut. Sie ist vorne Barbie, hinten Pippi Langstrumpf und in der Mitte Miss Piggy.»

«Gut, das haben wir geklärt. Jetzt Vica.» Killer wollte ge-rade antworten, da fuchtelte ich abwehrend mit den Händen. «Moment! Sag nichts – Morticia Addams.»

Killer schüttelte den Kopf. «Zu billig.»

«Sag du.»

«Nofretete.»

Das war jetzt eine ganz andere Gattung. Nofretete. Er-staunlich. Er reichte mir den Champagner, und während ich aus der Flasche trank, nahm Killer sich noch einmal die Halli vor. «Der Kiefer ist das stärkste Werkzeug des Menschen», sagte er und biss zu.

«Nicht, das ist doch Gift!»

Übermütig quoll weißes Gewebe aus einem winzigen Riss. «Ah, die Pilz-Hyphen», sagte Killer und spülte sich den Mund mit Champagner aus.

«Diese Pilze haben also meine Erinnerungen angezapft.»

«Es gibt einen Pilz, der befällt Ameisen und übernimmt komplett die Kontrolle über deren Verhalten. Die Ameisen klettern dann an irgendwelchen Stängeln hoch, was sie sonst unbedingt ablehnen, beißen sich da fest, und dann wächst der Pilz von innen aus denen heraus, klebt die Ameise an das Blatt und verdaut sie bei lebendigem Leibe. Pilzen traue ich alles zu», sagte Killer. «Sollte es jemals zu einer Zombie-Apokalypse kommen, dann so. Durch Pilze, die uns steuern wie Ameisen.» Er ließ die Halli mit authentischem Ekel fallen, und kaum lag sie da, kam eine riesige Krähe und trug sie mit sich in die Höhe. Sonst wohin, ins Land der Krähen vielleicht.

«Wahrscheinlich sind wir sowieso von Pilzen gesteuert», sagte ich, und es erschien mir absolut plausibel. «Wir sind doch komplett besiedelt von Bakterien, Viren, Pilzen. Ökosysteme sind wir. Nimm die Pilze weg, und wir zerbröseln.»

«Pilze können sogar im Weltraum überleben.»

«Das sollte uns zu denken geben.»

So weit, so gut, aber dann holte er noch weiter aus: «Weißt du, wenn Verschiedenes sich zusammentut, dann entsteht etwas Neues. Wenn Wasserstoff und Sauerstoff zusammen sind, dann sind sie Wasser. Es gibt sie auch einzeln, Wasserstoff und Sauerstoff, und einzeln für sich haben die mit Wasser gar nichts gemeinsam. Pilze bilden zusammen mit Algen auch ein neues Wesen, Flechten. Und außerdem sind wir alle als Wesen aus zwei anderen Wesen hervorgegangen und sind aber ganz andere als die beiden, ganz neu. Und warum? Weil: Potenziale. Potenziale schlummern und werden erst durch Kontakt, Vermischung, Symbiose lebendig. Deshalb glaube ich, unsere Welt bräuchte vielleicht mal wieder einen ganz großen neuen Kontakt. Eine ...» Er schnippte mit den Fingern auf der Suche nach einem Wort. «... eine Panspermie.»

«Ich weiß nicht, was das ist.»

«Wenn Materie aus dem Weltraum auf die Erde trifft und dann eben was Neues entsteht.»

Das klang wenig überzeugend, offenbar hatte er nicht wirklich eine Ahnung, wovon er da gerade fabulierte.

Wir gingen nirgendwo mehr hin, ich fuhr mit dem Bus nach Hause und versuchte mich unterwegs noch zweimal an meiner vertrackten FreeCell-Konstellation. Dann fiel ich unendlich müde ins Bett und träumte, ich würde im Fahrstuhl wohnen. Nach dem Aufwachen, selbst nach dem Aufstehen, war ich immer noch ganz von Träumen besiedelt.

Dann fiel mir wieder ein, dass ich etwas Wichtiges zu tun hatte. Zuerst wollte ich, den Ausmaßen der Enthüllung angemessen, ein neues Thema eröffnen, aber dann entschied ich mich, die Bombe mit einem einfachen Beitrag in der letzten, bereits seitenlang ausufernden Drifter-Diskussion platzen zu lassen. Vorher öffnete ich noch Vicas Kanal bei LosVideos. Das gestern neu gedrehte Video war noch nicht online. Umso besser. Ich schrieb:

Leute, ich weiß, wer Drifter ist. Ich will es nicht unnötig spannend machen: Es ist LosVideos-Star und Unternehmerin Ludovica Malabene. Oder sie und ihr Team. Guckt euch das neue Video an, es ist nicht zu überhören. Und noch viel wichtiger: Sie war es, die ich in der S-Bahn mit dem neuen Buch in der Hand gesehen hatte! Ich war mir bislang nicht sicher, jetzt bin ich es. Amen.

Ich schmierte mir ein Brot, kochte mir ein Ei und einen Kaffee, aß und trank, dann loggte ich mich wieder ein und las die Reaktionen.

Emma Piel: *Oh.*

Knecht: *Hochinteressant. Leider habe ich kein Abo.*

Heilige Johanna: *Ich auch nicht. Ist das schon online?*

Krokodil2: *Hat hier irgendwer ein Abo für diesen Kanal? Vorgetreten!*

Gundel G.: *Nein. Aber meine Schwester. Die redet auch wahnsinnig viel davon, bin also immerhin aus zweiter Hand informiert. Nutzt das was?*

Der Koch: *Wenn du dir da dieses Video ansehen könntest, dann vielleicht schon!*

DeSelby: *Leuchtet mir nicht so komplett ein, warum dieses eine Video jetzt solche Rückschlüsse zulassen sollte. Wenn das ein etablierter Kanal ist, es also schon viele Videos gab, warum war da Entsprechendes nicht schon längst zu erkennen? Dass sie es war mit dem Buch in der Bahn, steht auf einem anderen Blatt, das wäre bestechend. Wenn es stimmt. Kann wohl kaum verifiziert werden.*

Er nun wieder. Stimmte natürlich alles.

Weiterhin hatte ich verschwiegen, dass ich selbst für diesen Kanal arbeitete, denn das hätte doch alles unnötig verkompliziert.

Kompliziert lagen die Dinge auch beim Sender. Auf eine Schmiergeldaffäre, die immer noch für Schlagzeilen sorgte, stapelte sich nun eine neue, wirklich finstere Geschichte, bei der wir alle den Atem anhielten. Der Sprecher der Hauptnachrichten und Ehemann einer bekannten Soapdarstellerin wurde erst vermisst und dann ein paar Wochen später tot aufgefunden – auf dem Grundstück eines Kollegen seiner Frau, welcher in der Serie ihren geheimen Liebhaber spielte, der mit ihr zusammen einen Mordkomplott gegen den Ehemann schmiedet. Stellte die Realität hier die Fiktion der Serie nach? Das Netz drehte durch, das Social-Media-Team wurde zu einer Sonderkonferenz einberufen.

Noch nie hatte ich an einer so großen, abteilungsübergreifenden Konferenz teilgenommen, so etwas hätte bislang wohl ohne mich stattgefunden. Als letzte Person kam ich herein und fand keinen freien Platz mehr. Es fehlte genau ein Stuhl, fast so, als sei ich eigentlich doch nicht erwünscht hier. So blieb ich ganz hinten im Raum und setzte ich mich mit halber Arschbacke seitlich auf die Fensterbank, was immerhin lässig war, vielleicht. Ich blickte mich um und sah in der letzten Reihe meine Kolleginnen Peri und Adele. Peri wischte, an den Ausführungen des Programmdirektors vorn auf dem Podest desinteressiert, auf ihrem Smarti herum, Adele putzte ausgiebig ihre Brille, hielt sie sich vors Gesicht, prüfte das Ergebnis, putzte von Neuem.

Weiter vorn, links außen am Mittelgang, saß, in einem eleganten langen Mantel, den ich noch nie gesehen und den sie hier drinnen nicht ausgezogen hatte, Gesine und schrieb Notizen auf althergebrachte Art mit einem Stift in einen Block. Der Kollege neben ihr, einer aus der Rechtsabteilung, beugte sich an ihr Ohr, flüstere etwas, dann lächelte sie ihn an und nickte zustimmend. Natürlich war er in sie verliebt und wollte ihr nur nahe kommen mit seinen wulstigen Lippen und dabei ihren unvergleichlichen Geruch einatmen, an

welchen man dort, nah am Haaransatz, besonders gut heran-
kam. Ätzender Typ. Jetzt zog sie doch noch ihren Mantel
aus, er war ihr gern behilflich. Drunter trug sie einen schlich-
ten hellgrauen Sweater und weite bordeauxrote Hosen. Sah
super aus. Sie drehte sich ihrerseits zum Sitznachbarn und
flüsterte ihm was. Viel zu nahe. Zärtlich fast, als würde sie
ihn gleich anknabbern. Hatte ich was verpasst? Was war
mit Donato? Bitte nicht diesen geschniegelten Fuzzi aus der
Rechtsabteilung, bitte nicht den! Der Programmchef redete über das Wording, das jetzt wichtig war, und die Regeln
der Krisenkommunikation und die juristischen Aspekte. Peri
gähnte, blickte umher und winkte mir zu, als sie mich sah.

Hinterher standen Adele, Peri und ich noch beisammen,
und Gesine verschwand nach draußen, ohne mich bemerkt
zu haben. Dabei war ich doch jetzt Abteilungsleiter. Immerhin wurde auch Mister Rechtsabteilung aufgehalten und
hing noch eine Weile an der Seite, das beruhigte mich, ein
bisschen.

Wieder draußen kam eine Art Hupen vom Himmel, ich
blickte nach oben und sah ein großes, flatterndes V aus En-
ten. Fort wollten sie, weit weg, und sie fragten niemanden
um Erlaubnis. Hatten keine Pässe, keine Visa, kein Gepäck.

Im Malabene-Kanal war das neue Video endlich online
und hatte auch schon ordentlich Klicks und Kommentare
angehäuft. Ganz zappelig vor Aufregung, schaltete ich um
ins MifeP. Dort hatte *Grottenolm*, ein Mitglied, das nur selten mit Beiträgen in Erscheinung trat, aber immer zur Stelle
war, wenn es ein technisches Problem zu lösen gab, tatsächlich einen Link fabriziert, unter dem man den Film abrufen
konnte. Ich las die Kommentare.

«Spektakulär», hatte *Krokodil2* geschrieben. «Bin kurz davor, ein Abo abzuschließen. Aber was das mit Drifter zu tun haben könnte, bleibt wohl wenzelzahns Geheimnis.»

Andere schrieben Ähnliches, *Gundel G.* meinte, das sei das Hübscheste, was sie jemals gesehen habe. *Isnogud* schrieb: «Bloß unser wenzelzahn hat offenbar ein anderes Video gesehen als wir. Oder er hat halluziniert (schon wieder?). Eins von beidem. Oder ein Drittes.»

Ich folgte Grottenolms Link und fand mich exakt in dem Szenario wieder, das ich auch live erlebt hatte, dort im sechsten/siebenten Stock im Ranunkelring. Die wie unter Wasser in einem glitzernden Lichtkegel schwebende Vica, doch, ja, sah spektakulär aus. Sie begann, sich in einer langen, langsamen Pirouette zu drehen, daran konnte ich mich jetzt gar nicht erinnern, und im Strudel ihrer Drehung tauchten von hinten die eigenartigsten Fische auf, Fischwesen eher, Chimären aus Fisch und anderem, Hundfisch, Katzenfisch, Papageienfisch, Blumenfisch, Mona-Lisa-Fisch, Zucchinifisch, es wurden immer mehr, ich kam nicht ganz mit, es war schon erstaunlich, natürlich nachträglich animiert, wobei sie furchtbar echt wirkten, und dann sangen die Fischwesen mit den Stimmen eines bezaubernden Kinderchores einen Immobiliensong zur Melodie von «Wind of Change» (*Immobilien, Wer sie hat, der hat es warm, oh Immobilien, ob Singles oder Familien* – irgendwie so).

Was ja nun also, was jetzt etwas ganz anderes war als das, was ich – dann kam Vica auf die Kamera zugeschwebt, auch das müssen sie nachträglich eingefügt haben, kam ganz dicht an die Kamera heran, blickte direkt hinein, lächelte und winkte und stieß nacheinander Luftblasen aus,

in denen leicht verpixelte Wörter auftauchten wie Sprechblasen:

WEN-ZEL.
ACH-TUNG!
DER MÜLL!
HAHA
FROHES NEUES.

DAS FEST

Zum ersten Mal saß nicht ich oben bei Moritz Kässler, sondern Kässler unten bei mir. Er sah sich um und sagte immer wieder: «Gefällt mir, gefällt mir.» Gekommen war er aus dem sehr traditionellen Grund, sich ein paar Päckchen abzuholen. Er hatte sich eine Klangschale im Internet bestellt, aber auch eine teure Uhr für seine Sammlung. Keine Ahnung, warum er so nervös durch mein Zimmer hoppelte mit seinem «Gefällt mir», wahrscheinlich, weil er versuchte, sich locker und auf Augenhöhe zu bewegen bei jemandem, der nicht sein Status-Gleiches war, und dessen Codes er nicht ganz beherrschte. Anfangs war er auf seinem Prestige-Ticket noch ohne jeden Selbstzweifel überallhin durchgesegelt, aber das hatte Risse bekommen, und er schien sich nicht mehr ganz so sicher, ob jemand wie ich nicht vielleicht irgendwo verborgene Prestigewerte hortete, die ihm entgingen. Vielleicht hegte er den schlimmen Verdacht, seine Uhren, seine Autos und seine Immobilien wie ein kleines Kind seine Spielzeugecke für das Brutalste gehalten zu haben, von anderen Kindern durchaus bestärkt, während die Erwachsenen ringsherum jedoch, ihn milde lächelnd in seinem Glauben belassend, selbst exklusivere Schätze generiert hatten, und so bestellte er nun Klangschalen.

Das war natürlich alles blanker Unsinn, aber er tat mir ein bisschen leid, und in meinem natürlichen Bestreben, immer einen Ausgleich herzustellen, suchte ich, die Begegnung auf sein eigenes Terrain zu bewegen, weswegen ich ihm meine neue Börsen-App präsentierte. Dankbar nahm er das Angebot an und beglückwünschte mich erst mal zur Wahl der ebenso günstigen wie trotzdem seriösen Plattform. Ich verriet ihm nicht, dass ich mich dabei völlig uninformiert auf eine Zehnjährige verlassen hatte.

«Und, was liegt so im Depot?», fragte er.

«Neosmart Life Science», antwortete ich.

«Sagt mir nichts. Was ist das?»

«Irgendwas mit Pilzen.»

Er sah, ich hatte keinen blassen Schimmer. «Ich kann dir gern ein paar Tipps geben.» Damit hatte er wieder Boden unter den Füßen, setzte sich und öffnete seine eigene Aktien-App. Scrollte rauf und runter, schnalzte vor sich hin. «Grundsätzlich, Wenzel, ist Diversifikation immer wichtig. Derzeit habe ich einen japanischen Tech-Wert im Portfolio, der steigt und steigt und wird das nach Einschätzung aller Experten auch weiterhin tun. Da sollte man jetzt schnell zugreifen.»

«Klingt richtig», sagte ich und griff zu.

Damit hatte ich nun schon zwei permanent steigende «Werte» im «Portfolio», einen von Vica und einen von Kässler, was sollte da schiefgehen. Außerdem hatten Kässler und ich endlich ein super Gesprächsthema, nämlich unsere japanische Aktie. Und wo er gerade schon Fahrt aufgenommen und Vertrauen gefasst hatte, empfahl er mir auch noch den «echt tollen» Videokanal von seinem Motivationsguru. «Besonders das hier.» Es war ein mitgefilmter Vortrag vor Publikum, und eigentlich war ich schon raus, als der Typ nur anfing, so bedeutungsschwer auf der Bühne hin und her zu schreiten, wie sie es alle immer machten jetzt, mit dieser dazugehörigen Gestik und den rhetorischen Pausen und all diesem ganzen gelernten Mist. *Als ich jung war, dachte ich blabla, doch dann entdeckte ich blubberblubber, lebe deinen Traum rhabarberrhabarber.*

«Die lohnen sich aber alle», sagte Kässler anschließend, und ich sagte: «Ja, toll, muss ich mir mal reinziehen.» Dann ging er zum Glück, und ich öffnete FreeCell.

Heute, dachte ich, war der Tag der Entscheidung. Ich hatte nun wirklich alle Varianten durch, und wenn es diesmal nicht klappte, dann war das Spiel wohl verloren, aber davon wollte ich jetzt noch nichts wissen, ich hatte da so ein Gefühl, ein Gefühl der Verbundenheit mit dem Spiel, mit der Anordnung der Karten. Etwas hatte sich gelöst, eine Blockade, die mir die ganze Zeit die Sicht verstellt hatte auf den kleinen, aber entscheidenden Zug in der Spielmitte. Ich begann, es lief schon fast automatisiert, so oft hatte ich mich jetzt schon mit dieser Konstellation abgemüht. Und tatsächlich, da in der Mitte des Spiels sah ich eine neue Möglichkeit. Ich hatte mich immer viel zu sehr auf die ersten Züge konzentriert, darauf, diese zu verändern, und war gar nicht auf die Idee gekommen, das Spiel ganz normal mit der offensichtlichsten Variante anzugehen, um erst in der Mitte neue Wege zu finden. Endlich ließ sich die ewig festgesetzte Kreuz-Sechs lösen, sie war bislang das zentrale Hindernis gewesen. Zack, auf den Stapel. Euphorisch räumte ich weiter auf, doch dann war da plötzlich diese ganze Herz-Reihe, Acht, Sechs und eine Zwei, die von einem Karo-König und einem Pik-Buben festgesetzt waren, die sich nun, in dieser neuen Konstellation, wiederum nicht wegräumen ließen, und plötzlich ging schon wieder nichts mehr. Schluss, Game over. Die Euphorie kippte in Frust, und kurz entschlossen tippte ich auf «Neues Spiel».

Das ungelöste verschwand damit unwiederbringlich, die Karten wurden neu gemischt und neu verteilt.

Damit war meine Statistik ruiniert. Mit 244 gewonnenen von insgesamt 245 Spielen ergab das nunmehr 99,592 Prozent Siege. Das musste ich nicht selber ausrechnen, das stand da so. Die schöne runde 100 war auf ewig verloren; auch wenn ich ab jetzt bis ins hohe Alter weiterspielte und nur noch gewänne, würde sich allein die Zahl hinter dem Komma ein bisschen verändern und schließlich bei 99,999 Prozent stehen bleiben. Das war die harsche, mathematische Realität. Nichts war leichter zu zerstören als das Vollkommene; das kleinste Stäublein reichte aus, ein winziger Mangel, ein Fehltritt, und schon war alles hin. In einem nicht umkehrbaren, gnadenlosen Prozess triumphierte der kleinste Makel über die größte Makellosigkeit, und die Legion der Hämischen stand schon bereit, mit dem Finger drauf zu zeigen und den Verlust zu feiern.

Es interessierte mich, was Killer dazu zu sagen hätte, und zwar der neue Killer. Ich rief ihn an unter seiner ranzigen Festnetznummer.

«Killer, mein bester Freund, ich habe etwas Wichtiges mit dir zu besprechen.»

«Schieß los.»

«Du kennst das Solitär-Kartenspiel FreeCell?»

«Vage.»

«Okay, egal, ich spiele das jedenfalls seit Jahren, und nun konnte ich zum ersten Mal ein Spiel nicht lösen. Meine Statistik ist damit von 100 auf 99,59 irgendwas Prozent gefallen und wird nie wieder perfekt sein, niemals wieder.»

«Verstehe.»

«Fühlst du es?»

«Ja, ich fühle es, Wenz.»

Einen Moment lang schwiegen wir. Dann sagte Killer: «Ich ruf dich gleich noch mal an.» Und war weg.

Trotzdem ein gutes Gespräch, wie ich fand.

Zur Ablenkung von meiner zerrütteten FreeCell-Statistik öffnete ich mein Aktiendepot, wo die beiden Einkäufe munter an Wert gewannen, und schaltete dann die Lokalnachrichten meines Arbeitgebers im Fernsehen ein. Wo ich erfuhr, dass die Ehefrau des getöteten Nachrichtensprechers samt Liebhaber/Co-Darsteller nun festgenommen worden und die Beweislage gegen beide erdrückend war. Aus einem vertrauten inneren Impuls heraus suchte ich nebenher gleich nach weiterführenden Infos auf diversen Kanälen und lernte, dass unser Nachrichtensprecher die beiden womöglich mit irgendetwas erpresst hatte, aber auch, dass die Soap, deren Fiktion von der Wirklichkeit eingeholt worden war und die nach deren Festnahme nunmehr zwei ihrer Hauptdarsteller eingebüßt hatte, kurzerhand so umgeschrieben wurde, dass sich das Drehbuch jetzt wiederum der Realität an den Hals warf, den Mordkomplott also gelingen und die Delinquenten verhaften ließ. Selbst im MifeP konnte man sich der Faszination, die von dieser sehr speziellen Gemengelage aus Boulevard-Klatsch, Verbrechen und Fiktionalisierung von Realität produziert wurde, nicht entziehen, machte daraus aber ein MifeP-typisches Eigenes, mit immer fantastischeren Spekulationen, Zuspitzungen und Wendungen.

Da rief Killer zurück.

«Ich habe», sagte er, «nachgedacht. Über diese Sache mit der Statistik.»

Für einen Moment wusste ich nicht mal, wovon er da sprach.

«Also, ich weiß natürlich, das klingt schon wieder bisschen kitschig, aber: Die Verluste sind der Reichtum.»

Kurze Pause.

«Du bist mein bester Freund, Killer, und ich versuche ...»

«... Ich weiß. Aber es stimmt tatsächlich. 99,9 ist mehr als 100. Die Hundert ist ein geschlossener Raum, die 99 hat eine Öffnung. Du bist jetzt raus aus dem Escape Room.»

Auf eine unmittelbare, lichte Weise leuchtete mir das ein, wie durch einen schmalen Spalt hindurch, aber die anderen 99 Prozent dachten: Killmann, was redest du?

«Und noch etwas ist mir dazu eingefallen: Egal wie nahe man an der Perfektion ist, man sieht immer nur die Differenz, das, was fehlt. Schon die kleinste Abweichung zerstört die Perfektion, sodass sie unerreichbar wird. Der Maßstab wird dann niemals mehr erfüllt und ist deshalb eigentlich sinnlos. Man könnte sogar sagen, die Suche nach Perfektion ist überhaupt der Fehler. Der Makel liegt nicht in der lädierten Vollkommenheit, der Makel liegt darin, Vollkommenheit zu wollen.»

«Verstehe. Ich verstehe, was du meinst. Ich – also, ich staune, du machst dir tatsächlich Gedanken über meine blöde Gaming-Statistik, echte, ernsthafte Gedanken, also, danke! Und ich muss auch zugeben, vieles von dem, was du da so raushaust in letzter Zeit, beeindruckt mich auch. Ich komm da immer wieder drauf zurück, das entfaltet sich teilweise erst so nach und nach …»

Killer unterbrach mich: «Du musst nicht ewig um den heißen Brei reden, Wenz, du willst mir sagen, dass es trotzdem strange ist und dass ich nicht der alte Killer bin.»

«Ja.»

«So.»

«Danke. So gefällst du mir.»

«Ich würde dir gern *so oder so* gefallen. Denn nicht nur bin ich dein bester Freund, du bist umgekehrt auch mein bester Freund.»

«Das höre ich gern.»

«Ja.»

Ich war gerührter, als ich es zeigen wollte, und es blubberte aus mir heraus: «Der neue Killer ist – der ist nicht nur weggezogen und irgendwie anders, der wirkt auch so – so autark. Der mag mich schon immer noch, das weiß ich ja auch! Aber der ist viel weniger auf mich bezogen, irgendwie. Wir hängen auch nicht mehr einfach ab und reden den ganzen Abend sinnloses Zeug. Das vermisse ich. Oder, um es im neuen Killerstil zu sagen: Zusammen sinnloses Zeug reden hatte einen tiefen Sinn für mich. Oder zumindest eine Funktion.»

«Ja, stimmt. Das kann ich nicht mehr so gut.»

«Und kommt das wieder?»

«Keine Ahnung.»

«Du vermisst also nichts.»

«Hm. Weiß nicht genau. Darüber müsste ich mal nachdenken.»

«Bitte nicht.»

«Ich vermisse nicht mein altes Leben. Aber ich hätte dich gern wieder als Verbündeten. Das vermisse ich schon.»

«Der neue Killer hätte gern einen neuen Wenzel?»

«Hm – nein. Nicht neu. Eher – dass du mich verstehst? Beziehungsweise, ich glaube, du verstehst ja schon, aber vielleicht brauchen wir eine neue Ebene, auf der wir uns wieder treffen. So was. Ach, und übrigens: Du könntest die App mit diesem Spiel auch löschen, dann ist die kaputte Statistik einfach weg.»

Nach diesem Gespräch sah ich stumpf aus dem Fenster hinaus. Quer durch eine hell erleuchtete Wohnung schräg gegenüber tanzte ein nicht mehr ganz junger, rundlicher Mann bei laufendem Fernseher. Ich hatte von Killer etwas vermisst, war aber noch nicht auf die Idee gekommen, Killer könnte auch von mir etwas vermissen. Ich wollte zurück ins Altbekannte; er wollte, dass ich ihm folgte auf neues Terrain. Aber anders als er besaß ich keine Blitzmale, hörte keinen A-cappella-Gesang aus Pustgeräuschen und roch auch keine Orangen in meiner Wohnung. Wobei, manchmal meinte ich das Summen der Blumen auf Frau Güterichs Balkon zu hören. Wobei, hören vielleicht nicht im direkten, physischen Sinn, mehr meinte ich es zu *spüren*. Wobei es genauso gut sein konnte, dass ich gar nicht die Blumen spürte, sondern, äh – mich selbst in Verbindung zu den Blumen? Meine Vorstellung von den Blumen? Rutschte ich da schon auf diese neue Ebene, auf der wir uns, vielleicht, treffen könnten, Killer und ich? Oder müsste ich eher sagen: Ich kletterte darauf? Oder weder noch – lagen unsere Ebenen nebeneinander?

Alles möglich. Aber trotzdem fehlte mir doch immer noch der, mit dem ich abends beim Bier sinnloses Zeug reden konnte.

Der rundliche Mann tanzte weiter seinen einsamen Rave hinter den Fenstern schräg gegenüber, was sicherlich etwas zu bedeuten hatte, oder auch nicht, er tanzte da halt, aus einem unbezwingbaren Impuls heraus, schillernd, ja, aber völlig harmlos. Ich löschte FreeCell von meinem Smarti.

Die mediale Erregung, die der reale Boulevardkrimi um den ermordeten Nachrichtensprecher, seine Frau und deren Geliebten produzierte, riss nicht ab, im Gegenteil, die Wellen schlugen immer höher. Das neue Ding war eine Theorie, die besagte, der Nachrichtensprecher sei gar nicht tot und das Ganze ein Coup des Senders zur Steigerung der Einschaltquoten. Dazu machte ein Urlaubsfoto die Runde, geschossen von einem deutschen Touristen auf einem Markt in der Dominikanischen Republik («DomRep»), auf dem der Nachrichtensprecher, verschwommen und von hinten, «einwandfrei» zu sehen sein sollte. Gleichzeitig sollte aber auch die Politik da irgendwie mit drinhängen, wo man den Nachrichtensprecher hatte «loswerden» wollen aufgrund seiner «Ansichten».

Wie zum blauen Himmel werden die Menschen jemals zur Vernunft finden? Panspermie vielleicht doch?

Ich wühlte mich durch die vertraut schrillen Töne, undurchdachten Argumente, Spekulationen und Schuldzuweisungen, in deren Farben auch alle anderen Themen durch die Kommentarspalten gehetzt wurden, löschte die gröbsten Ausfälle und mahnte zur Einhaltung der Netiquette, als eine neue Meldung meine Aufmerksamkeit fraß: *Lawinenunglück in der Schweiz, unter den Verschütteten befindet sich offenbar auch Skiprofi Donato Cruzeiro Glauber.*

Zum Glück widerstand ich dem Impuls, gleich an Gesine zu schreiben, stattdessen suchte ich nach mehr Information, fand aber immer nur dieselbe spärliche Meldung in leicht variierenden Sätzen. Erst am Abend des folgenden Tages meldete ein Schweizer Medium als Erstes die Bergung der Verschütteten. DCG und zwei weitere Skifahrer hatten überlebt, der vierte nicht.

Bei LosVideos war indessen eine Meldung freigeschaltet, aus der hervorging, dass Vica am Wochenende in der Talkshow von Mike Plock zu Gast sein werde. Das erstaunte mich in vielfacher Hinsicht. Zum einen war Mike Plock wirklich der schlimmste Blender unter den Talkshowgastgebern, die Sendung «Plocktalk» eine einzige Behauptung falscher Seriosität. Vor allem aber verblüffte es mich, dass Vica überhaupt im Fernsehen auftreten sollte, diesem gestrigen Medium für Menschen jenseits der Lebensmitte. Aber nun gut, selbst war sie ja auch gar nicht mal so jung, mutmaßlich. Nein, ich glaube, was mich wohl am stärksten irritierte, war, dass sie doch eigentlich in einer anderen Sphäre zu hausen schien. Einer für meine Meinungsspaltenrumpelstilzchen unzugänglichen Sphäre, eine parallele Welt fast, in deren Grenzgebiet allenfalls noch die Businessfreunde von Moritz Kässler herumirrten, angelockt von Vicas zweifelhaften Investmentködern, nicht aber Ruheständler Werner G. aus H., Experte für alles mit Hang zu lustigen Spitznamen für Politiker. Der aber guckte nun gern den Plocktalk und erachtete Mike Plock für einen unerschrockenen Mann, der sagt, was er denkt. Kurz gesagt, am Samstagabend würde Vica, schielende Herzogin von Atlantis und Mittelerde mit Doktortiteln in Flunkerei, Trickbetrug und optischer Täuschung, in die Welt von Ruheständler Werner G. aus H. einbrechen.

Diese Sendung wollte ich mir zusammen mit Killer ansehen. Vielleicht eröffnete sich dort irgendwo diese neue Ebene, auf der wir uns wiedertreffen konnten.

Ich scheute keine Mühen, schnippelte einen großen, bunten Salat (statt Chips) und hielt diverse Getränkeoptionen im Kühlschrank bereit. Killer wirkte aufgeräumt. Er trug den grünen Sweater, in dem er immer so frisch und lässig aussah, und er freute sich, wieder hier zu sein. Er freute sich über den Salat und mixte sich eine Saftschorle (viel Wasser, wenig Saft). Vor der Talksendung lief noch «Kunststoff», eine Mischung aus Auktion und Talentshow für bildende Künste, bei der Künstler ihre Werke einer Expertenjury vorstellten, gefolgt von der üblichen TV-Jury-Kritik und einer Live-Versteigerung im Studiopublikum. Danach Werbeblock mit Zahnweißzahnpasta, Fruchtgummis in limitierten Farben, Reiseveranstalter für Single-Reisen, Shampoo für Männer, Versicherungen.

Das bombastische Intro von Mike Plock. Thema heute: «Immobilien, Aktien, Gold & Co. – Wohin mit dem Geld in Krisenzeiten?»

Wir sahen uns an. «Und ich dachte, es ginge um Pilze oder Kiemenatmung», sagte ich.

«Haben wir schon wieder Krisenzeiten?», fragte Killer.

Plock stellte seine Gäste vor, einen Vertreter der internationalen Finanzfirma Snörström, eine Unternehmerin, die aktuell ein Buch mit dem Titel «Systemkrise» auf dem Markt hatte, einen privaten Vermögensberater und Vica, in ihrem Anzug. Erste Frage an die Autorin des Buches, irgendwelche Standardsätze, mir fiel es schwer, aufmerksam zuzuhören. Der Mann von der Finanzfirma erklärte, dass sie bei Snörström mit «erheblichen» Anteilen in allen DAX-Unternehmen investiert seien, daneben sah man Vica sitzen, ihr rechtes Auge blickte geradewegs in die Kamera, das linke beschrieb eine Parabel über den Zuschauerraum hinweg.

«Kannst du mir erklären», fragte ich Killer, «was er damit meint, ‹investiert sein›?»

«Aktien. Die haben mengenweise Aktien von allen großen deutschen Firmen an der Börse.»

«So wie ich hier zwei Aktien habe in meiner App?»

«Ja, nur etwas mehr halt. So viele, dass sie damit richtig Einfluss nehmen können auf die Unternehmen.»

Ich öffnete mein Depot. Neosmart war weiter gestiegen, Kässlers japanischer Geheimtipp auch, aber nicht im selben Maße, nur sehr wenig. Endlich war Vica dran. Mit investigativer Stimme fragte Plock sie nach dem «Geheimnis ihres Erfolgs» und ihrer Einschätzung der Lage, worauf Vica eine ziemlich enttäuschende, öde Antwort herunterrasselte und es dabei schaffte, ihr linkes Auge erstaunlich gut unter Kontrolle zu behalten. Die Frau mit dem Krisenbuch entgegnete darauf etwas, worauf Plock rief: «Stichwort Zinswende!» Er blickte auf seine Hände, eine kurze Irritation flackerte in seinem Blick, dann grätschte der Vermögensberater dazwischen und Plock ließ ihn viel zu lange rumlabern. Außerhalb der Kameraeinstellung war Unruhe entstanden, was man den Blicken der Autorin und des Finanztyps anmerkte, während der Vermögensberater selbstvergessen weiterredete, im Prinzip nur noch Werbung machte für sich selbst, ratlos vor Glück, dass keiner ihn bremste, hier im Fernsehen, und Vica zufrieden lächelte. Plötzlich sah man, wie Plock von unter seinem Stuhl hervorkroch, wo er offenbar etwas gesucht hatte: «Wir müssen hier mal bisschen improvisieren jetzt», sagte er. «Stichwort Immobilien.»

«Immobilien gehören weiterhin zu jeder langfristigen Investitionsstrategie», blökte der Berater gleich weiter, aber es klang tatsächlich wie ein Blöken, er wunderte sich ein bisschen und räusperte sich, worauf ihm ein leises Rülpsen entwischte. «Verzeihung», murmelte er, und Plock, der anscheinend seine Moderationskärtchen vermisste, plapperte schnell dazwischen: «Natürlich, natürlich. Immobilien haben ja auch eine Sonderstellung, nicht wahr, wegen der Bodenpreise vor allem, Boden als stark begrenzte Ressource ...»

«Stark begrenzt und gleichzeitig absolut lebensnotwendig», sagte die Unternehmerin, «und das ist genau das Problem beziehungsweise das Interessante daran, deshalb ist das, äh, das ist Dings ...»

Alle blickten sie an. Herr Snörström schnippte suchend mit den Fingern und sagte: «Spekulationsgewinne! Meinten Sie das?»

«Ich bitte Sie!», rief der Vermögensberater. «Wo sind wir denn hier?»

Das Publikum johlte, der Berater freute sich und legte noch einen drauf: «Ich sage nur: Steuer!»

«Steuer teuer», ergänzte die Unternehmerin und alle bis auf den Snörstrümmann, der noch beleidigt schien, lachten herzlich. «Der war gut!», rief Mike Plock. «Können Sie das auch rückwärts sagen?»

«Reuet Reuets», sagte die Unternehmerin, und alle andern wiederholten die beiden Wörter leise murmelnd, um ihre umgedrehte Richtigkeit zu überprüfen.

«Respekt», sagte der Snörstrümvertreter. «Aber um mal sachlich zu bleiben, selbstverständlich kann man mit Immobilien spekulative Gewinne erzielen, sonst würde ja keiner ...»

«Immobilien sind Vermögenswerte!», kreischte der Berater mit sich überschlagender Stimme, und Mike Plock sagte: «Das ist interessant jetzt, Vermögenswerte, ein interessanter Punkt!»

«Allerdings!», sagte der Finanzexperte und zeigte mit dem Finger der einen Hand auf Plock, während er mit der anderen eine imaginäre Kugel festhielt. «Und was sind *Vermögenswerte*? Hm? Was bedeutet das denn?»

«Sollen wir Ihnen jetzt hier ein BWL-Seminar ...», stöhnte der Vermögensberater, worauf der Finanzexperte ihm die imaginäre Kugel an den Kopf warf, mit den Worten: «Und *Sie* halten jetzt mal die Luft an!»

Damit konnte nun der Snörstrümvertreter das Johlen des Publikums für sich verbuchen. In einer klassischen Moderationsgeste legte sich Plock daraufhin einen Finger an die Lippen, kniff die Augen leicht zusammen und sagte: «Was mir noch nicht ganz klar ist –» Die anderen sahen ihn interessiert an, Plock saß da weiterhin mit diesem Blick und dem Finger an den Lippen. Das Ganze dauerte deutlich zu lange, Plock beendete seinen Satz einfach nicht. Stattdessen zog er sich nun die Schuhe aus. Er trug schwarze Socken, von denen zog er sich auch eine aus. Er wackelte mit den Zehen, das konnte er ziemlich gut, und die anderen sahen ihm dabei zu, kritisch, aber weiterhin interessiert.

Dann wieder Werbepause.

«Absurd», sagte ich. «Absurdes Theater.»

«Sind Talkshows ja immer.»

«Klar, aber das hier war ja wohl, also, das ist doch schon wieder Vicas Werk, oder nicht? Sie hat Plock seine Moderationskarten entwendet, so was kann sie ja. Gesagt hat sie hingegen kaum etwas.»

«Hm. Ja, vielleicht war sie das.»

«Und wer weiß, was sie den anderen Gästen in ihre Getränke geträufelt hat. Irgendeinen Pilz vermutlich.»

«Das würde sie nicht tun.»

«Ach nein?»

«Glaube ich nicht. Das passt nicht zu ihr.»

«Die wirken aber ganz schön kollektiv neben der Spur.»

«Sind sie halt.»

«Auf eine Art ja, aber nicht auf diese. Du meinst, Vica hätte damit nichts zu tun?»

«Doch. Schon. Aber, eher als eine Art Katalysator.»

«Und wie und womit katalysiert sie?»

«Das kann ich dir doch auch nicht sagen.»

«Was vermutest du, wenn nicht mit einem Pilz?»

«Präsenz. Ich glaube, mit ihrer Präsenz.»

«Ach, bitte. Da kannst du auch gleich sagen mit Hokuspokus, Simsalabim. Dreimal schwarzer Kater, Rabe Ruprecht und Zottelhund.»

Killer schwieg. Erst nach einer Pause sagte er: «Jenny geht manchmal mit diesem Hund spazieren. Sie sagt, der Hund ist extrem wohlerzogen. Eine Leine hat er nicht, er geht von allein immer genau neben ihr, und er hinterlässt auch draußen keinen Dreck, weil er zu Hause die Toilette benutzt, wie ein Mensch.»

«Es wundert mich nur mäßig.»

«Weißt du was?»

«Was?»

«Ich hab keine Lust mehr weiterzugucken.»

«Die Sendung?»

«Ja.»

«Was? Aber, wir müssen doch wissen, was da noch passiert!»

«Was soll schon passieren.»

«So einiges!»

«Es wird einfach in dem Stil weitergehen. Lass uns lieber ein bisschen nach draußen gehen.»

«Es ist dunkel, kalt und windig!»

Killer sah zum Fenster und seufzte. «Ja, stimmt. Aber machst du bisschen leiser vielleicht? Irgendwie, nach einer Zeit bekomme ich ein Fiepen im Ohr vom Fernseher.»

Nun seufzte ich. «Okeh. Ja gut, okeh. Wir machen das aus.» In dem Moment trat Mike Plock vor die Studiokamera und verkündete: «Sehr verehrte Zuschauer und Zuschauerinnen, aufgrund eines Zwischenfalls kann unsere Sendung leider nicht wie geplant fortgesetzt werden. Ich bitte vielmals um Entschuldigung. Ich glaube, wir senden stattdessen noch einmal, äh, das Beste aus der Sendung ‹Kunststoff›, viel Vergnügen!»

«Cool, dann hat sich das ja von selbst gelöst», sagte Killer.

Mithilfe übermenschlicher Willenskraft widerstand ich der Versuchung, sofort im Netz nach Antworten und Mutmaßungen über diesen ominösen «Zwischenfall» zu fahnden, holte stattdessen Salat-Nachschlag aus der Küche und schaltete Musik auf die Boxen, etwas Neues, eine Empfehlung der

Musikredakteurin meines Vertrauens. Ich wollte es schon etwas träge finden, da sagte Killer: «Legale Musik, was ist das?», und so lief das Album durch, und schließlich hörte ich auch, dass die Musik schön war, einen ungewöhnlichen Zauber hatte. Wir redeten noch ein bisschen über Herrn Nicolaidis und Killers Mutter (Killer war mehr als froh, dass sie den Mann hatte), über Jenny Iglesias und ihre Mutter, und Killer fragte mich sogar nach Gesine, worauf ich ihm von DCGs Lawinenunglück erzählte, was Killer mit unerwarteter Bestürzung hörte: «Boah, krass. So unter einer Lawine.»

Deshalb sagte ich ihm dann auch Bescheid, als DCG ein paar Tage später ebenfalls in einer Talkshow saß, einmal mehr bei jenem TV-Dinosaurier und der jungen Influencerin, wo ich ihn schon einmal gesehen hatte. Weiterhin hatte Killer keinen Fernseher und keinen Rechner, er sagte aber, dass er sich die Sendung bei seiner Mutter ansehen werde. Ich fragte mich, ob Frau Killmann nur die rechte Seite vom Bildschirm sehen würde oder ob ein Bildschirm, anders als ein Teller mit Essen drauf, eine unteilbare Einheit bildete. Welche Dinge teilte ihr Hirn ein in rechts–links und welche nicht?

In der Anmoderation wurde die ganze Dramatik des Unglücks und der folgenden Rettung dargestellt. Vier Mann, zwei Skiprofis, ein ehemaliger Skiprofi und dessen Sohn. Die Lawine war an dieser Stelle zu dieser Jahreszeit ungewöhnlich, nur möglich durch vorangegangene Temperaturen, die es an diesem Gletscher noch nicht gegeben hatte, angetaut, wieder gefroren, wieder getaut, wieder gefroren. Alle vier waren mit Peilsender, Notschaufel und Lawinensonde ausgestattet und kannten die elementaren Verhaltensregeln, alle vier wurden verschüttet und dank Sender schnell geortet, aber für einen der beiden Skiprofis, einen langjährigen Freund und Weggefährten Donatos, kam die Hilfe zu spät.

Nun saß er da, DCG, erneut in dieser Talkshow, nur mit anderen Gästen. Auf die Frage, ob ihn diese Erfahrung verändert habe, reagierte er wieder in seiner bedächtigen Art, überlegte, räusperte sich. «Ja, sehr!», sagte er schließlich und lächelte dazu, als ginge es nicht um ein schreckliches Unglück, sondern um irgendeinen Erfolg mal wieder, sportlich oder persönlich, er hatte es ja alles. Natürlich reichte das als Antwort nicht, und so wurde nachgehakt, und Donato schien wieder nachdenklich.

«Ja», sagte er, «ich frage mich sehr, wo die Natur ihr Außen hat.» Dann blickte er in die ratlosen Gesichter der anderen und hob langsam die Hände zu einer suchenden Geste, mit der er die Luft vor sich streichelte. «Also, Natur, das waren für mich hauptsächlich, ja was eigentlich, hauptsächlich natürlich Berge. Und andere Lebewesen, ja? Bäume und Büsche und Tiere und so weiter. Bäume vor allem. Der Natur guckt man beim Leben zu, wie das Grün kommt, Blätter wachsen und Blüten, wie das sich dann verfärbt, welkt, runterfällt, verschleimt, Schnee fällt drauf. Das ist so das Offensichtliche, aber natürlich kommt ja alles aus der Natur, sogar diese Kamera da, dieses hochtechnologische Ding, das besteht aus Rohstoffen. Und Rohstoffe, ich glaube, viele Rohstoffe haben sich aus genau diesem verwelkten Schleim gebildet, oder? Verzeihen Sie, ich weiß im Grunde nur wenig darüber. Und jedenfalls weiß ich gar nicht mehr, wo das Außen ist von Natur, nur, dass wir eigentlich alles, was wir Menschen selber erzeugen, dann eben nicht mehr als Natur ansehen.»

«Das ist dann Kultur», sagte der alterslose Moderator.

Begeistert sah DCG ihn an: «Genau! Richtig! Kultur ist das dann.»

Da schaltete sich eine andere Person aus der Runde, die Gewinnerin einer Gesangsshow ein: «Aber Menschen sind doch auch Natur! Auch Lebewesen, was denn sonst?»

DCG nickte versonnen. «Ja, richtig. Ja, eben! So ein Mensch, der kommt auch ganz aus der Natur. Es gibt kein Außen.»

«Und das, daran haben Sie gedacht, da unterm Schnee begraben?», fragte die junge Moderatorin.

«Nicht direkt, nein. Aber irgendwie ist das da entstanden, dieser Gedanke.»

«Es würde mich ja noch total interessieren», fragte sie weiter, «wie Sie sich denn verhalten haben, in dieser Situation. Ich meine, wenn man viel in den Bergen unterwegs ist per Ski, dann weiß man ja, dass diese Gefahr da ist, und hat sich also schon theoretisch damit auseinandergesetzt, und wenn so etwas dann wirklich passiert, plötzlich, kann man da überhaupt ...»

«Man versucht, oben zu bleiben, so gut es geht, der Reflex hat auch funktioniert, und theoretisch sollte man irgendwann auch die Hände so über Mund und Nase formen, wenn man zu versinken droht, aber das habe ich dann tatsächlich gar nicht mehr hinbekommen.»

Zwei andere Gäste sagten etwas dazu, einer erzählte von einer Havarie, die er mal erlebt hatte, man kam auf die *Titanic* zu sprechen. Das Gespräch wanderte weiter, die Kamera streifte einen gedankenverloren vor sich hin blickenden DCG, und dann, in schon etwas ganz anderes hinein, redete er unvermittelt los: «Aber was ich noch sagen wollte: Wenn

jetzt so viele Tiere sterben, kleine Tiere vor allem, also In-
sekten und Amphibien und Fische und kleines Meeresgetier,
dann ...», die Kamera suchte ihn, er blickte leer vor sich hin,
«... dann verschwindet so das Gewirr, das Gewirk, das, das
Dickicht, ja? Die Substanz, das Gewebe, also, dann fällt alles
auseinander.» Er schluckte und blickte in die Runde. «Alles
auseinander.»

In der Woche vor der Einweihungsparty des neuen Ranunkelring-Imperiums der Herzogin Ludovica war ich zu einem lang geplanten Abendessen bei Frau Güterich eingeladen. Mit einer Flasche Wein verließ ich meine Wohnung und tat die drei Schritte durch den Flur hinüber zu ihrer.

Die Tür wurde nicht von Frau Güterich geöffnet, sondern von einer Frau ungefähr meines Alters, vielleicht auch ein paar Jahre älter, in einem mit Schmetterlingen bedruckten Overall, und sie begrüßte mich mit den Worten «Ah, der Nachbar. Ich bin Elektra. Ursulas Tochter.»

«Komm rein, Wenzel», rief Frau Güterich aus der Küche. «Ich bin gleich bei euch!»

«Hallo, Ursula», rief ich durch die Küchentür, wo Frau Güterich mit dicken Kochhandschuhen bewaffnet vor dem Ofen hockte.

Bei all den vielen Informationen, die Frau Güterich mir aus ihrem Leben hatte zukommen lassen, hatte sie nie die Namen ihrer Kinder erwähnt und stets nur von ihrer Tochter oder ihrem Sohn gesprochen. Frau Güterich war durchaus eine Frau mit Hang zum Außergewöhnlichen, aber Elektra fand ich als Namen selbst für ihre Verhältnisse ziemlich weit draußen. Ihrer Mutter sah Elektra nicht im Entferntesten ähnlich, viel brünetterer Typ, wahrscheinlich ganz der Vater.

Ich ging vor ins Esszimmer, ich kannte mich ja aus, und traf dort auf einen jungen Mann, der bereits am gedeckten Tisch saß und strahlte, als hätte er sich nie mehr auf irgendetwas gefreut als auf dieses Abendessen. «Also, das ist Alfonso», sagte Elektra Güterich, worauf der sich erhob, mir seine Hand entgegenstreckte und sagte: «Alf!»

«Wenzel», sagte ich.

«Alfonso ...», begann Elektra.

«Alf!»

«Also, Alf ist Sänger und wird von meiner Mutter gemanagt.»

«Ach ja, davon hat sie mir», sagte ich, «schon mal erzählt. Wo soll ich sitzen?»

«Egal.»

Frau Güterich kam mit einer dampfenden Schüssel herein, und Elektra folgte ihr in die Küche, um noch mehr gefüllte Schüsseln zu holen. Auch ich freute mich übermäßig darauf, mir das alles gleich schmecken zu lassen, und so saßen wir alle vorfreudig hinter unseren Tellern, während der Balkon mit seinen mir wohlbekannten Pflanzen draußen im Dunkel lag und der Winterruhe entgegensah. Alles, womit wir hier gleich unsere Mägen vollmachen würden, war ja vorher auch irgendwie angepflanzt, gewässert, genährt worden, und jetzt summte aus uns die schiere Essensfreude, eine Form der Daseinsfreude, und war darin vielleicht diese summende Daseinsfreude der Pflanzen gespeichert und wurde immer weitergereicht?

Egal erst mal, Frau Güterich hatte verdammt gut gekocht, der Wein war verdammt gut, und Elektra, auf Urlaub von ihrer Arbeit beim Goethe-Institut, schmiss bizarre Anekdoten aus der Welt der auswärtigen Kulturvermittlung in den Raum wie glitzerndes Konfetti. Über den Leiter der Sprachabteilung, der an jeder seiner Stationen ein bis zwei uneheliche Kinder hinterließ, den Attaché, der jede ihrer Praktikantinnen angebaggert hatte, den Direktor der deutschen Schule, dessen Frauen von Ehe zu Ehe jünger wurden, und der gern auch ungefragt Auskunft gab zu sexuell übertragbaren Krankheiten, von der Tochter eines Botschafters, die während einer Rede ihres Vaters beim Empfang des Bundespräsidenten «Ich halt den Scheiß nicht mehr aus!» gerufen und den Saal verlassen hatte, um Stunden später betrunken und in Begleitung mehrerer ebenfalls berauschter Personen ihres Alters den abendlichen Sektempfang zu ruinieren, und überhaupt, von den ganzen blasierten Deutschen, die sich im Ausland benahmen wie die Axt im Walde.

Alf hörte mit meist offen stehendem Mund zu und schlug sich auf die Schenkel vor Vergnügen, genauso wie ich. «Ist verruckt», rief er. «Verruckte Geschichten, toll.»

«Was singst du so, Alf?», fragte ich, als Elektra gerade kaute.

«Oper singe ich. Tenor!» Er breitete die Arme aus in einer Geste, die keinen Zweifel ließ, dass er auch das toll fand. Ich kannte mich mit Oper nicht aus, fand es aber ebenfalls toll. «Oh, toll», sagte ich. «Und wo kommst du her?»

«Uruguay!»

Über Uruguay wusste ich ungefähr so viel wie über Oper, und es gefiel mir, dass hier jemand so Sympathisches so viel unbekanntes Terrain in seiner Person vereinte. Frau Güterich schmatzte, erhob einen Finger wie in einer Erkenntnis, stand auf und legte eine CD ein. Orchestrale Musik, Operngesang. «Da isser», sagte sie.

«Welche Oper?»

«*Faust* von Gounod.»

«Ah.» Nie gehört natürlich.

«Was ist das für eine Sprache, Italienisch?»

«Französisch!», rief Alf. Komisch, dass das so schwer zu erkennen war, irgendwie schien mir Operngesang eine Sprache ganz für sich zu sein.

Da stand Alf auf, trat zwei Schritte in den Raum und sang mit. Und das haute mich um. Dass er das einfach so konnte, abseits jeder Opernbühne, tatsächlich und in echt, hier im Wohnzimmer von Frau Güterich. Nach ein paar Takten verbeugte er sich und kehrte zurück an den Tisch, begleitet von unserem Applaus, meiner völlig frenetisch. «Dahnke, dahnke», sagte er und freute sich. Er hatte was von einem Muppet, wenn ich auch nicht genau sagen konnte, von welchem. Wir öffneten eine neue Flasche Wein. Frau Güterich erzählte, dass Moritz Kässler jetzt ihr neuer Vermieter sei.

«Wie das?»

«Der hat halt meine Wohnung gekauft, vom Vorbesitzer.»

«Wer ist Moritz Kässler?», fragte Elektra.

«Der Typ, der über uns das Dachgeschoss bewohnt.»

«Investitione in Immobilie!», rief Alf. «Schlau, schlau!»

«Ja, das ist sein Ding, aber zuletzt hatte er eine buddhistische Wendung genommen.»

«Kann man alles gleichzeitig machen, du. Buddhist und Hedgefonds, Yoga und Immobilienspekulatione, Oper lieben und Trash-Horror-Filme auch.»

«Letzteres erscheint mir noch am wenigsten anstößig.»

«Ja, stimmt! Das bin ja auch ich! Ich liebe Oper und ich liebe Trash-Horror-Filme auch. Gleichzeitig!»

«Das würde mich auch beides mal interessieren. Speziell von Oper habe ich überhaupt gar keine Ahnung.»

«Du, da kann ich dich unterrichten! Ich hab Ahnung von beides!»

«Könnte mir auch nicht schaden», sagte Elektra. «Wobei, mit Horrorfilmen kenne ich mich schon etwas aus, immerhin.»

«Is das eine Anforderung bei Goethe-Institut?»

«Ja, das gehört zu den Grundqualifikationen.»

«Also, du hattest eine richtige Horrorfilmphase in deiner Jugend», sagte Frau Güterich.

«Und du warst dabei!»

«Ja, ich fand das ganz interessant! Da haben wir so einiges gesehen.»

«Aha! Und was fandet ihr die besten?»

Mutter und Tochter überlegten. «Na ja, also», sagte Elektra, «*Bad Taste* von Peter Jackson war schon ein besonderes Highlight», und Alf klatschte begeistert in die Hände. «Das habt ihr geguckt? Fantastisch! Aber fast schon Komödie, du. Was hat euch am meisten gegruselt?»

«Nach *Rosemarys Baby* musste Mama bei mir im Bett schlafen.»

«Naturlich – supergrusel! Klassiker! Aber kein Trash!»

«Nein, wohl kaum.»

«Gibt es auch Horror-Opern?», fragtc ich. Dic Frage begeisterte ihn schon wieder. «Du, alle Opern sind Horror! Uberall Morde immer, Betruge, Rache. Viele Geister auch, besonders in der Romantik, immer mit Geister. Eben haben wir ja den *Faust* gehört, du, es gibt x Opern uber den Faust, immer alles mit Tod und Teufel!»

«*Der Fliegende Holländer*», sagte Elektra.

«*Der Freischütz*», sagte Frau Güterich.

Beides hatten wir wohl mal im Musikunterricht behandelt, und ganz lose konnte ich mich jetzt auch daran erinnern. Zum Nachtisch gab es Zabaione auf Vanilleeis, das Gespräch wechselte zu dem interessanten Thema, was Frauen an Männern mögen und was nicht, wobei Elektra ihren Wunsch offenbarte, Männer mögen sich auch mal dezent schminken («etwas Mascara»), aber nicht sagen konnte, wie verbreitet dieses Interesse unter Frauen insgesamt war. Dann ging es noch um die Soap mit den nunmehr inhaftierten Hauptdarstellern, was sowohl Alf als auch Elektra verfolgten, Elektra mit offener Faszination, Alf mit leichten Skrupeln (Frau Güterich: «Da bin ich raus.»). Überhaupt war Frau Güterich langsam raus, sie gähnte und sah müde aus. Wir drei anderen aber konnten uns noch nicht verabschieden, dafür unterhielten wir uns gerade zu gut, und so zogen wir schließlich weiter in die Kneipe ums Eck.

Auf dem Weg durch die kalte Nacht waren wir beim Thema Online-Präsenz und Nichtpräsenz gelandet. Alf bekannte sich ganz zur Nichtpräsenz, Elektra gab sich etwas undurchsichtig. Beim Kneipenwein deutete sie etwas an von besonderen, ausgewählten Orten im Netz, in denen sie sich bewege.

«Wo ist das?», wollte Alf wissen. «So was will ich dann vielleicht auch, du!»

«Es ist mittlerweile wahrscheinlich ein bisschen schwierig, sich da neu einzufinden», sagte Elektra. «Aber ich könnte mir durchaus vorstellen, dass du da reinpassen würdest. Willkommen wärst du sicher.»

Wir waren ganz Ohr.

«Also», Elektra beugte sich konspirativ über den Tisch, «das Ganze nennt sich Ministerium für ehrliche Propagan–»

«WAS?» Ich kippte fast hintenüber.

Sie sah mich an.

Ich hob mein Glas und sagte: «Ich bin wenzelzahn.»

Da ließ sie den Kopf in ihre Hände sinken und tauchte dann wieder lachend daraus hervor. «Natürlich. Wenzel. Wenzel Zahn. Oh Mann. Ich bin Laodike.»

Laodike. «Du hast mich damals als erste Person angesprochen und mich aufgefordert, was zu schreiben!», sagte ich. «Daraus wurde mein erstes Posting.»

«Ja, wirklich?»

«Ja. Es ging um Webradio.»

«Richtig! Du hast einen sehr schönen Aufnahmeantrag geschrieben damals, den mochten alle.»

«Ich hab lang nichts mehr von dir gelesen.»

«Ja, ich bin nur noch sehr sporadisch aktiv, und wenn, dann eher in der Herrschenden Klasse. Zu viel Arbeit in den letzten Jahren.»

«Was, was, was?», rief Alf dazwischen. «Was passiert hier?»

«Wenzel ist da auch. In diesem kleinen, superexklusiven, geheimen Internetforum, von dem ich hier vage Andeutungen mache, da ist er auch.»

«Und ihr wusstet nichts?»

«Nix.»

«Was ist die Herrschende Klasse?» Ja, ich wusste durchaus, dass der positive Bescheid über meinen Aufnahmeantrag damals von einer «Herrschenden Klasse» unterschrieben worden war, aber ich dachte, das waren die ein, zwei oder drei Admins.

«Das ist im Wesentlichen ein abgetrennter Bereich, ein virtuelles Separee, für nicht Herrschende nicht sichtbar.»

«Und du gehörst dazu?»

«Selbstverständlich.»

Das traf mich. Als würden meine Freunde mir erzählen, dass sie gerade gemeinsam im Urlaub waren, ohne mich gefragt zu haben, ob ich mitmöchte. Elektra redete weiter: «Und sag mal, du bist doch der mit diesem geheimnisvollen neuen Drifter-Buch, richtig?»

Sie klang schon ein wenig schlurrig, Alf schielte etwas, und auch ich fühlte mich inzwischen eindeutig betrunken. Seit Langem hatte ich mich nicht so angeregt, aufgehoben und sorglos gefühlt wie an diesem Abend, und so schien es mir folgerichtig, dass der Moment gekommen war, mich ganz zu öffnen. Wäre es jetzt hier zu Ende gewesen, hätten wir uns jetzt verabschiedet, wäre es ein schöner, vielleicht sogar besonderer Abend mit neuen Bekanntschaften gewesen, aber ein isolierter Wert, der nicht in mein weiteres Leben hineinragte, in die dezidierten Merkwürdigkeiten, die mich überwucherten, als hätte ein wild gewordener Gärtner alles vollgepflanzt mit Lianen und Kletterpflanzen, mit Gewirr und Gewirk und Dickicht, in dem ich die Orientierung verlor inmitten blühender Opulenz. Andererseits, wie war das, was DCG da gesagt hatte, alles fiele auseinander *ohne* dieses Gewebe?

Alles auseinander, sagte ich wohl halblaut, und Alf und Elektra sahen mich an. «Bitte?», fragte sie.

Mit beiden Händen fuhr ich mir durchs Haar. Ich bemühte mich, so deutlich und zusammenhängend zu sprechen, wie es mir gerade noch möglich war.

«Ja, Drifter. *Elektrokröte.* Das war der Titel des Buches. In der S-Bahn hatte ich eine Frau damit gesehen, Vica heißt sie, inzwischen arbeite ich für sie bei LosVideos, aber das Buch gibt es nicht, und sie tut so, als hätte sie damit nichts zu tun. Mein bester Freund, Killer, er wohnt jetzt wieder in diesem Haus, in dieser Wohnsiedlung, wo wir herkommen, und Vica hat dort plötzlich lauter Wohnungen, sie hat sich da *eingenistet*, wie eine Fledermaus.» (An dieser Stelle führte ich kleine Flügelbewegungen mit Händen und Fingern vor, obwohl das als Bild gar nicht passte – Fledermaus, warum?) «Na ja, Fledermaus, hm, weiß nicht, also, vergesst es. Ich kann jedenfalls absolut nicht einordnen, in welcher Größenordnung sie sich bewegt, ob sie ein völlig überspanntes Hochstaplertum abzieht, das bald in sich zusammenfällt, also ob sie eher ein Soufflé ist, oder ob sie, umgekehrt, unfassbar unterschätzt wird, immerhin leitet sie offenbar ein börsennotiertes Unternehmen mit Pilzen, und was die draufhaben, das ist, also, das ist unaussprechlich fast, diese neuen Smartwatches von Hallimasch, kauft die bloß nicht, ich will euch da nichts vorschreiben, aber lest euch die Gebrauchsanweisung gut durch und überlegt euch, ob ihr euch darauf einlassen wollt, mehr sag ich dazu jetzt nicht, sonst komme ich noch weiter vom Thema ab, also, ein Soufflé oder eher, ähm ...»

«Eine Wundertute?», schlug Alf vor.

«Wundertute?»

«Er meint vielleicht Wundertüte?»

«Ja!»

«Wundertüte, ja. Wundertüte ist gut. Ja. Sie ist definitiv eine Wundertüte.»

«Wo geheime Überraschungen drinne sind!»

«Ja. Genau so. Oder doch Soufflé. Ich weiß es nicht. Es ist alles ein bisschen durcheinander.» Dann geriet ich selbst durcheinander, der Alkohol schlug zu, ich redete wirr, und aus einer winzigen noch klaren Ecke meines Bewusstseins beobachtete ich mich dabei: «Und die Leute drehen alle durch, in den sozialen Medien, weil sie ja auch nichts verstehen, und das Leichteste ist es dann, jemandem die Schuld zu geben. Da kommt dann so ein Skandal gerade recht, der arme Nachrichtensprecher, aber ehrlich gesagt glaube ich nicht, dass Vica damit auch noch was zu tun hat. Nicht mal Jez oder Heurtebise. Oder Bello. Bello schon mal gar nicht. Der ist doch bloß ein Hund.»

Beide sahen sie mich investigativ an, mit gerunzelter Stirn und geschlitzten Augen.

«Hilfe», sagte ich noch. «Helft mir.»

ch habe mir die Talksendung angesehen mit Donato Cruzeiro Glauber.» Killer hatte mich frühmorgens angerufen, von seinem Festnetz.

«Ja, ich auch.»

«Kennst du ihn persönlich?»

«Nein. Nie getroffen. Wie fandest du ihn?»

«Ich muss dir leider sagen, dass ich ihn mochte. Irgendwie hab ich mich ihm sogar verbunden gefühlt.»

«Das versteh ich. Ich find ihn ja auch sympathisch.»

«Kommst du zu dieser Einweihungsparty nächste Woche?»

«Ach Gott, das ist schon nächste Woche? Muss ich wohl hin. Du bist da?»

«Ich bin hier.»

«Dann komme ich vorher zu dir?»

«Ja, bitte.»

Im MifeP hatte sich für mich einiges getan. Ein paar Tage nach dem Abend mit Elektra/Laodike öffnete ich die Seite und sah dort ein mir unbekanntes Nebenforum: «Die Herrschende Klasse (5b)». Darin hatte Laodike eine Umfrage gestartet mit dem Titel: «wenzelzahn zum Mitherrscher machen». 37 Personen hatten an der Umfrage teilgenommen, drei hatten gegen meine Herrschaft gestimmt, 29 dafür, 5 hatten die Option «whatever» gewählt. In ihrem Text schrieb Laodike:

Der Zahn ist persönlich verifiziert, habe ihn gestern Abend kennengelernt. Vollkommen zufällig, ob ihr es glaubt oder nicht, er ist der Nachbar meiner Mutter, gießt treu und zuverlässig ihre Blumen, und ich mochte ihn auch schon, bevor sich sehr spät am Abend seine MifeP-Identität herausstellte. Außerdem ist er doch schon ziemlich lange dabei. Und er kann gerade Unterstützung gebrauchen; etwas hat sein Leben durcheinandergebracht.

«Dafür», kommentierte Gundel G. und von einem *Rantanplan* kam: «Unbedingt. Schließlich ist er ja vielleicht Drifter.» Knecht schrieb: «Jetzt sind wir aber auch neugierig und wollen gefälligst mehr wissen darüber, warum und wie es durcheinander ist, das Leben von wenzelzahn.»

Allzu viel war nicht los in der Herrschenden Klasse, und sowieso waren hier achtzig Prozent aller MifePs längst mit drin. Ab und zu lud jemand zu irgendetwas ein, man verabredete sich oder teilte sonst etwas mit, das nicht unbedingt öffentlich sein sollte, berufliche Interna, Familiäres. So erkannte man einige wahre Menschen hinter den lustigen Nicknames, mit Beruf und Familienstand. Gundel G. war offenbar Journalistin, Krokodil2 ein erfolgreicher Künstler.

Und dann gab es die Voten. Zum einen darüber, wer ins MifeP hereingelassen werden sollte. Hier fanden sich sämtliche Vorstellungsmails, auch meine, die in der Tat sehr gefeiert worden war. Die meisten wurden aber aufgenommen, da war man nicht allzu wählerisch. Zugang zur Herrschenden Klasse zu bekommen, war schon deutlich schwieriger. Hier wurden eigentlich nur noch Mitglieder hinzugezogen, die sich, wie ich gerade, als wirkliche Personen in der wirklichen Welt bewiesen hatten.

Für mich schien damit die Stunde gekommen, nun doch und endlich zu formulieren, was da eigentlich los war bei mir. Dafür musste ich mich ausführlich ordnen, mich konzentrieren, Notizen machen. Dann schrieb ich, nicht gleich online, sondern vorformuliert in einem Dokument, und es wurde mehr als ein Posting. Es wurde ein ganzer Essay, mehrere Seiten lang. Dann musste ich mich wieder sammeln und konzentrieren, diesmal um zu kürzen und zusammenzufassen. Früh am Morgen, noch vor dem Erscheinen der Sonne, sichtete ich meinen Text und fand ihn, im Rahmen des Möglichen, verständlich.

So kam es, dass die Herrschende Klasse des MifeP schließlich informiert wurde über Vica und Jez und Heurtebise und deren Unternehmungen und sich daraufhin hinter mir versammelte und mit ihrer Schwarmintelligenz erstaunliche Erkenntnisse zusammentrug. Es rührte mich tief. Warum bloß hatte ich darauf nicht schon längst zugegriffen?

Mitglied Rantanplan, den ich vorher gar nicht gekannt hatte, weil er offenbar nur noch im semiprivaten Schutzraum der Herrschenden schrieb, recherchierte, dass die Neosmart Life Science AG aus der «Kleines Zauberfenster KG» hervorgegangen war, deren Vorläufer wiederum die «Seltener Supertechno GbR» war. Vor allem aber beförderte er ein uraltes Foto zutage, eine Daguerreotypie aus den Anfängen der Fotografie, auf denen vorgeblich eine mexikanische «Mischprinzessin», was immer das sein sollte, abgebildet war, und die Rosina Ludovica de Texcoco y Gazonga Mal a Bene hieß. Sie sah Vica unverblümt ähnlich. Dasselbe galt für ein noch deutlich älteres italienisches Heiligenbild mit dem Titel «Santa Ludovica quae facit bonum ex malo vel e converso» (was jemand übersetzte mit «Die heilige Ludovica macht aus Schlechtem Gutes oder auch mal andersrum»), und für das flämische Porträt einer Unbekannten, welches daraufhin mithilfe eines aberwitzigen Gesichtserkennung-in-alter-Malerei-Programms gefunden werden konnte, plus ein Sechzigerjahre-Polaroidfoto, aufgenommen in New York, das ein Vica Double bei einer Party im Chelsea Hotel zeigte, hier sogar schon vollständig in goldenem Kleid.

Ich hegte den Verdacht, dass weniger Mitgefühl mit mir als vielmehr die herrliche Abstrusität des Ganzen das Interesse an meiner Geschichte so stark befeuerte, aber wer wollte das verübeln? Immer mehr buddelte das MifeP-Kollektiv aus, und die Fundstücke wurden in der Herrschenden Klasse ausgeschüttet; mal Gold, mal Sand. Was daraus entstand, war eher eine bunte Collage als ein Puzzle, das ein stimmiges Bild ergeben hätte. Einzelne machten sich Mühe damit, Zusammenhänge zu analysieren, meistens aber wurden diese eher wild konstruiert. Es wurden Theorien gebaut, weiterentwickelt, auf die Spitze und ins Absurde getrieben, Witze gemacht. Dabei war es natürlich von zentralem Interesse, wo denn nun Drifter und das neue Buch ihren Platz hatten in dem Theater, aber ausgerechnet dazu gab es keinerlei neue Information. Die Spekulationen reichten von «Ludovica Malabene ist K:B Drifter» bis «Ludovica Malabene hat K:B Drifter getötet». Kurzum, die Herrschende Klasse brodelte vor schierem Vergnügen und war ganz in ihrem Element.

Fast wurde es mir nun zu viel, fast fühlte ich mich wie ein Verräter.

Beinahe entspannt war da meine reguläre Arbeit. Inzwischen hatte der Prozess gegen das Mörderpaar des Nachrichtensprechers begonnen, und die Details wurden freudig verfolgt, ebenso wie die Entwicklung der dazugehörigen Soap, die von alldem ungeheuerlich profitierte. Ein paar politische Themen gab es natürlich auch noch, der Anschlag letztens während einer Gedenkveranstaltung, die Wahlen in zwei Bundesländern, die neuerliche Überschwemmungskatastrophe, Demonstrationen gegen verschärfte Einwanderungsgesetze. Schnell ging ich die Debatten auf den verschiedenen Kanälen durch, routiniert und ohne Augenrollen, dann fühlte ich den Drang nach einer Runde FreeCell und goss stattdessen heißes Wasser über einen Teebeutel.

Ich hatte ein bisschen Angst, jemand aus dem MifeP könnte den Vica-Kanal bei LosVideos abonnieren und die harmonisch vor sich hin schwelgende Community dort aufmischen, aber das passierte nicht, dafür waren sie denn doch zu wohlerzogen. In einem neuen Video absolvierte Bello zusammen mit einer Ziege einen Sprungparcours – synchron. Synchronspringen für Hund und Ziege, eine interessante neue Disziplin. «Unser Bello und James die Ziege kennen sich schon lange und sind beste Freunde!», lautete der bemerkenswert dödelige Text unter dem Film. Der Jubel war groß. «Synchronspringen für Hund und Ziege, neue olympische Disziplin?» Das hatte jemand in die Kommentare geschrieben (mit Lachsmiley). Offenbar waren meine

Gedanken bereits mit denen der Malabene-Fans synchronisiert. Ich lachte mit einem Smiley zurück unter den Beitrag. Außerdem war angekündigt, dass *Abonnentis* (sic, so genderte der Malabene-Kanal) Karten für die Einweihungsparty gewinnen konnten. Mir war dabei etwas befremdlich zumute, schließlich fand das Fest im Haus meiner Kindheit statt, und das dehnte die Invasion dorthin noch weiter aus.

In der Börsen-App hatte Kässlers japanisches Tech-Unternehmen deutlich verloren und war jetzt fast wieder bei dem Preis, zu dem ich gekauft hatte. Neosmart Vica Science hingegen war unverdrossen weiter gestiegen, ungefähr so viel, wie die Kässler-Aktie verloren hatte. Auf die Idee, eines von beidem wieder zu verkaufen, kam ich nicht, ich beobachtete die Sache wie ein Rennen, einen asynchronen Hürdenlauf, bei dem die Gegner plötzlich in unterschiedliche Richtungen rannten. Im Hof klapperten die Mülltonnen, und ich sah Kässler in einem grünen Parka, wie er einen Müllsack in die graue Restmülltonne fallen ließ. Dann zog er sein Smarti aus der Tasche und verließ den Hof, langsam, scrollend. Ob er meine Wohnung auch kaufen wollte?

Seit dem Abend mit Alf und Elektra fand ich es ausgesprochen schade, dass sich diese Konstellation so bald nicht wiederholen lassen würde. Elektra war am nächsten Abend zurück nach Mumbai geflogen, Alf hatte derzeit ein Engagement in einer anderen Stadt. Andererseits hatte sich Elektra in Laodike verwandelt, mich zum Mitherrscher gemacht und mir eine kleine, feine, sympathisch dysfunktionale Recherchetruppe zu Hilfe geschickt. Auch Alf verwandelte sich, abends, zu den Vorstellungen. Er spielte, wie er mir textete, den «Truffaldino» in der Oper «Die Liebe zu den drei

Orangen», was ich zuerst für einen Scherz hielt, doch die Recherche belehrte mich eines Besseren. Es gab diese Oper wirklich, sie war sogar von Sergei Prokofjew, dem Komponisten von «Peter und der Wolf». Wie schön, wenn sich ein vertrauter Zusammenhang ergab. «Diese Oper ist auch bisschen Horrorshow. Also, vielleicht kann dir das helfen», hatte Alf noch geschrieben und mich zu einer Aufführung eingeladen. Sofort dachte ich, das könnte eine wirklich gute Idee sein. Raus, und etwas ganz anderes, Unbekanntes tun. In die Oper gehen – mal was riskieren! Die Beschreibung des Plots der Orangenoper las sich immerhin so chaotisch und unglaubwürdig, dass sich mein eigenes unglaubwürdiges Chaos daneben recht überschaubar ausnahm. Vielleicht sah Alf ja genau deshalb eine Hilfe für mich darin. Vielleicht hatte ihn mein wirrer Monolog in der Kneipe gleich an die drei Orangen erinnert. Vielleicht wusste man als Operntenor grundsätzlich mehr davon, wie das Leben die Menschen narrte. Und als Operntenor mit Horrorfilmaffinität erst recht.

Vorher aber stand noch die Einweihungsparty des Vica-Imperiums an, im Ranunkelring. Auch dazu hatte ich eine Textnachricht bekommen, von Vicas Nummer: «Dresscode für Fete:», stand da, «RETRO GLAMOUR.»

Um Himmels willen. Und: Retro war ja wohl ein weites Feld. Siebziger? Fünfziger? Zwanziger? Oder achtzehntes Jahrhundert? Wie dem auch sei, ich hatte nichts dergleichen, weder Retro noch Glamour. Es wäre mir auch egal gewesen, hatte ich es bislang doch noch immer geschafft, Mottos und Dresscodes zu ignorieren, und unbeirrt meinem Jeans-Pulli-T-Shirt Stil zu folgen, aber nun tat ich dies:

*Hallo, Alf, unbedingt komme ich und sehe mir die Oran-
genoper an! Und noch eine Frage: Ich bin zu einer Party
geladen, für die nun ein Dresscode ausgegeben wurde,
und zwar RETRO GLAMOUR, was immer das bedeuten
soll. Jedenfalls frage ich mich, ob ich mir dafür irgendwas Schickes im Kostümfundus der Oper leihen könnte,
nur so 'ne Idee ...*

oh nein!, antwortete er. *hättest du gefragt früher! letzte woche war verkauf in kostümfundus! gibt regelmäßig, musst du
mal fragen da wann wieder ist!*

Und eine halbe Stunde später: *habe kostümbilderin die
ich kenne gefragt, kannst du gehen HEUTE zu ihr! schicke die
kontakt*

Gegen Abend stand ich also im Kostümfundus der Oper
und war erst mal erschlagen von der bedrohlichen Menge an
Stoffen, die in der Halle deckenhoch sortiert und aufgehängt
waren; Kleider, Fräcke, Uniformen, Tierkostüme, Traditio-
nelles, Avantgardistisches, Karnevalistisches.

«Was brauchste denn?», fragte die Kostümfrau, selbst
eine kleine, eher minimalistisch gekleidete androgyne Erscheinung.

«Ich brauche ein Party-Outfit in Retro Glamour.» Glamour sprach ich französisch aus, nicht englisch. Glamur.

«Retro welche Epoche?»

Ich hob die Arme: «Ich weiß es nicht.»

Sie taxierte mich. Dann ging sie schnellen Schrittes voran, und ich folgte ihr, an noch mehr Kostümen vorbei, die
alle zusammen aussahen wie eine Gespensterarmee. Ein
bisschen machten sie mir Angst. Wir bogen um eine Ecke,

die Frau stieg auf eine kleine Trittleiter, verschwand da oben fast ganz hinter einer in Reihe gehängten Armada von Hosen und Jacketts, schob sie herum und stieg dann mit ein paar Sachen wieder herab. «Nimm das», sagte sie.

Am Ausgang bedankte ich mich überschwänglich. Sie winkte ab. «Ich war sowieso hier. Bring es sauber und heil zurück. Eilt nicht.»

Wie verabredet schlug ich an dem Tag vorher noch bei Killer auf. Ich klingelte mit gemischten Gefühlen; unser letztes Treffen anlässlich Vicas TV-Auftritt hatte nicht erfüllt, was ich mir davon erhofft hatte, mal wieder. Trotzdem war mir der neue Killer, so sehr entfernt und entrückt er wirkte, auf eine neue Art ans Herz gewachsen. Ich wusste gar nicht mehr, welchen Killer ich lieber mochte oder ob ich mir nach wie vor den alten Killer zurückwünschte und wie es weitergehen würde, wenn es jetzt immer so bliebe.

An der Klingelanlage gab es neben den bereits vorhandenen Vica-zugehörigen Klingelschildern «Malabene», «Legion Malabene GbR» und «LM Auskunft» jetzt noch weitere: *Guevara Fashion Ltd.*, *ULS Hallimasch Postbox* und *LM PRIVAT*. Ob Vica jetzt hier auch wohnte? So richtig mit schlafen und duschen? Und Jez? Heurtebise? Ich konnte mir keinen von ihnen überhaupt beim Wohnen vorstellen. Schuhe aus, Beine hoch, was glotzen, was lesen, was futtern. Von solchen Banalitäten schienen sie alle drei seltsam entrückt.

Der gesamte Hauseingang von außen und innen war blitzblank sauber, frisch gestrichen sogar, in einem sehr schönen Mintgrün. Und da hingen neue Briefkästen; die alten waren grau und verbeult gewesen, diese glänzten perlmuttig und sahen nach Design aus. Bevor ich wie üblich die Treppe nehmen konnte, kam gerade der Fahrstuhl unten an, und heraus trat Frau Yousef aus dem Zehnten. Sie glühte vor Aufregung und hielt mir extra die Tür auf, sodass ich also in den Fahrstuhl stieg. «Ah, kommen Sie auch zum Fest!», rief sie.

Killer hatte gekocht. Tiefkühlpizza. Ich war froh, dass er nicht durch eine trübe Verschiebung seiner inneren Strukturen plötzlich kochen konnte, dass hier etwas beim Alten geblieben war. Er benutzte auch noch die alten Tricks, um die Pizza aufzupimpen, vorher bisschen frischen Parmesan drauf, hinterher frisch gemahlenen Pfeffer und Olivenöl. Ich zog meine Jacke aus und Killer sah mich etwas fassungslos an.

«Wie siehst du denn aus?»

«Retro Glamour!», sagte ich. «Errol-Flynn-Hollywood-Style!» Es war ein fabelhaft sitzender Dreißigerjahre-Filmstar-Anzug, den mir die Kostümbildnerin herausgeangelt hatte. Er stand mir so gut, dass ich darin am liebsten in den Sender gefahren, dort herumstolziert und ganz zufällig Gesine getroffen hätte. Außerdem hatte ich mir gleich noch die passende Frisur hingegelt. Ich drehte mich vor Killer hin und her.

«Das ist todschick», sagte er. «Aber für Dresscode *Smart Casual Punk* eine ungewöhnliche Wahl. Na ja, andererseits, warum nicht.»

«Dresscode ist doch aber *Retro Glamour*.»

«Hä?» Killer fischte die Einladungskarte vom Tisch. So eine hatte ich gar nicht. «‹Dresscode: *Smart Casual Punk*› steht hier.» Er reichte mir die Karte, und, ja, so stand es dort.

«Da haben sie mir wohl einen Streich gespielt», sagte ich. «Und was soll das überhaupt sein, ‹Smart Casual Punk›?»

«Smart Casual ist jedenfalls so ein Business-Dresscode. Heißt so viel wie, man braucht keine Krawatte. Und statt Anzughose geht auch eine dezente Chino. Oder eine edle dunkle Designerjeans. Gilt bei etwas informelleren Geschäftsanlässen.»

«Das ist ja schrecklich.»

«Ja. Besonders in der Verbindung mit ‹Punk›.»

«Das hat sich sicher diese Jez ausgedacht. Und wo ist jetzt dein Smart Casual Punk Dress?»

«Zieh ich noch an.»

Zuerst mal gab es Tiefkühlpizza à la Killer. Ich ließ es mir schmecken. «Und was erwartet uns da heute, bei dieser *Fete*?»

«Mal gucken.»

«Ja, die Antwort kann ich mir auch geben. Irgendwas wird man doch hier mitbekommen haben. Vorbereitungen. Gerüchte?»

Killer nickte. «Die Chinesen haben haufenweise Zeugs nach oben geschleppt. Und Jenny ...»

«... Was für Chinesen?»

«Na, die, die da immer alles machen. Bei der Renovierung und so.»

«Sind das sicher Chinesen?»

Killer sah mich an. «Äh, nein. Du hast recht. Ich habe keine Ahnung, ob es wirklich Chinesen sind.» Es war ihm so überaus peinlich, dass es mir nun peinlich war, so übereifrig nachgefragt zu haben, denn jetzt und hier war es ja vollkommen egal, ob das Chinesen waren oder nicht. Ich musste lernen, mit Killers entwaffnender Redlichkeit zu rechnen.

«Ach, egal, also, was haben die geschleppt?»

«Gläser, glaub ich, Getränke, Kisten mit wasweißichwas drin. Jenny meinte, sie hätte mal Musik von oben gehört, die nach Bandprobe klang. Nicht laut, sie haben ja alles sehr gewissenhaft gedämmt. Jedenfalls wird's voll, wollen ja alle kommen. Das ganze Haus, viele aus dem Nachbarhaus.»

Es klingelte an der Wohnungstür, und Killer ging, um zu öffnen. «Hallo, Herr Killmann», hörte ich eine Männerstimme sagen. «Ähm, haben Sie vielleicht noch Alufolie? Ich bring Ihnen morgen auch neue.»

«Nee, tut mir leid, ich kaufe nie Alufolie.»

«Ach so, na dann muss ich wohl doch noch mal raus. War auch schon nebenan bei den Wesenbergs, aber wahrscheinlich hamse hier alle schon ihre Alufolienvorräte geplündert, was? Wie machen Sie dit denn mit dem Silber?»

«Ich weiß grad gar nicht, was Sie meinen ...»

«Na, wegen dem Fetenmotto: Silber.»

«Aha?»

«Ja, passt ja auch gut, wo diese Räume auch so ganz silber sind, was?»

«Moment mal, Herr Pachulke.»

Ach so, der Pachulke. Killer kam zurück ins Zimmer und nahm die Einladungskarte vom Tisch. Dann hörte ich ihn wieder: «Hier auf meiner Einladungskarte steht: Dresscode Smart Casual Punk. Nix mit Silber.»

Man hörte Geraschel, dann Pachulke: «Is ja komisch. Is n Ding. Wartense mal, ich hol jetzt meine Karte, da steht eindeutig drauf, irgendwie *Kleiderordnung: Silber, Silber, Silber*. So steht dit da, wartense mal.»

«Lassense mal, Herr Pachulke, ich kann mir vorstellen, dass es da vielleicht unterschiedliche Kleiderordnungen gibt.»

«Ach meinense?»

«Kann schon sein. Aber gut, dass Sie das noch erklärt haben mit dem Silber, ich habe nämlich da was ganz Tolles für Sie, eine silberne Kochschürze, Moment mal. Oder kommen Sie doch kurz rein.»

Diesmal bog Killer in sein Schlafzimmer ab, und zu mir herein trat, vorsichtig um sich blickend, Herr Pachulke. «Ach», sagte er. «Sie kenn ich doch auch?»

«Ja, Wenzel Zahn.»

«Ach, von den Zahns!»

«Ja, genau.»

«Ach, sieh an. Hab ja mit Ihrem Vater mal 'ne Zeit lang Skat gespielt. Als es die Kneipe noch gab.»

Dunkel erinnerte ich mich, dass mein Vater eine Zeit lang regelmäßig zum Skatspielen ging.

Er kniff die Augen zusammen. «Sie sind doch jetzt ...»

«Ja?» Ich wusste nicht, worauf er hinauswollte.

«Na, Sie arbeiten doch jetzt, hier, beim Sender, habich gehört?»

«Ach so, ja, genau.»

Pachulke schnalzte. «Jaja, na ja. Da hab ich so meine Meinung zu dem Laden.»

«Ist Ihr gutes Recht.»

«Na allerdings. Schreib ich auch immer mal wieder.»

«Ach ja? Wo schreiben Sie das?»

«Na, bei den Kommentaren da so. Wo man seine Meinung drunterschreiben kann.»

Es meldete sich schon mein innerer Dieter Auernwald, da kam Killer endlich mit einer silbernen Schürze zurück. Herr Pachulke war hocherfreut, vergaß mich, und die Schürzenbänder waren auch lang genug für seinen Bauch. «Wie kommst du zu einer Schürze?», fragte ich, als Pachulke weg war.

«Gehört meiner Mutter. Hatte ich mir mal geliehen, zum Streichen. Also, offenbar gibt es nicht den einen Dresscode heute.»

«Ja, sehr kreativ mal wieder. Bei Pachulke hieß es auch nicht *Dresscode*, sondern *Kleiderordnung*.»

Killer stand auf und räumte das Geschirr ab. «Dann muss ich jetzt wohl mal langsam in die Smart-Casual-Punk-Umkleide.»

«Bin gespannt.»

«Erwarte nicht zu viel.» Und aus dem Nebenzimmer rief er: «Smart Casual kann ich wohl noch. Ich war mal ganz der Smart-Casual-Typ.»

«Ich erinnere mich!»

Wenige Minuten später kehrte er in einem seiner klassischen Karriere-Outfits zurück, einer in der Tat sehr smarten dunklen Jeans, edel gemustertem Hemd (dunkelblau mit kleinen weißen Rauten) und braunem Jackett. Teurer Gürtel. Classic Killer.

«Ich liebe es», sagte ich. «Aber wo ist der Punk?»

«Ja. Ja, das weiß ich auch noch nicht.»

«Vielleicht klingelst du mal oben bei Dennis Ewert und fragst ihn nach einem Nietenhalsband?»

«Dennis Ewert ist so dermaßen kein Punk, Wenz, der ist einfach nur ein Druffi.»

«Richtig. Aber Zuckerwasser in die Haare, das wäre leicht zu machen. Und Kajal! Kajal kann man ja wohl organisieren.» Ich blickte auf seinen Hals und seine Handgelenke. «Sag mal, sind die Blitze auf deiner Haut wieder da?»

«Die kommen und gehen. Je mehr ich unter Strom stehe, desto eher sind sie da.»

Eine halbe Stunde später standen Killer die Haare gezuckert zu Berge, er trug schwarzen Kajal um die Augen und anstelle eines Nietenhalsbandes ein Strassband von Frau Fox um den Hals, darunter zeichneten sich die Blitze ab. Er war weder der alte noch der neue Killer. Er war ein völlig anderer. Er war der schönste Mann der Welt. Das Strassband war weder Punk noch Business, allenfalls Dandy, eher noch Diva, aber natürlich war es sowieso albern, bei diesem Quark hier mit irgendwelchen genauen Maßstäben anzukommen. Ich hätte mich auch in Silberfolie einwickeln oder ein goldenes Kleid anziehen können, dachte ich.

Wir holten Frau Killmann und Tino Nicolaidis ab, sie waren gekleidet, als würden sie heute heiraten, wie Braut und Bräutigam, und nahmen zusammen mit ihnen die Treppen vom vierten ins sechste Stockwerk. «Wie gut, dass ich mein Brautkleid noch hatte!», sagte Frau Killmann. Etwas eng war es ihr schon geworden. Im sonst so toten Treppenhaus herrschte reges Treiben. Hausbewohner jeden Alters kamen in aufgekratzter oder nervöser Erwartung und diversen Kleidungsstilen aus ihren Wohnungen heraus, betrachteten einander und wunderten sich über die unterschiedlichen Interpretationen der Kleiderordnung. Der Fahrstuhl rumpelte hektisch und voll mit aufgekratztem Gekreisch durch die Etagen.

Der sechste Stock, die Vica-Etage, lag in pinkfarbenes Licht und in eine Art Klanginstallation getaucht. Killer blieb auf der letzten Treppenstufe stehen und hielt mich an der Schulter fest: «Das ist es!»

«Das ist was?»

«Das Geräusch! Das ich schon seit Wochen höre. Von dem ich dir erzählt habe. Rhythmisches Pusten und Gurgeln. Ein summender Chor!»

Persönlich hätte ich es eher mit einem rhythmischen Plätschern beschrieben, aber Pust und Gurgel ging auch durch. Vor dem Portal zum Malabene-Hauptquartier hatte sich schon eine Schlange gebildet. Weiter vorn standen die beiden alten Baumanns, die genau wie Frau Killmann und Tino Nicolaidis als Brautpaar gekleidet waren, aber anders als Frau Killmann waren die beiden offenbar weniger geworden seit ihrer Hochzeit, und die wahrscheinlich aus den Tiefen eines Hängebodens hervorgeholte Garderobe umschlotterte ihren hageren Gestalten.

«Hallo, Marco», sagte der Junge hinten in der Schlange zu Killer. Es war sein Nachhilfeschüler Justin, mit Eltern. Keiner der drei trug irgendeine auffällige Kostümierung, kein Retro, kein Punk, kein Silber, sie waren einfach nur festlich gekleidet, als gingen sie zu einem Silvesterball. Deshalb sahen sie unser Grüppchen auch mit Erstaunen an, aber nur leicht, denn sie hatten bereits einige andere gesehen. Wir hingegen taten so, als sei alles normal, inklusive Frau Killmann in ihrem engen Brautkleid. Hinter uns öffnete sich der Fahrstuhl, und eine verblüffend große Gruppe Jugendlicher kam lärmend herausgekullert, darunter zwei Mädchen, deren wundervolle Outfits sich als Retro Glamour identifizieren ließen.

Am Empfang saßen Jez und Heurtebise.

«Sooo», sagte Jez zu Familie Justin. «Party Glitz Spezial?» Sie musterte Mutter und Vater, und er präsentierte gut gelaunt seine selbst gebastelte Fliege aus glitzerndem Geschenkpapier. Nur an Justin hatte sie etwas auszusetzen: «Justin! Wo ist dein Glitz?»

«Äh ...»

«Tja, Junge», sagte Justins Mutter. «Musst du doch noch mal hoch und dir was holen. Liegt ja schon bereit.»

«Hier, Justin», sagte Killer. «Das sollte ich dir doch mitbringen.» Er löste das Band von seinem Hals und gab es an Justin weiter, was ich ein bisschen schade fand, wobei es auch an Justin ganz ausgezeichnet aussah. Heurtebise legte allen dreien glitzernde Armbänder um und ließ sie ein. «Zusatzaccessoires gibt es an der Garderobe», sagte Jez noch, dann waren wir an der Reihe.

«Sooo. Frau Killmann und Herr Nicolaidis? Brautpaar. Sehr schön, sehr schön.»

«Das ist mein echtes Brautleid!»

«Davon gehen wir aus, Frau Killmann. Zusatzaccessoires gibt es an der Garderobe. Viel Vergnügen!»

Von Heurtebise bekamen beide perlmuttweiße Bänder angelegt.

«Sooo. Herr Killmann. Smart Casual Punk?» Jez musterte Killer. «Hm, hm, ja, geht. Zusatzaccessoires gibt es an der Garderobe. Viel Vergnügen!» Killer bekam ein Nietenarmband.

«Sooo. Der Herr Zahn.» Sie sah mich an. «Retro Glamour. Ganz, ganz wunderbar! Sie überraschen mich, ich bin beeindruckt!» Wie verliebt strich sie mir über die Wange, dann gab es ein Bändchen in dunkelroter Schlangenlederoptik von Heurtebise, dessen kleine Äuglein eifrig blitzten, und den bereits gehörten Hinweis auf «Zusatzaccessoires».

Ein paar Leute, die nicht aus dem Haus waren, gaben Jacken und Mäntel an einer amtlichen Garderobe ab, die aussah, als sei sie dort seit Jahrzehnten fest installiert. Neben der Garderobe standen mehrere große Körbe mit buntem Tand.

«Wie findeste?», sagte Killer. Er hatte sich eine große grüne Brille mit irisierenden Gläsern aus einem der Körbe gefischt.

«Sehr schön, aber kein Punk.»

«Das ist, glaub ich, ab hier egal.» Er wühlte weiter und reichte mir einen Schnurrbart zum Aufkleben. «Guck mal, für dich.»

Bebrillt und beschnurrbartet näherten wir uns einem schweren Vorhang, der von zwei riesigen Bodybuildertypen passgenau für uns geöffnet und hinter uns wieder geschlossen wurde. Dann waren wir drinnen.

Das ganze weitere Vorhanglabyrinth war verschwunden, wir standen in einer riesigen Halle mit ein paar silbernen Säulen. Die hatten vielleicht die tragenden Wände ersetzt, ein bisschen Statik brauchte wohl sogar das Fürstentum

Malabene. Die Deckenhöhe war nicht überall gleich, es gab einen großen, sehr hohen und ein paar niedrigere Bereiche, aber überall hingen Discokugeln in verschiedenen Größen, angestrahlt von bunten Scheinwerfern. Die Vögel hatte man wohl ausquartiert. Unter den niedrigeren Decken standen ein paar Stehlampen und Sofas, auf denen noch niemand saß. Der Raum füllte sich. Die ersten Gäste wanderten langsam darin umher, einige in Silber, einige in Schwarz, viele im Stil verschiedener Dekaden. Federn und Strass, Hochzeitskleider, Operettenuniformen, ein bisschen Travestie. Die meisten hatten sich zudem etwas aus den Körben mit den bunten Gimmicks gegriffen. Brillen, Bärte, falsche Nasen, Perücken, Vogelschnäbel, Tiermasken. Man blieb stehen, begrüßte und bestaunte sich. Mit Engelsflügeln ausgestattete Kellner schritten mit Tabletts umher und boten Aperitifs, die aussahen wie interessante Experimente aus dem Chemiebaukasten. Von einem Podest in der Ecke lieferte eine DJane zarte Beats.

Als erste Person hatte sich Dennis Ewert auf einem der Sofas installiert, vor sich bereits zwei leere Gläser und in der Hand ein Schälchen mit Knabberei. Killer und ich setzten uns daneben, es schien uns ein guter Aussichtsplatz. Dennis nickte uns zu und arbeitete dann weiter an seinem Knabberzeug. Bei näherem Hinsehen deutete sich an, dass er Killers Kleiderordnung teilte.

«Smart Casual Punk?», fragte ich.

Dennis nickte und knabberte weiter.

«Genauso wie Killer hier.»

«Killer?» Erstmals sah er uns an.

«Marco. Marco Killmann. Killer.»

Ein bisschen wunderte es mich, dass Dennis solch adrette Klamotten besaß. Wenn sie geborgt waren, saßen sie verdammt gut, aber vielleicht stammten sie auch aus einem vergangenen Leben, dem Leben, das es zwischenzeitlich mal gegeben hatte, bevor Dennis wieder hier gelandet war. Ein bisschen wie bei Killer eigentlich. Er leerte den Rest aus dem Schälchen direkt in seinen Mund, und ruckzuck tauchte ein Kellnerengel auf, um ein neues Schälchen zu servieren. «Und noch so 'n Drink», sagte Dennis.

«Und noch so 'n Drink, *bitte*», sagte der Kellner. Hohl und leicht verstört sah Dennis ihn an.

«Du sollst dich höflicher ausdrücken», erklärte ich. «Sag: Könnte ich bitte auch noch ein Getränk bekommen?»

«Könnte ich bitte auch noch ein Getränk bekommen», wiederholte Dennis, worauf der Kellner sich auf dem Tablett mit den unterschiedlichsten Gläsern umsah, um Dennis schließlich einen großen Sektkelch mit einer leicht moussierenden zweifarbigen Flüssigkeit zu reichen. Mit der Wahl schien Dennis zufrieden, wirkte beim ersten Schluck aber überrascht. Killer und ich bekamen ebenfalls Getränke gereicht, kleinere, die nach Aperol Spritz aussahen, aber noch Kügelchen enthielten, wie Bubble Tea. Gleichzeitig nippten wir, sahen uns an, und gleichzeitig riefen wir: «Lecker!»

Der Raum füllte sich beständig weiter, schon jetzt waren deutlich mehr Menschen da, als das Haus Bewohner hatte.

«Hey, das ist ja echt witzig, dass wir dasselbe Thema haben!» Etwas überraschend hatte Dennis Ewert sich uns zugewandt. «Killer, guter Spitzname. Wohnst du auch wieder hier, Wenzel? Hab dich erst gar nicht erkannt!» Er deutete auf meinen angeklebten Schnurrbart.

«Nee, nur zu Besuch. Aber ich arbeite bisschen mit beim, äh, beim Malabene-Konzern.»

«Echt, ja? Wie cool, was machst du da?»

Ganz aufgeräumt blickte er mir in die Augen.

«Ich moderiere die Kommentare in ihrem Videokanal.»

«Klasse, klingt spannend!» Er sah sich um und winkte jemandem zu. «Entschuldigt mich. Da ist eine alte Schulfreundin.» Damit stand er auf und ging in seinen preppigen Klamotten beschwingten Schrittes auf eine Frau zu, die zunächst wirkte, als wollte sie weglaufen, sich dann aber mit Dennis unterhielt und ihn dabei ungläubig ansah.

Schließlich sah es danach aus, als hätte der Raum seine optimale Füllmenge erreicht. Die Musik, die zuletzt etwas lauter und beschwingter geworden war, wurde nun heruntergeregelt. Das Licht wurde gedämmt, ein Vorhang öffnete sich, und ein Kegelscheinwerfer erleuchtete eine Bühne. Im Scheinwerferlicht stand Vica. Sie trug ihr goldenes Kleid und sprach in ein großes Gesangsmikrofon, das nostalgisch, aber auch nach Hightech aussah: «Verehrteste Gäste. Ich freue mich außerordentlich über Ihr gut gekleidetes Erscheinen zu unserem ganz unbescheidenen Fest. Wir feiern damit die Eröffnung des *Malabene&Friends Syndikat für Halbwahrheit und Trüffelzucht* hier im Ranunkelring Nummer zweiundneunzig.» Jubel und Applaus. «Es soll Ihnen heute Abend an nichts mangeln. Unsere Küche wird in Kürze das Essen auftragen. Bis es so weit ist, wird das Orchester zum Eröffnungstanz aufspielen, zu dem ich alle Brautpaare auf die Tanzfläche bitte. Drum herum gruppieren sich bitte die Vögel und die Fische, nach dem ersten Stück ist der Tanz dann freigegeben für alle. Weitere Anweisungen werden folgen. Meine Damen, meine Herren, liebe Kinder, liebe Zauber- und Halbwesen – das Fest beginnt!»

Mit diesen Worten verschwand der Lichtkegel, und eine große Bühnenbeleuchtung brachte dahinter eine Showband zum Vorschein, die sofort loslegte. Alle Musikerinnen (einen Mann konnte ich nicht entdecken) trugen Tierkostüme. Auf der Tanzfläche versammelten sich neun Brautpaare, neben Frau Killmann mit Konstantinos Nicolaidis und den Baumanns identifizierte Killer dort auch den Hauswart, den schrecklichen Schwonder, der ganz beseelt eine Braut in seinen Armen schaukelte. Drum herum gruppierten sich Gäste in Vogel- und Fischkostümen, wobei einige wirklich bemerkenswert aussahen, wiegten sich mit den tanzenden Paaren im Takt und gaben dabei eine sanfte Handbewegung im Kreis herum, ähnlich wie bei einer La Ola im Fußballstadion. Hatten die das geübt?

Gleich nach dem romantischen Schwof zog die Kapelle andere Seiten auf. Als hätten sie vorher bloß Anlauf genommen sauste die Musik jetzt durch den Raum, hochtouriger Swing war das, oder, wie Killer meinte, Turbo Disco Funk. «Dann eher Techno Soul Dub», sagte ich. Lange konnten wir nicht darüber streiten, denn Killer wurde von einer Fischfrau an beiden Händen vom Sofa hoch und Richtung Tanzfläche gezogen. Ich ging ihnen nach, das wollte ich mir ansehen. Genau wie ich war Killer nie ein Tänzer gewesen, aber der Turbo Disco Funk Swing schien ihm in die Beine zu gehen. Nach einer kurzen Anlaufphase tanze er mit der Fischfrau, als sei er direkt an den Groove gekoppelt, als hätte er ein verdammtes Diplom in lässigem Abtanzen. Fast war ich neidisch, da hatte mich schon ein Vogelwesen seiner- oder ihrerseits hinein ins Getümmel gezogen, wo ich feststellen musste, wie ungemein leicht es diese Bigband einem machte, mit ihrem Klang zu verschmelzen; ja, wie man praktisch gar nicht *nicht* damit verschmelzen konnte. Mit dem Klang und dem Raum und den Menschen und den Wesen rundherum, in all ihrer unklaren Schönheit. Ich kannte die Bewegungen und den Rhythmus, es kam alles zu mir, während eine Nebelmaschine dafür sorgte, dass alle Sicht in den weiten Raum verschwand. Für Sekunden hielt ich jemanden an den Händen, für eine Drehung jemanden im Arm, für Augenblicke schmiegte sich jemand an mich oder auch zwei. Kaum zu sagen, wie lange das ging, eine Stunde, anderthalb, zwei?, bevor die Band mit einem wilden Finale ihren Auftritt beendete und Vicas Stimme zu hören, ohne dass Vica zu sehen war: «Das Buffet ist eröffnet!», sagte sie.

Jetzt, da sie das sagte, war es denn auch höchste Zeit. Ich hatte mich so intensiv verausgabt wie seit Ewigkeiten nicht. Die Musik wurde wieder von den entspannten Klängen der DJane übernommen, und das Bündel auf der Tanzfläche entwirrte sich. Eigentlich gab es nicht das eine Buffet. Überall im Raum waren Speisestationen entstanden, an kleinen und größeren Tischen, zum Sitzen und zum Stehen. Ich suchte nach Killer, ging zu unserem Sofa, fand dort aber Pamela Iglesias mit Jenny und dem Kinderhasser Dragunović, wie sie Häppchen auf großen bunten Tellern austauschten und kosteten. Pamela rutschte ein Stück zur Seite, und ich setzte mich daneben.

«Wenzel!», rief Jenny. «Hast du das schon probiert?» Sie reichte mir ihren Teller, auf dem ein einzelnes kleines Stück gebratenes Fleisch lag, garniert mit einer sahnigen Haube und Kräutern. Ich griff mir eine Gabel und biss mit großem Appetit und hohen Erwartungen hinein. Es war das Köstlichste und Zarteste, das ich jemals gegessen hatte.

«Was ist das?» Kennerhaft schmatze ich dem Geschmack hinterher. «Wild? Ist Wild, oder?»

Jenny wedelte mit den Händen: «Nein! Hier ist doch alles vegan!»

Gegenüber Fleischersatz war ich durchaus nicht ignorant, ich begrüßte das Konzept und hatte auch schon einiges durchgetestet, aber das hier überraschte mich nun doch.

«Aus Pilzen!», sagte Jenny, und Herr Dragunović ergänzte: «Is köstlich.»

Alles andere war ebenfalls köstlich; kleine Gemüsetörtchen mit fruchtig-süßer Garnitur und gerösteten Samen (Kürbiskerne? Pinienkerne?), saftige Bällchen, die an Königsberger Klopse erinnerten, aber einen fruchtigen Kern hatten (Marille?) und aller Wahrscheinlichkeit nach wohl ebenfalls aus Pilzen gemacht waren. Dazu kamen feinste Süßigkeiten, buttrige Zimtschnecken, schaumiges Vanillemousse, knusprige Baklava und zart schmelzende Mochi-Eiskugeln. Als ich den Eindruck hatte, satt zu sein, beschlich mich das Gefühl, ganz blödsinnig vor Glück aus der Wäsche zu gucken. Wahrscheinlich, weil alle anderen blödsinnig vor Glück aus der Wäsche guckten. Ich beschloss, mich ein wenig in den Räumlichkeiten umzusehen, da gab es eine neue Ansage: «Achtung, Achtung. In Kürze starten wir die große Karaokeshow. Anmeldungen werden jetzt von den mobilen Karaoketeams aufgenommen.»

Die «mobilen Karaoketeams» waren, wie sich herausstellte, die Kellner von vorher, jetzt mit Tablets unterwegs und mit einer breiten Schärpe behängt, auf der in bunten Buchstaben «Karaokestation» gedruckt stand. Wie ein fliegender Händler hatte sich einer von ihnen vor mich geschoben, um mir Angebote zu machen, die ich nicht wollte: «Karaokewünsche?»

«Nein, danke.» Der Mensch sah mich an, als käme da noch was. Ich fuchtelte abwehrend mit den Händen. «Wirklich nicht.»

«Sie können sich quasi alles aussuchen!»

«Nein, ich möchte nicht.»

«Was ist Ihr Lieblingslied?»

«Ich weiß nicht, keine Ahnung ...»

«Es funktioniert mit einem besonders ausgefeilten Semi-Playback-System, und dazu gibt es eine neuartige Autotune-Funktion, mit der klingt wirklich jeder absolut legal. Es holt den individuellen Zauber aus Ihrer Stimme, quasi wie Sie singen könnten, wenn Sie es lange geübt hätten. Als hätten Sie nie etwas anderes getan!»

«Trotzdem nicht.» Ich nickte ihm freundlich zu und versuchte zu entkommen, aber er ließ mich nicht durch.

«Sie lernen Ihre Stimme ganz neu kennen!»

Da erlöste mich Herr Pachulke, wie er sich mit Frau Killmanns silberner Schürze um den Bauch dazwischendrängelte: «Haben Sie da auch *Ich war noch niemals in New York* von dem Udo Jürgens?»

Die mobile Karaokestation tippte auf dem Tablet herum. «Selbstverständlich.»

«Dis mag ich so gern.»

«Sie waren der ...?»

«Pachulke. Volker Pachulke.»

«Hätten Sie gern einen Künstlernamen für den Auftritt, Herr Pachulke?»

Herr Pachulke lächelte verschämt. «Ja, also, vielleicht, so was wie, Jack, äh, Jack ...»

«Wie wäre es mit Jack Melody?», sagte der Karaokekellner.

Pachulke strahlte. «Ja. Das isses! Jack Melody!»

Und während Volker Pachulkes ganzes Wesen sich schon in diesem Moment zu Jack Melody transformierte, druckte das Tablet einen Klebezettel aus, den der Kellner ihm an die Brust heftete mit den Worten: «Sie sind die Numero fünf. Bitte finden Sie sich hinter der Bühne ein.»

Irgendwo dort hinten huschte Killer durch mein Blickfeld, aber anstatt ihm gleich hinterherzujagen, wurde ich abgelenkt durch einen Typen, der mir vorher schon beim Tanzen aufgefallen war, weil er mir seinen Ellenbogen in die Rippen gerammt hatte. Es war der einzige Vorfall dieser Art inmitten des großartigen Tanzerlebnisses gewesen und fiel deshalb so grotesk aus der Reihe. Groß und feist war der Typ, mit strähnigen kinnlangen Haaren. Seinen Dresscode, was immer der war, hatte er lustlos umgesetzt mit einem Hawaiihemd plus Hosenträgern, aber vor allem hatte er diese entweder grobmotorisch unkoordinierte oder besonders rücksichtslose Art, sich zwischen anderen Personen zu bewegen, einen fehlenden Sensor für den Raum der Mitmenschen, das rumpelige Primat der eigenen Körperlichkeit. Jetzt stand er da unansehnlich rum und musterte Frauen und Mädchen in seiner näheren Umgebung. Er passte hier nicht rein, er störte regelrecht.

Einmal mehr wechselte das Licht, der Raum verdunkelte

sich, die Bühne erstrahlte wieder. Alle Augen nun auf Jez. Sie trug einen engen schwarzen Glitzeroverall.

«Alle satt und zufrieden und bereit für die Show?» – Zustimmung, Applaus. «Wun-der-bar! Dann können wir ja loslegen, was? Verständlicherweise wollte niemand die Nummer eins sein, das hatten wir schon geahnt, und deshalb, verehrtes Publikum, macht den Anfang mein geschätzter Kollege Balthasar Heurtebise, der hier heute auftritt als *Zirbel Pavarotti* – Applaus!»

Balthasar, aha. Soso. Erst mal passierte nichts, die Bühne blieb leer. Dann kam die Showband zurück und nahm ihre Plätze ein. Interessant, Karaoke mit Showband, damit hatte ich nicht gerechnet, es war doch auch von Playback die Rede gewesen? Die Band legte los, in großer Las-Vegas-Leuchtschrift erschien oben der Name ZIRBEL PAVAROTTI. Heurtebise erschien im Elvis-Kostüm, der Saal jubelte. Und dann sang er auch Elvis. Wahnsinnig gut sang er Elvis. Er wurde zu Elvis. Ein Song reichte nicht, damit hätte man ihn unmöglich davonkommen lassen, er musste noch einen.

«Vielen Dank», säuselte er in den Jubel hinein. «Und nun: *Scheherazade von Ranunkel* – Applaus!»

In einem überbordenden Kleid voller Blumen trat Frau Yousef auf die Bühne. Sie sammelte sich und faltete die Hände. Dann sang sie, vom Orchester hauptsächlich perkussiv begleitet, ein arabisches Lied von großer Intensität. Ein paar Meter neben mir hüpften Tochter und Sohn völlig aus dem Häuschen auf und ab, während der Rest der Gäste in den Bann des Liedes und von Frau Yousefs unglaublichem Gesang fiel, sogar der durchtätowierte Russe (heute im Frack). Nicht nur zu meiner Überraschung ging das Lied nach und nach ganz makellos über in einen Rap über das Leben im Ranunkelring. Gut, Frau Yousef konnte also singen, aber wer hätte gedacht, dass sie auch rappen konnte. Danach herrschte einen Moment lang Stille, dann toste Applaus. Frau Yousef lächelte anmutig, dann sprach sie: «Vielen Dank. Dieses Lied hat mein Sohn geschrieben.» Wieder Jubel. «Und jetzt», sagte Frau Yousef, «begrüßen Sie bitte die *Killerboys!*»

Was?

Frau Yousef nach rechts ab, Auftritt von links: Dennis Ewert und Killer. Beide noch mal schön nachgeschminkt, beide mit strassbesetzten Halsbändern und Killer mit der grünen Brille. Die Art, wie Killer die Haare zu Berge standen, erinnerte mich jetzt daran, wie er nach dem Blitzschlag ausgesehen hatte. Die Band spielte, nix Punk, funky stattdessen, tanzen, alle tanzten jetzt, nur ich nicht, denn ich starrte Killer und Dennis Ewert an, die supercool mit den Fingern schnippten und zusammen, irgendwie zweistimmig, «Get Lucky» sangen. Ich wusste, dass Killer den Song sehr mochte, kam nicht mehr drauf, von wem das war, auch egal, ich wusste noch, dass ein bekannter Gitarrist die Gitarre spielt, hier jetzt in der Showband war es eine Frau in goldener Lackhose, irrsinnig gut, aber wie irre die beiden auch sangen, und zwar ohne Monitor? Beim alten Killer hätte man denken können, dass er zur Rampensau taugte, tat er aber nicht, war nie sein Ding. Beim neuen Killer hätte man nie an Rampensau gedacht, und jetzt das. Jetzt das!

Aus meiner Schockstarre heraus explodierte ich schließlich zusammen mit den anderen neben mir, «Killer!», brüllte ich, «KI-LER!»

Auf die Killerboys folgte ein mir unbekanntes Mädchen

namens «Immaculata» mit einem weiteren Dancefloor-Kracher, Herr Pachulke alias Jack Melody mit *Ich war noch niemals in New York*, dann Frau Fox im Duett mit der suizidalen Frau aus dem Zwölften (*Don't Go Breaking My Heart*), alles unfassbar fantastisch und eigenartig anrührend. Nicht nur funktionierte diese vom Karaokekellner angepriesene Technologie der Stimmoptimierung wirklich sensationell gut, irgendwie entwickelten sie alle dort auf der Bühne auch jenen kaum zu erlernenden Show-Magnetismus, mit dem man ein Publikum fesselt. Die meisten trugen bei ihren Auftritten eine von diesen Brillen, das fiel mir wohl auf. Immer mehr Leute wollten nun mitmachen und meldeten sich bei den mobilen Karaokestationen. Jemand tippte mir an die Schulter.

«Killmann! Ich verneige mich!», rief ich und verneigte mich.

«Ich muss mal bisschen raus», sagte Killer. «Kommst du mit?»

Wir bahnten uns einen Weg zurück zur Tür. Die Party geriet inzwischen außer Kontrolle, es wurden immer mehr Leute, wir kamen kaum durch. Auch im Hausflur herrschte Halligalli. Die DJane hatte sich jetzt hier installiert und der jüngere Teil der Gäste oder die, die hier einfach gestrandet waren, tanzten auf den Gängen und Treppen. Der Fahrstuhl ruckelte endlos durch die Etagen bis er endlich, prall gefüllt, bei uns ankam. Alle, die drinnen waren, stiegen aus, wir stiegen ein. Mechanisch drückte ich den E-Knopf, aber anstatt nach unten fuhren wir hoch, drei Stockwerke, in den neunten. Meine alte Etage. Niemand stieg ein. Ich öffnete die Tür und spähte nach draußen; auch hierher war das Fest schon vorgedrungen, in Form eines heftig knutschenden Paars auf dem Treppenabsatz und zweier Mädchen, die kichernd auf einem Smarti herumwischten und zwischendrin Selfies schossen. Ich drückte wieder E, und wieder ruckelte sich der Fahrstuhl stattdessen nach oben, vorbei an der Zehn, der Elf.

Vorbei an der Zwölf. Mich erfasste kaltes Grausen. Gleichzeitig wusste ich endlich, was los war. Ich befand mich in einem Traum, meinem alten Albtraum. Gleich würde der Fahrstuhl über das Dach hinaus und mittels einer prekären Konstruktion hoch über die Dächer rumpeln. Ich schrie auf, und wie im Schlaf wurde ich von meinem eigenen Schrei wach. Killer hielt mich an den Schultern und sagte: «Wasn los?»

Der Aufzug stand im Zwölften, und eine Gruppe angeschickerter Ladys drängte sich zu uns herein. Ich lehnte mich gegen die Wand und atmete ganz ruhig ein und aus. Im Party-geschoss hielten wir wieder, und die Ladys stiegen dort aus.

«Ich dachte grad, der Fahrstuhl fährt noch weiter hoch. Über den Zwölften hinaus.»

«Über den Zwölften hinaus? Der hat nur bisschen gerumpelt.»

«Träumst du auch manchmal vom Fahrstuhl?»

Killer überlegte. «Ich hab mal geträumt, dass im Fahrstuhl ein Fuchs saß.»

Endlich stiegen wir im Erdgeschoss aus. Draußen standen Gruppen von Leuten beieinander, Mädchen, aufgedonnerte Frauen, alte Säufer, jugendliche Poser; alles, was der Ranunkelring hergab. Wir überquerten die Straße und gingen zwischen den Häusern auf der anderen Seite hindurch, über Parkplätze und Spielplätze und Rasenflächen und wieder zurück. Dabei erklärte mir Killer, in den Gläsern der Brille sei der Songtext eingeblendet gewesen. Dennis Ewert habe die Brille aber abgelehnt, der konnte das auch so singen. Von ihm war auch die Idee gekommen, er wollte unbedingt mit Killer performen. «Der ist heute wie ausgewechselt», sagte Killer.

«Du hast mich aber auch ein bisschen überrascht», sagte ich.

«Ja.» Killer grinste. «Ich mich auch.»

Aus unserem Haus strömten jetzt mehr Menschen nach draußen, alle mit silberglänzenden Taschen in den Händen. Auf den Treppen kamen uns ebenfalls die Leute mit Silbertaschen entgegen, wir stiegen gegen den Strom nach oben. Im Dritten war Frau Jablonski gerade dabei, ihre Tür aufzuschließen, begleitet von Herrn Dragunović, der eine Federboa um den Hals trug und in den Händen zwei silberne Taschen. Frau Jablonski war der Lippenstift verschmiert und Teile davon klebten dem Dragunović schamlos am Kinn. Ich wollte dezent vorbeigehen, aber Killer blieb stehen und fragte, was da wohl in diesen Beuteln drin sei. «Mitgebsel», sagte Frau Jablonski mit leichter Verzögerung, als hätte die Frage sie aus einem Zustand der Entrückung geholt. «Hab noch nicht reingeguckt.»

«Ist die Feier denn vorbei jetzt?»

«Na, so nach und nach. Gab noch eine dolle Show mit der Frau Malabene. Und ganz feine Cocktails noch mal.» Herr Dragunović nickte in Zustimmung. «Und jetzt löst sich das so bisschen auf, aber sind auch noch einige da. Wie lang das da noch geht, keine Ahnung. Gute Nacht, die Herren.» Der

Abschied galt nur uns beiden, Herr Dragunović folgte ihr in die Wohnung.

«Die feiern alleine weiter», sagte ich zu Killer.

«Gehst du noch mal hoch?», fragte er. «Ich geh jetzt nämlich pennen. Bin total alle.»

Jetzt, wo er das sagte, merkte ich es auch. Total alle. «Kann ich bei dir bleiben? Jetzt den ganzen Weg nach Hause mit irgendwelchen Nachtbussen wäre ein Graus. Ich geh vorher noch mal ganz kurz in den Sechsten, nur gucken, fünf Minuten.»

Die DJane stand nicht mehr im Flur, der Empfangsraum war verwaist. Im Festsaal war es leerer, aber keineswegs ganz leer. Vereinzelt wurde noch getanzt, tranceartig, und auf den Sofas und in einigen Ecken wurde geknutscht. Vogelwesen mit Glitzerfrauen, Silbermänner mit Fischen, Casual Punks mit Retro Glams, Hauswart Schwonder mit seiner Frau im Brautkleid. Ein glanzvolles Bild, aber dazwischen torkelte auch noch der Unsympath von der rumpeligen Gestalt mit seinen strähnigen Haaren umher und trank Reste aus Gläsern aus.

Ich drehte mich zum Gehen, da sah ich Jez und Heurtebise vorbeihuschen. Bise bekam ich noch zu fassen. «Gratuliere», sagte ich. «Gratuliere zu diesem ganz außergewöhnlich anregenden Fest. Wirklich. Daran werden wir alle noch lange denken.» Ich fühlte echte Dankbarkeit.

«Das freut mich, Herr Zahn», lispelte Heurtebise, und ich war beinahe froh, wie seine schnörkellose Verwaltungsaura mich dabei etwas herunterkochte, auch wenn er immer noch im Elviskostüm steckte. Vor uns taumelte der Strähnige Richtung Ausgang.

«Und wer ist das eigentlich?», fragte ich.

«Ach, das ist dieser ... mit dem hatten wir mal irgendein Projekt oder eine Kooperation oder was. Ein Schriftsteller. *Drifter* nennt der sich wohl.»

Ich packte Heurtebise am Arm.

«Huch! Das hätte ich eigentlich nicht sagen dürfen. Er will doch inkognito bleiben. Ooops! Na ja. Vergessen Sie es ganz schnell.» Bise kicherte.

Ich stürzte dem Mann hinterher. Am Ausgang drückte mir Jez noch zwei Silbertaschen in die Hand, für Killer und für mich. «Eure Privilegien», sagte sie. Drifter stieg gerade in den Fahrstuhl, ich riss die Tür auf und sprang mit hinein.

Starrte ihn an. An seiner verschwitzten Prankenhand baumelte ein filigranes Silbertütchen. Erst beachtete er mich nicht, dann sagte ich: «Drifter. Ka Be Drifter, ja?»

Die Reaktion war eindeutig. Er schnaubte, wollte raus, aber der Fahrstuhl hatte sich schon in Bewegung gesetzt.

«Scheißdreck», sagte er.

Ich trat einen Schritt auf ihn zu, er einen zurück. Er drückte sich in die Ecke vom Aufzug.

«Was ist mit der *Elektrokröte* passiert?»

«Frag das die Freaks da oben. Die haben im letzten Moment alle Rechte gekauft!»

«Wie? Warum?»

«Weiß ich doch nicht. Ist mir auch wurst, war sowieso ein alberner Quatsch, dieser Text.» Er sah mich schnaufend an, sein Atem roch nach Alk und Pilzen. «Bitte», jammerte er plötzlich los. «Bitte nicht meine Identität enthüllen.»

Grimmig blickte ich zurück, ich war sauer auf ihn, fühlte mich kampfeslustig.

«Bitte. Ich werde sonst nichts mehr schreiben, nie wieder!»

«Mir doch egal!»

Der Fahrstuhl hielt im Erdgeschoss. Einen Moment lang
standen wir da noch so, Drifter gut einen Kopf größer als
ich, in sich zusammengesackt, ein versoffenes Elend, ich wie
von der Tarantel gestochen. Dann schob er sich langsam mit
hängendem Kopf an mir vorbei und stieg aus.

Killer öffnete im Pyjama. Er hatte das Schlafsofa ausge-
klappt und gab mir Decke und Kissen. Ich hatte keine Hoffnung auf Schlaf, aber kaum lag ich unter der Decke, war
ich auch schon weg, weit weg. Über den Dächern, über den
Baumkronen und noch weiter. Doch schon bald wachte ich
auf und hörte ein rhythmisches Gluckern. Es war noch dunkel, ich hatte Durst. In der Küche nahm ich mir ein Glas aus
dem Schrank und ließ Wasser aus dem Hahn hineinlaufen.
Während ich trank, bemerkte ich draußen Lichter und Geräusche. Die Uhr zeigte halb sieben. Ich trat auf den Balkon
und sah, dass unten auf dem Parkplatz noch einige Personen
tanzten, wie eine Schafherde umkreist und bewacht von Bello, dem musikalischen Riesenzotteltier. Und daneben, auf
der Wiese, saß ein Fuchs und sah zu. Weit hinten zwischen
den Häusern deutete sich ein Morgenrot an.

Da schnellte Bello los. Die unheilige Dreifaltigkeit hatte
das Haus verlassen und bewegte sich, langsam schreitend,
Richtung Straße. An der größten der drei Personen sprang
er hoch, und ein paar Schritte ging er auf zwei Beinen Arm in
Arm mit ihr, sie in einem goldenen Kleid. Trotz der Kühle des
Morgens trugen sie alle drei keine Mäntel oder Jacken. Eine
trug einen engen Glitzeroverall, der andere steckte in einem

Elviskostüm. Er öffnete den anderen beiden die Türen zu einem verbeulten, cremefarbenen Volvo, schloss sie wieder und setzte sich selbst ans Steuer. Leise, wie ein Elektrofahrzeug, glitt der Wagen davon, ein Rabe flog ihnen hinterher. Die Leute auf dem Parkplatz tanzten weiter, der Fuchs war weg.

ELEKTROKRÖTE

In den Sonnenaufgang hinein fiel mein Blick auf die Silbertasche, die neben meinen Schuhen lag. Ich löste eine Schleife aus Silberband und holte aus dem Beutelchen eine weitere kleine, silbern verpackte Box hervor, dazu ein Zellophantütchen mit Pralinen, an dem ein Stofftäschchen befestigt war. Darin befand sich ein feines, silbernes Armband mit einem Verschluss in Form eines Blattes. Für mich? Noch bevor ich es um mein Handgelenk gelegt hatte, ahnte ich es schon: Es passte perfekt, und es gefiel mir außerordentlich. So, dass ich mich fragte, warum ich bislang ein Leben ohne Silberarmband geführt hatte. Zwar kam es von Vica, aber das war okeh, schließlich war es nicht aus Pilzen gemacht.

Bevor ich das kleine Päckchen öffnete, steckte ich eine Praline in den Mund (feinste Ware natürlich, innen buttrige Champagnerfüllung). Ich löste das Papier von der Box und dachte daran, wie Jez die Giveaways genannt hatte: «Eure Privilegien».

Zum Vorschein kam eine Pappschachtel mit alten Spielkarten. Also, richtig alte, eine Antiquität, laut Stempelung von 1863. Sie waren wunderschön, nicht eckig, sondern oval, und auf den Vorderseiten abgebildet waren nicht die üblichen Buben, Damen, Könige und einfachen Zahlen, sondern andere Gestalten; Ritter, Trommler, Jäger, ein Sultan, in der Landschaft lagernde Frauen und Jünglinge und viele Tiere: Hirsche, Wildschweine, Hunde, Adler, Ziegen, Füchse. Anstelle von Pik, Karo und Kreuz gab es Eicheln, Blätter und verzierte Kugeln, die für mich nach Weihnachtsbaumschmuck aussahen, vielleicht aber auch königliche Reichsäpfel darstellen sollten. Nur die Herzen waren gleich. Eigentlich waren ja auch die üblichen Spielkarten aus der Zeit gefallen mit «Buben», «Damen» und «Königen», und nach der Mode welcher Zeit waren die da eigentlich immer gekleidet? Keine Ahnung, wann ich zuletzt eine Patience mit echten Karten gelegt hatte, wo nicht, wie in der App, alles automatisch angeordnet wurde, deshalb musste ich erst einmal überlegen, wie die Karten auszulegen waren. Ich war ganz absorbiert in das Spiel, als Killer hereinkam. Es war immer noch früh, kurz vor acht.

«Was sind das für Karten? Sehen schön aus.»

«Das ist mein Privileg.»

«Heißt das Spiel so?»

«Nein, die Geschenke, die wir alle bekommen haben in den Silbertüten, die heißen so. Was war in deiner?»

Aus dem Schlafzimmer holte Killer sein Privileg. Ein schwarzes Notizbüchlein mit Goldschnitt, innen mit dunkelroten Linien klein kariert, dazu ein silberner Stift. Auch Pralinen waren in seinem Beutel gewesen, ebenfalls mit Silberschmuckbeigabe, in seinem Fall eine feine Halskette, deren Verschluss in Form eines Fischs gearbeitet war. Ich sah mir das Notizbuch näher an. Auf einigen Seiten fanden sich kleinere Vignetten in verschiedenen Formen. Einen Vogel sah ich, eine Schnecke, ein Blatt, einen Pilz.

«Wundert mich, dass du schon wach bist», sagte Killer.

«Ich stand schon auf dem Balkon und habe die letzten Partyreste beobachtet. Ein paar Unermüdliche waren draußen noch am Tanzen, und die Malabene-Gang hat geschlossen das Haus verlassen und ist mit dem Volvo abgerauscht.»

Darauf öffnete Killer die Balkontür und blickte seinerseits eine Weile nach unten und in den Morgen hinein. «Nix mehr zu sehen», sagte er, als er wieder reinkam. «War denn oben noch viel los, als du gestern noch mal da warst? Oder hast du nur die Privilegien abgegriffen?»

Erst jetzt holte mich die Begegnung mit Drifter wieder ein. Es muss mir anzusehen gewesen sein, denn Killer guckte ganz komisch und sagte: «Was ist? Hast du den Leibhaftigen gesehen?»

Ich nickte. «Ja», sagte ich. «So was in der Art.»

Killer kochte eine Kanne Tee, schüttete Müsli in Schalen und wartete darauf, dass es weiterging. «So was in der Art?», wiederholte er.

Wo anfangen? Drifter, das MifeP, das lag exakt außerhalb unserer Schnittmenge. Andererseits führte die Spur auch direkt zurück in den Sommer und auf die Pferderennbahn, wo Killer eine Beförderung feierte, die sich inzwischen in Luft aufgelöst hatte. Leider war es eine Spur wie von übernächtigten Kleinkindern gelegt, die abends zu viel Cola getrunken hatten, und es half mir auch nicht, dass ich den ganzen Zirkus fürs MifeP schon einmal ausformuliert hatte. Dort musste ich Vica erklären, aber Killer musste ich nun das MifeP erklären.

Ich tat mein Bestes und endete mit der bemerkenswerten Pointe der letzten Nacht.

Die neue Woche begann mit meinem üblichen Rundgang durch die Medienkanäle, angefangen mit unseren Lokalnachrichten. Bei einigen Kommentaren überlegte ich, ob sie wohl von Herrn Pachulke kommen könnten. Auf LosVideos war ein eher kurzes neues Filmchen eingestellt, in dem der leere Festsaal zu sehen war, nach der Feier. Tausende Lichter tanzen darin noch über den Boden, der übersät ist mit Glitzer, Scherben, Konfetti, Federn, falschen Bärten. Lange passiert nichts, dann steppt Heurtebise im Elviskostüm durchs Bild, dann wieder leerer Raum, dann kommt Vica mit Rabe Ruprecht auf dem Arm sitzend, bleibt in der Mitte stehen, verneigt sich in die Kamera und geht wieder ab. Viele Kommentare gab es noch nicht, aber ich wusste schon, was kommen würde: *Oh, wie gern wäre ich dabei gewesen!*

Einige müssen wohl auch dabei gewesen sein, schließlich hatte Vica ja Einladungen verlost. Wie viele, das wusste ich nicht, aber wahrscheinlich war daher ein Teil der jüngeren Gäste gekommen, vielleicht sogar die Tanzenden im Morgengrauen. *War legendär!!!,* würden die sicher demnächst drunter kommentieren, die Glücklichen, die Auserwählten, und Feier-Emojis danebensetzen.

Im MifeP hatte sich der Fokus schon wieder zu anderen Themen verschoben. Emma Piel versuchte, die Urheberin eines Bildes zu ermitteln, das sich im Nachlass ihrer Großeltern versteckt hatte, und es gab eine Abstimmung über ein neues Mitglied.

Das größte Drama bot mir jedenfalls mein Aktiendepot. Kässlers japanischer Tipp hatte sich ganz schmal gemacht, als wollte er am liebsten gar nicht mehr weiter auffallen. Oder als hätte er einfach gar keinen Platz mehr neben der ex-

pansiven Wucht der Vica-Aktie, die sich exponentiell verviel-
facht hatte. Sie drückte den Kässler an die Wand, wo er noch
ein bisschen weiter vor sich hin schrumpelte.

Neben dem Laptop auf meinem Tisch lag das antike Kartenspiel mit den ovalen Karten. Ich nahm den Karton, machte Platz und legte eine Patience nach FreeCell-Regeln. Adler,
Wildschweine und Hunde sahen mich an, die Herzen um-
schwebten ein Mädchen in blauem Rock und mit Wander-
stab, das mit einem weißen Taschentuch in die Landschaft
winkte. Langsam ordneten sich die Stapel, und anders als in
der App konnte ich hier nicht mit ein paar Klicks die letzten
Spielzüge rückgängig machen oder noch einmal ganz von
vorn beginnen. Was gelegt war, war gelegt. Ich verlor. Danach
gewann ich, dann noch einmal und noch einmal. Dann verlor
ich wieder. Das war aber nicht so wichtig. Niemand führte
eine Statistik, und jedes Spiel erzählte mir eine Geschichte.
Oder Fragmente davon. Ideen. Szenen vielleicht. Bei einem
Spiel fiel mir ein, wie ich mal mit Killer abends aus dem Kino
kam. Es war im Sommer, noch nicht dunkel, und wir gingen
durch ein Parkstück, als uns von hinten ein Radfahrer an-
klingelte, so genervt und aggressiv gleich, mitten auf dem
Fußweg im Park. Ich zuckte zusammen, wollte schon den
Weg frei machen, aber Killer ignorierte ihn einfach. Vor-
wurfsvoll dicht zog der Radfahrer neben mir vorbei und rief:
«Seid ihr taub oder was?», und da vollführte Killer so ein paar
Gesten, völlig überzeugende Gehörlosengesten, tippte sich
ans Ohr und dann noch was mit den Händen, und der Radfahrer guckte dumm und überrascht. «Ja, 'tschuldigung!»,
rief er, besann sich eines Besseren und reichte seinerseits
noch eine entschuldigende Geste an uns nach. Natürlich

konnte Killer keine Gehörlosensprache. Er hatte sie imitiert, wie Kinder Fremdsprachen imitieren, Fake-Englisch oder Fake-Französisch, und kurz fragte ich mich, ob man das denn durfte, sich fälschlich als taub ausgeben, um einem dreisten Radfahrer eins mitzugeben, aber dann beschloss ich, dass es tatsächlich gehörlose Spaziergänger gab, die so ein freches Geklingel nicht wahrnehmen konnten, und dass der Radfahrer nun völlig zu Recht darüber informiert sei.

Meistens aber erzählte mir das Spiel weniger Konkretes. Eher verschwommene Dinge wie: Der Zufall ist wichtig. Ein wichtiger Player ist der. Wobei «Zufall» auch wieder nur so ein Begriff war, der selbst eine abgekürzte Geschichte darstellte. Wie Begriffe überhaupt ja eigentlich Zusammenfassungen waren, manchmal kaum greifbarere Konzepte, wie «Liebe», «Politik» oder «Gott». Monsterbegriffe, Burgen, die jeder mit je eigener Einrichtung bewohnt. Und wenn wir sie verwenden, dann weiß einer nicht, wie es bei dem anderen aussieht, innen drin in dem Begriff, denkt der Einfachheit halber aber, es sehe halt genauso aus wie bei ihm selbst. Oder über all die Bücher, Filme und Serien in meinem Kopf, ob ich die alle überhaupt noch von der Realität unterscheiden konnte. Ob die Realität längst unter Druck geraten war unter der riesigen Last der Fiktion, an der sie sich messen lassen muss. Lauter so Zeug wirbelte mir durchs Hirn, wenn ich dasaß und die Karten sortierte, ein Teil von mir auf Autopilot mit dem Spiel, und der andere irgendwo auf Wanderschaft.

Frau Güterich klingelte an meiner Tür. Sie wollte über Weihnachten länger weg sein, zu Elektra nach Indien und noch ein bisschen reisen. Auf dem Balkon war nicht viel zu tun im Winter, aber ob ich die Zimmerpflanzen versorgen würde? Und außerdem, irre Geschichte, Moritz Kässler sei bei ihr gewesen und hatte sie gefragt, ob sie Wünsche hätte für die Wohnung. «Da könnte ja so einiges mal neu gemacht werden», sagte sie. «Bad, Küche, die Heizung. Will er alles machen! Fliesen konnte ich mir schon aussuchen, neue Badewanne, alles. Ohne Mieterhöhung.» Sie wirkte fast ratlos. «Jedenfalls soll das alles jetzt auch in meiner Abwesenheit passieren, dann lebe ich nicht auf der Baustelle und alles ist tipptopp, wenn ich zurückkomme. Könntest du also wohl ab und zu mal ein paar Handwerker reinlassen?»

Für Frau Güterich hoffte ich, dass Kässler das alles auch wirklich so stemmen könnte, wo es doch nicht gut lief für seine Lieblingsaktie. Und überhaupt, dass nicht schon der nächste Sinneswandel bevorstand; wer konnte wissen, wohin sein nächstes Retreat ihn führen würde – zur Eigenbedarfsmeditation? Wertsteigerungsyoga?

Ich traf ihn kurze Zeit später im Hof bei den Mülltonnen. «Kässler!», sagte ich und klopfte ihm auf die Schulter. «Wie stehen die Aktien?» Sagt man ja so.

«Ach!» Er warf einen Müllsack in die Wertstoff- und einen anderen in die Biotonne. «Mensch, Wenzel. Das ist mir so unangenehm, ich glaube, ich hab dir da einen ganz schlechten Tipp gegeben.»

«Ja.»

«Hast du zwischenzeitlich verkauft?»

«Nein?»

«Mist. Das geht ja nicht. Ich kompensier dir das.»

«Na ja, also, äh ...»

«Komm, keine Diskussion. Ich hab das verkackt.»

Es war dann vielleicht etwas übertrieben, dass Kässler

danach auch meine Wohnung kaufte («Hatte ich sowieso überlegt», meinte er) und mir die Miete *senkte*. Dazu bekam auch ich ein neues Bad und neue Elektrik. Offenbar hatte er noch ein paar andere Aktien, die besser liefen, außerdem vermietete er seine eigene Wohnung über den Winter überteuert an einen seiner Businessfuzzis, um selbst nach Mauritius zu verschwinden. Die japanischen Verlierer hatte er natürlich rechtzeitig verkauft. Ich hingegen behielt sie wie ein Andenken, wie ein auf Sparflamme aller Lebensfunktionen vor sich hin krepelndes Tamagochi.

Anders die andere Aktie. Am Morgen bekam ich eine Textnachricht über Vicas Nummer:

«ACHTUNG ACHTUNG. Heute zwischen 14:40 und 15:15 Uhr alle NLS Aktien VERKAUFEN !! $$»

Es war noch so früh, dass ich das mit «NLS» gar nicht raffte, aber neben dem Tamagochi hatte ich ja nur diese eine weitere Aktie, und die hieß *Neosmart Life Science*. Ich folgerte, dass die gemeint war und stellte mir extra einen Alarm auf 14:38 Uhr. Pünktlich loggte ich mich in mein Depot. NLS war seit meinem letzten Besuch noch einmal stark gestiegen, und der Tracker kletterte weiter. Gekauft hatte ich die 50 Aktien, damals in Pamelas und Jennys Wohnzimmer, zum Kurs von 9,12 Euro. Inzwischen stand er bei 216,76. Aus 456 waren 10 800 Euro geworden, und ich sah live dabei zu, wie es immer noch mehr wurde. Ich verstand nichts davon, aber es war in hohem Maße faszinierend. Die 220er-Marke wurde überschritten, dann die 230er, immer weiter. Gute zwanzig Minuten ging das so, und ich wagte es nicht, meinen Blick davon zu lassen. Kurz nach 15 Uhr, bei 259 Euro, setzte eine Verlangsamung ein, um zehn nach drei blieb der Kurs bei 266,66 stehen. Ich wartete nicht bis Punkt 15:15 Uhr und verkaufte, wie mir geheißen, alle meine fünfzig neosmarten Aktien für dreizehntausenddreihundertdreiunddreißig (13333) Euro.

Pünktlich um 15:15 Uhr setzte der Kursverfall ein. Erst langsam, dann schneller. Am Abend stand die Aktie wieder bei knapp drei Euro, aber ich war raus, ich besaß nur noch das japanische Tamagochi.

Ich hatte keinerlei Zweifel, dass Jenny die Transaktion problemlos bewältigt hatte, aber ich wollte es genau wissen. Als ich bei Killer anrief, reichte er mich direkt an Pamela weiter (die also offenbar gerade bei ihm war?), und sie bestätigte mir, dass Jenny, ebenso wie alle anderen im Haus, die Neosmart-Aktien verkauft hatte. Wie sie mir erklärte, hatte Jenny zudem Gewinne regelmäßig reinvestiert, sodass auch sie mit einer fünfstelligen Summe herausgekommen war. Dann fragte sie mich, ob ich sonst irgendwelche Nachrichten von Vica hätte, man habe sie seit dem Fest nicht mehr im Haus gesehen. Ich wusste nichts.

Etwas länger als eine Stunde saß ich in dem Zug, der mich zu dem Opernhaus bringen sollte, wo Alf aktuell eine Rolle sang in diesem unglaublich verworrenen Bühnendrama über Zitrusfrüchte. Wie üblich hatte ich, als es losgehen sollte, wieder gar keine Lust. Ich hatte bei mehreren Leuten angefragt, ob sie mitkommen wollten oder zumindest würden, aber niemand hatte Zeit. «Soll ich mal meine Mutter fragen?», hatte Killer schon gemeint, sah dann aber ein, dass ich nicht mit seiner Mutter in den Zug steigen und in die Oper gehen wollte. Mein Kollege Lutz, ausgesprochener Opernfan, hatte zwar auch keine Zeit, betonte aber, wie viel er schon über diese Inszenierung gehört habe und dass Karten schwer zu bekommen seien. So saß ich denn allein im Zug, und weil ich ihn erst in der kommenden Woche zurückgeben sollte, trug ich dabei den Retro-Glamour-Filmstar-Anzug aus dem Kostümfundus. Als Überraschung für Alf und weil es das Beste war, das ich an Kleidung zur Verfügung hatte.

Ich klinkte mich ein in das langsame Zug-WLAN, öffnete eine Nachrichtenseite und las Folgendes im Ressort Wirtschaft:

*Berg-und-Tal-Fahrt. Sie stieg und stieg, trotzdem hatte
kaum einer sie auf dem Schirm: Die Aktie des Unternehmens Neosmart Life Sciences legte am letzten Donners-
tag einen beispiellosen Wertzuwachs binnen eines Vor-
mittags hin, um sofort danach ins Bodenlose zu stürzen,
nachdem die Geschäftsleitung in einem erratischen
Statement bekannt gegeben hatte, man wolle sich aus
dem Kerngeschäft zurückziehen und in den wenig lukra-
tiven Buchmarkt einsteigen.*

Mein Sitzplatz in der Oper war in Reihe sechs ganz außen
rechts neben einer leger gekleideten Dame mit wirren Haaren. Es war voll, die Vorstellung war ausverkauft. Eigentlich
hatte ich mir während der Zugfahrt noch einmal die Hand-
lung und ein paar weitere Infos durchlesen wollen, hatte
das nach der Meldung mit der Vica-Aktie aber vergessen.
Nun saß ich da und verstand nicht viel. Zu meiner Freude
trat Alf gleich im ersten Akt auf und versprühte seinen auf-
geräumten Frohsinn, auch wenn er dabei sang. Seine Rolle,
der Truffaldino, war ein Narr, ein Harlekin, Comedian, und
dafür trug Alf ein höchst unterhaltsames Kleidungsstück,
eine Art Strampelanzug, aber mit zu vielen Armen und Beinen, in denen er sich beständig und ernstlich verhedderte.
Überhaupt handelte es sich um eine bunte und personalin-
tensive Inszenierung. Rund um die Story von einem trauri-
gen Prinzen, der mit finsterer Lyrik vergiftet wird und sich
dann durch einen Fluch unsterblich in drei Orangen verliebt,
die in einem Palast liegen, zu dem ein Teufel ihn hinpustet
und wo dann Prinzessinnen aus den Orangen herausschlüp-
fen, ging es auch um ein Kartenspiel. Ein Zauberer und eine

Zauberin spielten gegeneinander, und die Karten entschieden über das Schicksal des Prinzen. Das Spiel und die Karten schienen der Regie so wichtig für das Stück, dass Spielkarten einen zentralen Bestandteil des Bühnenbildes ausmachten und die Karten selbst nicht bloß als Requisiten auftauchten, sondern von menschlichen Darstellern gespielt wurden, wie sie sich strategisch aufstellten, bekämpften und besiegten.

«Das mit den Spielkarten hat mich sehr angesprochen», sagte ich, als wir hinterher noch in der Kantine saßen, Alf, die Regisseurin und ich und noch ein paar Darsteller, darunter auch eine Spielkarte. «Ich spiele manchmal Solitär, und die Karten führen ja tatsächlich so ein Eigenleben, finde ich, da kommen mir ganz viele Gedanken, und lauter Geschichten setzen sich zusammen.» Man sah mich an, etwas gelangweilt, nickte freundlich, und so räusperte ich mich und setzte noch hinzu: «Und so was.»

Alf jedoch war gleich angeregt: «Ja! Und Kartenspiele, du. Kartenspiele haben auch einen Joker! Aber in den Karten bei der Geschichte von den Orangen, da ist gar kein Joker dabei, sondern-ä, sondern-ä, der Truffaldino ist der Joker stattdessen!»

Da biss auch die Regisseurin an. «Das stimmt. So habe ich das noch gar nicht gesehen. Viele Kartendecks haben einen Joker, oder sogar zwei, aber die wenigsten Kartenspiele brauchen den. Die, die ich so kenne jedenfalls.»

«Was macht denn der Joker?», fragte die Sängerin, die vorher eine der Orangenprinzessinnen gewesen war.

«Der Joker kann alles sein», sagte die Regisseurin. «Jede Zahl in jeder Farbe.»

«Ein Gestaltwandler!», rief Alf.

«Jaja, schon klar, aber, im übertragenen Sinn, was bedeutet das dann?»

«Möglichkeiten», sagte eine andere Sängerin, ich meine, sie hatte die Zauberin gespielt. «Der Joker steht für die Möglichkeiten. Die Potenziale. Das, was noch nicht da ist.» Sie selbst schien für die schwierige Diva zu stehen, die gern etwas zu dick aufträgt. Was ihr egal war.

«Und», fragte ich, «gibt es den Joker auch in weiblich?»

«Auf der Bühne viel zu selten», sagte die Orangenprinzessin, und die Diva sagte: «Dem Prinzip Joker ist es egal, welches Geschlecht es annimmt. Oder welche Lebensform.»

«Gestaltwandler!», rief Alf noch einmal und freute sich, dass es seine Rolle war, um die es hier ging. Die Einlassungen der Diva klangen eher nach Tarot als nach Patience, und es wurde mir unangenehm klar, dass sich mein Ausgangskommentar natürlich genauso esoterisch angehört hatte. Aber vielleicht war so das Kartenlegen als Wahrsagerei entstanden, aus diesem Assoziationsgewölle, das sich einstellte beim Kartenspielen gegen sich selbst. Mit manchen Karten jedenfalls. Meine hatte ich zu Hause gelassen. Ein Joker war nicht dabei.

Auf der Rückreise las ich im Portal des Senders, die hauseigene Redakteurin Gesine Tusche habe den «prestigeträchtigen Rudi-Werner-Kniffke-Preis für herausragende journalistische Leistungen» erhalten. Und im Lokalteil fand sich folgende Meldung:

Aus dem Zoo sind in der Nacht mehrere Tiere verschwun den. Bislang vermisst werden drei Klammeraffen, ein Wallaby, eine Hyäne sowie eine Gruppe von Kurznasen-

Flughunden. Der Nachtwächter des Tierparks berichtet, auf dem Dach eines Verwaltungsgebäudes gegen Mitternacht drei Personen mit einem Lama gesehen zu haben. Nach seinen Angaben handelte es sich um zwei Frauen und einen Mann, der gekleidet gewesen sei «wie Elvis Presley». Die Angaben werden noch überprüft. Der Bestand von Lamas ist laut Tierpark vollständig.

Außerdem fiel mir dieser launige Polizeibericht auf:

Eine Gruppe junger Männer in einheitlichen T-Shirts mit dem Aufdruck «Er heiratet, wir sind zum Saufen hier» (nur einer trug ein anderes Shirt mit «Letzter Tag in Freiheit» und einem Paar Handschellen drauf) wurde spätnachts in der Polizeidienststelle Abschnitt 78 vorstellig. Die derangiert aussehenden, stark alkoholisierten Herren erklärten den diensthabenden Kolleg/innen, eine junge Dame in schwarzem Glitzer-Catsuit habe eine Meute übergroßer Fledermäuse auf sie gehetzt, als man sie auf der Straße «freundlich angesprochen» habe. Die Truppe erhielt zwecks Ausnüchterung freies Logis auf der Wache.

Spät am Abend, eher schon nachts, stieg ich selbst aus dem Zug und in die U-Bahn. Jetzt, wo es kälter war, wurden die Bahnhöfe wieder von Menschen bewohnt, die kein anderes Dach über dem Kopf hatten. Der U-Bahnhof war leer bis auf drei andere Reisende, die alle weit voneinander entfernt in ihre Schals gewickelt und ihre Smartis versunken herumstanden, und jene, die nicht vorhatten, in einen Zug zu steigen. Auf einer Bank schlief einer, dessen wundes Bein aus dem Schlafsack hervorragte, und auf einer weiteren Bank saßen drei Gestalten ohne Smartis. Einer hatte eine tätowierte Glatze und kaum Zähne. Einer war ganz in seiner Kapuzenjacke verschwunden, und einer hustete furchtbar. Alle drei hielten sie je eine Büchse Bier in lila aufgedunsenen Händen, Hände wie kleine Luftkissen. Sie saßen dicht beieinander und unterhielten sich.

«Nee, haste nich.»

«Ja. Habich. Habich dir gesagt. Gestern hab ich dir das gesagt.»

«Nee. Weiß ich nichts von.»

«In der Zeitung.»

«Schlimm.»

«Aber gibt Schlimmeres.»

«Ja, is richtig.»

«Krieg.»

«Musstich zum Glück nie erleben.»

«Wollnwa nich erleben.»

«Meine Großeltern, die ham noch Krieg erlebt.»

«Ja.»

«Woanders is Krieg.»

«Könnwa nix gegen machen.»

«Mitleid haben könnwa.»

«Die brauchen nich unser Mitleid.»

«Aber wegguecken is auch nich richtich.»

«Nee.»

«Also was jetzte?»

«Ja, schwierich.»

«Echt schwierich.»

«Dass dit überhaupt alles hier so auf derselben Welt Platz hat. Wir hier so mit schön Bierchen und da so Krieg, weißte? Is doch dieselbe Welt.»

«Alles, wasde machst, hat 'ne Auswirkung, weißte?»

«Isso.»

«Da kann sich keiner vor drücken.»

«Ich würd nie mein Müll auf die Straße werfen.»

«Oder wen anschnauzen.»

«Wer schnauzt, führt Krieg.»

«Wer schnauzt, der denkt, ihm stünde etwas zu.»

«Der denkt, er hätte was geleistet.»

«Der vergisst, dass er nur von Gnade lebt, wie alle.»

In diesen letzten Satz hinein fuhr der Zug ein, ich verstand ihn nur halb. Die drei blieben auf der Bank auf dem Bahnhof zurück.

Ein Drifter-Zitat fiel mir ein: *Es gibt ein Ich und ein Nicht-Ich, und das ist die Welt. Und wer nicht merkt, dass Ich auch die Welt ist, der führt Krieg.*

Oder so ähnlich.

Zu Hause angekommen, ereilte mich die Nachricht, dass es im Sender einen umfassenden Datencrash gegeben hatte. Die IT-Abteilung, hieß es, arbeite mit Hochdruck daran, alle Funktionen wiederherzustellen.

Danach musste ich mich mit einem neuen Kennwort in einem komplizierten Verfahren neu registrieren, um meiner Arbeit nachgehen zu können. Als ich das geschafft hatte, sah ich, dass zwar alle Inhalte wohlbehalten zurück, jedoch in meiner Domäne, bei den Leserkommentaren, die Dinge vollkommen durcheinandergeraten waren. Nichts stand mehr da, wo es mal war, weder inhaltlich noch in zeitlicher

Reihenfolge. Die IT hatte das nicht mal bemerkt. Aber das eigentliche Faszinosum war, dass auch die Diskutierenden daran kaum Anstoß nahmen. Als wäre nichts passiert, knüpfte man unter einem neuen Artikel über künstliche Intelligenz eifrig an alte Kommentare an, die vielleicht mal unter einem Text über Bildungsreformen oder Zugverspätungen gestanden hatten. Es war egal, alles austauschbar. Auch nur irgendein Krieg zwischen den Ichs und den Nicht-Ichs.

Gesine feierte ihre Auszeichnung mit dem Rudi-Werner-Kniffke-Preis in einer schicken Bar unweit ihrer Wohnung. Am Vortag hatte es aus demselben Anlass schon einen betriebsinternen Umtrunk gegeben, bei dem ich zu meinem Entsetzen feststellen musste, dass sie mittlerweile tatsächlich mit dem Clown aus der Rechtsabteilung liiert war (oder DCG schamlos mit dem Clown aus der Rechtsabteilung betrog). Mich lud sie zuckersüß zu der Feier ein, und da fragte ich nach: «Was ist mit dem Skifahrer?»

Sie seufzte. «Ja. Der hatte sich verändert irgendwie.»

An der Bar ließ ich mir einen interessanten Cocktail mixen, der hinter den Drinks von Vicas Ranunkelparty leider weit zurückblieb, und steuerte damit auf eine dunkle Ecke zu, wo ich mich mit etwas Abstand zu einem anderen Gast setzte, der vor einer Saftschorle saß und hier nicht viele zu kennen schien. Ich nickte ihm zu, er aber reichte mir die Hand und stellte sich vor: «Donato.» Es war der Skifahrer.

«Wenzel. Bist du nicht der ... der Skirennfahrer?»

In seiner bedächtigen Art mit seinem nicht einzuordnenden Akzent sagte er: «Ja. Jaja. Aber das habe ich jetzt an den Nagel gehängt.»

«Den Profisport?»

«Ja, und überhaupt das Skifahren. Alles mit Schnee und Eis.»

«Wegen der Lawine?»

«Ja, ich weiß nicht. Jetzt im Nachhinein fühlt es sich an, als sei vielleicht die Lawine eh nur noch eine Bestätigung gewesen. Aber vielleicht auch nicht. Vorher, nachher – das ist alles vom Schnee begraben.»

Aha? Ich nickte stumm.

«Und du bist – Wenzel, ja? Du arbeitest auch in dem Sender?»

«Genau. Community-Team.»

«Ja, Gesine hat mir mal von dir erzählt.»

«Ach ja? Und, äh, ihr seid doch, wolltet ihr nicht ...»

«Ja, es hat dann doch nicht mehr gepasst, so.» Er sagte das ernst, aber nicht übermäßig traurig.

«Und was machst du jetzt?»

«Ich fange demnächst an beim Gartenbauamt.»

«Das ist ... das ist dann ja eine ganz schöne Veränderung.»

«Ja, ganz schön ist das. Auch in der Natur wieder, und draußen sein, das mag ich. Aber ganz besinnlich, ohne Wettbewerb.»

Er trank einen Schluck von seiner Schorle. Ein paar Meter weiter kam gerade Mister Rechtsabteilung vom Klo und schritt voll dynamischer Zuversicht durch den Raum in seinem original Smart-Casual-Aufzug, ohne Punk, zurück zu der, die jetzt *seine* Eroberung war. Aber wer weiß, vielleicht hatte vielmehr sie ihn erobert? Vielleicht war er genau das, was sie suchte? Und wer weiß auch, welche Lawinen und Blitze ihn nicht schon getroffen hatten. Na, oder noch treffen würden. Ich kannte ihn nicht, hatte doch keine Ahnung. Wirklich, keine Ahnung. Vorher, nachher. Egal. Vom Schnee verschüttet, vom Blitz getroffen. Vom Teufel weggepustet, von der herrschenden Klasse ausgeschlossen, vom Vermieter gekündigt.

Fast täglich fand ich irgendwo irgendeine verdächtige Meldung. Ich überflog Polizeiberichte, Lokalnachrichten, Vermischtes. Kontrolleure wollten in der U-Bahn einen «sehr großen» Hund in Begleitung eines «kleinen Kängurus» angetroffen haben. Beide rauchten. Man hielt sie für verkleidete Personen, wollte Fahrscheine sehen und eine Strafe verhängen, da sprangen sie an der nächsten Station hinaus, der Hund auf allen vieren, das Känguru auf zwei Beinen, und rannten davon.

Sämtliches Personal einer internationalen Immobilienfirma kam nach den Weihnachtsfeiertagen nicht mehr in ihre Büros, weil kein Schlüssel mehr ins Schloss passte. Die Chefetage behauptete, Musik und Lachen durch die Türen gehört und von draußen bunte Lichter durchs Fenster gesehen zu haben. Als die schweren Sicherheitstüren mit dreitägiger Verzögerung endlich aufgestemmt werden konnten, fanden sich keine Spuren einer Party. In diversen Schubladen und Schränken waren jedoch Akten und Papiere mit Pilzkultur überwuchert, was von der Pressestelle in einer bemerkenswerten Mitteilung verlautbart wurde:

Die Räume der Pörx&Edel Real Estate (gibt es eigentlich auch unreal Estate?) sind wieder zugänglich. Diebstähle oder Vandalismus wurden nicht registriert, lediglich ein

Überfall durch Pilzkulturen bislang unbestimmter Sorte. Die Pilze sind wohlschmeckend und bekömmlich und ändern nichts daran, dass wir auch weiterhin mit Elan und Tatkraft und Phantasie und Leidenschaft und ausdauernder Verbissenheit daran arbeiten, die Immobilienträume unserer Kunden gemeinsam umzusetzne! (sic) Wir danken allen Klientis für ihre Geduld während der letzten Tage und wünschen dies und das!

Die Mitteilung, höchst selten für PR-Mitteilungen irgendwelcher Konzerne, ging in den sozialen Medien viral und wurde zu zahlreichen Memes verarbeitet, deren Tenor war, dass man sich diese Pilze unbedingt mal genauer ansehen müsste. Der Börsenkurs des Unternehmens halbierte sich trotzdem.

Der Parteitag der Rechtspopulisten musste abgebrochen werden, nachdem eine Hyäne, von der niemand wusste, wie sie hereingekommen war, im Saal randaliert und die Tontechnik geschrottet hatte. Nach diesem Zwischenfall wurde jedenfalls erstmals eine Verbindung zu dem Vorfall im Tierpark gezogen. Dass das Känguru aus der U-Bahn das verschwundene Wallaby und die übergroßen Fledermäuse bei den betrunkenen Junggesellenverabschiedern die Flughunde waren, darauf war bisher niemand gekommen.

Verstörend waren die Vorgänge in mehreren Alten- und Pflegeheimen. «Wir wissen nicht, was hier vorgeht», wurde die Leiterin einer Einrichtung zitiert. Zwei Bewohnerinnen hatte sich massiv verjüngt, eine andere sprach und verstand kein Deutsch mehr, konnte jetzt aber Portugiesisch. Ein Mann, ehemaliger Buchhalter, der sich musikalisch noch nie hervorgetan hatte, setzte sich ans kaum je benutzte Klavier im Speisesaal und spielte ebenso betörende wie unbekannte Kompositionen, ein anderer begann, nachts um die Häuser zu ziehen, um erstaunliche Skulpturen im öffentlichen Raum zu fabrizieren, von denen zunächst niemand wusste, woher sie kamen. Auffällig verhielten sich wohl auch die Pflanzen im Haus, die wucherten wie verrückt. Als ähnliche Berichte aus anderen Einrichtungen sich häuften, interessierte sich die Lokalpresse und sprach mit Bewohnerinnen, Leitung und Angehörigen. Überregionale Aufmerksamkeit erregte dabei eine der erstaunlich verjüngten Frauen, die das Heim inzwischen verlassen hatte und mit einem dreißig Jahre jüngeren Pfleger zusammenlebte. Über Vorher-nachher-Bilder der Frau wurde zuerst gestaunt, dann schossen Fake-News-Anschuldigungen dazu ebenso ins Kraut wie Verschwörungserzählungen. Die Frau selber war für keine Stellungnahme zu erreichen, aber andere Bewohner berichteten in treuherzigem Ton von kleinen Äffchen, die ihnen zur Abendstunde, wenn sie noch wach in ihren Betten lagen und an die Decke guckten, leckere Kekse brachten. In einer regionalen Nachrichtensendung wurden drei alte Damen interviewt, die sehr sachkundig darüber referierten, das Ganze habe mit einer «Magnetzeitblase» zu tun. Dabei verzogen sie keine Miene, aber als sie später noch einmal dazu befragt wurden, kugelten sie sich vor Lachen wie alberne Schulmädchen. «Magnetzeitblase!», prustete die eine. «Das Wort gibt's nicht mal!»

Nicht in der Presse, sondern den sozialen Medien stieß ich auf einen Mann, der herrenlos gewordene Fotoalben auf dem Flohmarkt kaufte und dabei kürzlich in einem alten Familienalbum auf die bizarrsten Bilder gestoßen war, die man sich vorstellen kann beziehungsweise nicht hätte vorstellen können. Der Kleidung und ganzen Anmutung nach zu urteilen, handelte es sich um Aufnahmen aus den Zwanzigerjahren, vielleicht aber älteren oder auch jüngeren Datums. Die Umgebung war durchgehend ländlich, häufig standen die, äh, Personen im Wald oder vor einer Blockhütte. Diese Leute sahen aber nun vollkommen absonderlich aus, und zwar alle, ohne Ausnahme. Manche hatten verrutschte Gesichter, manche waren immens behaart, andere hatten riesige Hände oder Füße wie Hobbits. Aber damit nicht genug, denn auf einigen Fotos standen inmitten der Gruppenbilder auch Wesen herum, Chimären aus Tier und Pflanze, die keiner Haus- oder sonstigen Tierart zuzuordnen gewesen wären, und das alles in sepiafarbenem Schwarz-Weiß. Ich würde es aber nicht in dieser Aufzählung erwähnen, hätte ich nicht auf einem der eingescannten Bilder einen verrutschten Doppelgänger von Heurtebise entdeckt, komplett mit Überbiss und S-Förmigkeit, und zwar in Begleitung der einzigen beiden normalen Tiere: eines riesigen Zottelhundes und eines Raben.

Ich reiste mit meinem Laptop bei Killer an, um ihm die Bilder zu zeigen, und auf dem Weg, gleich nachdem ich das Haus verlassen hatte, bemerkte ich, dass ich nicht mehr voller Unmut zum Ranunkelring fuhr, sondern, im Gegenteil, voller Vorfreude. Mein früherer Widerwille erschien mir weit weg, ich konnte kaum noch nachvollziehen, warum er vor Kurzem noch so groß gewesen war. Das alte Haus hatte eine neue Dimension angenommen, wie ein verheißungsvolles Projekt, bei dem aufregende Dinge passierten, die ich nicht verpassen wollte.

Ich klingelte bei Killer, und als nicht geöffnet wurde, klingelte ich hintereinander bei Killers Mutter, bei Jenny und Pamela, bei Dennis Ewert, Herrn Pachulke und bei sämtlichen Malabene-Knöpfen, inklusive *Guevara Fashion Ltd.* und *NLS Hallimasch Postbox*. Danach tönte der Summer kräftig drauflos, und ich trat ein. Hinter mir hörte ich ein Rumpeln, es war der Schwonder mit seiner Schubkarre. Er zeigte mit dem Finger hoch aufs Haus und lachte.

An Killers Tür klebte ein Zettel für mich: «Bin oben im 6./7.»

Alle Vorhänge und Raumteiler waren aufgezogen, und die tiefe Herbstsonne schien hell in die hohen Silberräume hinein. An einer Fensterfront war der Russe dabei, die großen Kübel mit den wuchernden Pflanzen zu wässern, Justin und zwei der Yousef-Kinder ließen sich von ein paar bunten Vögeln umkreisen, die sich mal hier und mal da auf ihren Köpfen und Schultern niederließen. Frau Jablonski schraubte irgendwo etwas fest, Herr Baumann fegte den Boden, ein paar andere standen in einer Besprechung beisammen, angeregt gestikulierend. Hinter dem Garderobentresen stand Killer mit Justins Vater, vor ihnen ein großer, dampfender Topf, aus dem Killer Suppe schöpfte, während Justins Vater ein Baguette aufschnitt.

«Das riecht ziemlich gut», sagte ich. «Wer hat gekocht?»

«Ich», antwortete Justins Vater stolz.

Von Killer bekam ich eine Schale Suppe und eine Scheibe Baguette dazu, und damit setzten wir uns auf ein Sofa in eine sonnenerleuchtete Ecke. Dort erklärte mir Killer, dass Vica, Heurtebise, Jez und Bello noch immer verschwunden seien, alle im Haus aber Nachrichten bekommen hätten, sie sollten sich um die Räume kümmern. Damit verbunden gewesen war eine raffiniert aufgezogene Schnitzeljagd nach den Schlüsseln, an der alle zusammen teilnehmen mussten, damit sie gefunden werden konnten. So musste Killer zum Beispiel eine Melodie identifizieren, die offenbar nur er hören konnte, und Herr Weber, der früher einmal U-Bahn-Fahrer gewesen war, konnte als Einziger an einem kleinen Schaltwerk den «Totmannknopf» identifizieren, der dann wiederum irgendetwas in Gang setzte, was dann wieder nur Herr Pachulke verstand, usw. Killers Mutter glänzte damit, dass sie etwas *nicht* sah.

«Und ist irgendwem jemals aufgefallen, dass die Malabene-Gang anscheinend durch die Stadt marodiert und Dinge veranstaltet?»

Killer schüttelte den Kopf: «Mir nicht. Was machen sie denn?»

«Genau weiß ich es auch nicht. Möglicherweise holen sie sich hin und wieder Tiere aus dem Zoo. Sie erschrecken Leute. Sie mischen Altenheime auf. Vielleicht platzieren sie eigenartige Artefakte auf Flohmärkten.» Ich seufzte. Trotz allem klang das alles schon wieder wie ausgedacht. Killer zog ein Notizheftchen aus seiner Hosentasche, blätterte darin herum und notierte sich etwas.

«Ist das das Heft von der Party? Dein Privileg?»

«Ja.»

«Du hast es schon ausführlich benutzt, sehe ich.»

«Ja, schon einige Seiten voll. Ich hätte viel früher auf die Idee kommen sollen, ein Notizbuch zu haben. Es bringt mich auf Ideen.»

«Jetzt zum Beispiel?»

«Ach, Altenheime aufmischen, Artefakte auf Flohmärkten platzieren, das klingt ganz schön, finde ich. Wenn ich mir vorstelle, ich müsste irgendwann ins Heim, dann würde es mich trösten, wenn ich da mit Aufmischung rechnen könnte.» Er blickte versonnen aus dem Fenster. «Oder stell dir vor, du findest zwischen alten Postkarten und Fotos auf dem Flohmarkt einen Doppelgänger! Auch interessant.»

«Jemand hat zwischen alten Fotos einen Doppelgänger von Heurtebise gefunden.»

«Ach ja? Siehst du, das ist auch so ein Ding mit diesem Notizbuch, ich denke, mir fällt etwas ein, und dann höre ich, das gibt es wirklich.»

«Du willst behaupten, es sei ein prophetisches Notizbuch?»

«Nein! Ich bin doch nicht irre. Nicht Sachen, die in der Zukunft passieren, sondern Dinge, die es halt gibt. Es ist wohl einfach so, dass es sehr vieles gibt. Viele komische Dinge.»

«Du hast mir aber auch schon mal gesagt, Zeit sei keine reale Dimension.»

Killer guckte skeptisch.

«Hast du gesagt, Kill! Da saßen wir draußen bei unserer Tischtennisplatte.»

«Da hatte ich gerade einen Blitz abbekommen.»

«Also war das Blödsinn?»

«Weiß nicht genau.» Er kritzelte etwas in sein Heft.

Durch den Raum gingen nun Pamela und dahinter Jenny. Pamela lächelte und winkte Killer zu, und der erstrahlte und winkte zurück. Jenny trug eine der Brillen, wie einige sie bei der Party-Karaoke-Performance getragen hatten. Sie inspizierte dies und das, redete mit diesem und jenem, telefonierte, wischte durch ihr Smarti. Schließlich tauchte Schwonder auf, der alte Kinderschreck, und ließ sich von ihr instruieren. Das Mädchen sprach, und der Schwonder hörte zu und nickte beflissen. Wenn ich jemals ein Wunder erlebt habe, dann dieses.

«Warum trägt sie die Karaokebrille?»

«Das war ihr Privileg im Silbertütchen. Die Hausgemeinschaft hat ihr die Leitung übertragen.»

«Über die Nutzung des Vica-Imperiums?»

«Über alles Mögliche. Wir haben jetzt auch ein gemeinsames Budget für Anschaffungen und so.»

«Ihr habt einen Staatshaushalt, und sie ist die Präsidentin?»

«Könnte man so sagen.»

«Und was ist mit der Präsidentinnenmutter?»

«Die hatte in ihrem Tütchen ein Parfüm, das ...»

«Was ist mit *dir* und der Präsidentinnenmutter, will ich wissen.»

Killer lächelte, wurde sogar ein bisschen rot. «Mal gucken.»

Und dann schließlich passierte dies: In einem großen Möbelhaus waren alle Buchattrappen in den Regalen gegen echte Bücher ausgetauscht. Wann das geschehen war, blieb unklar, bemerkt und gemeldet wurde es von einer Reinigungskraft. Die Bände hatten farblich leicht unterschiedliche Umschläge, aber es handelte sich um immer dasselbe Buch mit dem immer gleichen Motiv eines elektrischen Schaltkreises auf dem Cover. *Elektrokröte* von K:B Drifter.

Die Sache galt als geniale PR-Aktion. Das MifeP stand noch einmal kopf – *Elektrokröte*, seit fast einem halben Jahr ein Phantom, war real, der Fall damit neu aufgerollt. DeSelby schaffte es als Erster, das Buch zu lesen und sich dazu zu äußern: *Bin wirklich gespannt, was ihr darüber denkt. Ratlos.*

Eigentlich wollte ich mir den Text sofort als E-Book herunterladen, aber das gab es gar nicht, und so machte ich mich auf zum Buchhändler. Hocherhobenen Hauptes. Kann er mal sehen, dachte ich mir, das Buch, das ich schon zweimal bestellen wollte, das gibt es jetzt nämlich *doch*!

Es stand sogar schon in der Schaufensterauslage. Ha! Und wer hatte schon vor Monaten danach gefragt? Ich trat ein.

«Guten Tag.»

«Tag.»

«Kann ich was für Sie tun?»

Die *Elektrokröte* lag da schön gestapelt. Ich nahm das oberste Exemplar, besonders dick war es nicht, und hielt es hoch. «Witzig, nicht? Dass das jetzt doch noch erschienen ist.»

Er sah mich verständnislos an.

«Ja, weil ich hatte das ja schon mal hier bestellt, im letzten Sommer.»

Verständnislos sah er mich an.

«Wissen Sie nicht mehr?»

Er schüttelte den Kopf und nannte den Preis.

«Ich war hier, bei Ihnen, im Sommer, habe das Buch bestellt, und als ich es abholen wollte, sagten Sie, es komme erst später. Und als ich dann wiederkam, um es zu holen, da war das Buch gar nicht mehr zu bekommen, gar nicht mehr im Bestellsystem drin. Aber jetzt ist es plötzlich wieder da!»

«Die haben damit so eine Aktion gemacht, dass sie das irgendwie in einem Möbelhaus …»

«Herrje, das weiß ich doch! Aber das hat doch nichts damit zu tun, dass – ach egal.»

Ich bezahlte die Kröte und beschloss, meine Bücher zukünftig im Internet zu bestellen.

Während ich meine Wohnungstür aufschloss, kam von unten einer die Treppen herauf und ging an mir vorbei, weiter nach oben zur Kässler-Wohnung. Er nickte mir kurz zu.

«Hallo», sagte ich. «Bist du Kässlers Untermieter?»

«Äh, ja.» Nun reichte er mir die Hand. «Bruno Neukirch.»

Der Name sagte mir was. «Neukirch, Neukirch … Bist du vielleicht der, der dem Strasser die Freundin ausgespannt hatte, die dann aber wieder zurück ist zum Strasser, und du warst dann in der Reha?»

Er sah mich fassungslos an.

«Na, is ja auch egal. Ich bin Wenzel.»

Ich hoffte, nicht so bald ein Paket bei ihm abholen zu müssen, dann zwang ich mich künstlich, erst mal einen Tee zu kochen, aber während der zog, blätterte ich dann doch schon in der *Elektrokröte* herum und las einen kurzen Absatz:

Rocko grübelte. Das Getriebe seines neuen Ford Tapir überraschte mit einem angenehmen Drehzahlniveau, niedrigem Verbrauch und musikalischen Innengeräuschen. Im Vergleich zu seinem alten Honda Kanye fuhr der Tapir deutlich ruhiger und komfortabler. Das Skip-Shift-Getriebe vom Kanye hatte ihn zunehmend verärgert, aber dieses hier ließ ausreichend Spielraum. Mit

einem Klick am Drehring schaltete er in den Sport-Mo-
dus und dachte scharf darüber nach, was die sehr junge
italienische Ehefrau des Unternehmers damit gemeint
hatte, als sie ihm tief in die Augen geblickt und zum Ab-
schied gesagt hatte: «Seien Sie vorsichtig, Herr Limoni.
Die Igel sind nicht so harmlos, wie sie erscheinen.» Der
Motor drehte höher, reagierte giftig. Die Schaltvorgänge
liefen härter in dem neuen Tapir.

Dann, mit dem Tee auf dem Sofa, begann ich den Text am
vorgesehenen Anfang. Da war dieser Rocko gerade aufge-
standen und machte sich erst mal einen Kaffee:

Er öffnete eine Packung frisch gerösteter Bohnen mit
zwanzig Prozent Robusta-Anteil. Der Bezug erfolgte
viel zu schnell, der Espresso schmeckte säuerlich. Rocko
schüttete den Kaffee in die Spüle, justierte den Mahlgrad
an seiner Trumiciello-Kaffeemühle, wog das Mahlgut
auf der Mors & Brock-Baristawaage und versuchte es
erneut. Beim dritten Versuch entsprach das Getränk end-
lich seinen Standards, der vierte wurde noch besser. Der
Tag konnte beginnen.

Drifter, der für mich sowieso schon jedes Geheimnis eingebüßt hatte, nachdem ich ihn vor mir sehen konnte in seiner
verschwitzten, grobmotorischen Körperlichkeit, hatte einen
grobmotorischen Detektivroman voller nerdiger Details geschrieben. Ob das Ironie sein sollte, wusste niemand. Privat-
detektiv Rocko Limoni bearbeitete zwei Fälle, zwischen denen, natürlich, ein (komplett durchsichtiger) Zusammenhang

bestand. Alles, was er sonst noch tat, ob Kaffee trinken, Auto fahren, Sport machen oder Frauen anquatschen, tat er auf unerträglich pedantische Weise, wie ein aus sämtlichen Themenforen dieser Welt geborener Albtraum. Die titelgebende *Elektrokröte* war der Name eines gestohlenen Kunstwerks.

Auf Seite 37 fuhr er in seinem Ford Tapir durch die Stadt:

Ich vermied die ewig verstopfte Pappenallee und bog nach rechts über die Elinorstraße auf den Honzendamm, von wo ich über den Weberpfad eine Schlaufe zog, um schließlich von der anderen Seite her auf die Kledestraße zu gelangen, weil die Heiripromenade gesperrt war. Von dort aus fuhr ich allerdings nicht direkt auf die Krachlottastraße, sondern nahm den Maki-Ring bis zum Murmelweg. So erreichte ich die Gundolf-Hasendörfler-Allee in deutlich kürzerer Zeit.

Nach einem Drittel überflog ich den Text nur noch in groben Zügen und gab dem Autor in seiner eignen Einschätzung recht: Es war alberner Quatsch.

Aber ich verriet ihn nicht. Nicht, weil mich Drifters «Drohung» schreckte, er würde dann nie mehr etwas schreiben. Das war Bullshit. Auch nach der Begegnung wusste ich weiterhin nichts Genaues über ihn. Nichts, was mitteilenswert gewesen wäre. Ich ließ es einfach nur so bleiben. Aus Trotz, aus einer doppelten Verweigerung; er wollte nicht, dass ich irgendetwas über ihn verriet, und ich tat es *trotzdem* nicht.

An Weihnachten, während ich bei meinen Eltern saß, gerade einen Maronen-Nussbraten mit Steinpilzsoße genossen hatte, rief Killer an und informierte mich, er habe sich also dieses Buch von diesem Drifter besorgt und gelesen.

«Es ist leider», sagte ich, «gar nicht repräsentativ für Drifter. Oder überhaupt für das, was und warum ich gern lese. Schade, dass du jetzt ausgerechnet das ...»

«Neinnein», sagte er. «Ich habe mich wirklich amüsiert. Also echt.»

«Aha?»

«Ja, dieser absurd zwanghafte Detektiv, fand ich gut. Aber natürlich hat mich das mit dem Blitz auch besonders getriggert.»

«Blitz, was?»

«Am Ende wird der doch vom Blitz getroffen. So wie bei mir. Mit angesengten Haaren und Tinnitus und Blitzmalen am Körper. Und dann ist ihm alles egal, seine ganze Perfektion und Superernährung, und er lässt sogar den Verbrecher laufen.»

Interessant. Das Ende hatte ich gar nicht mehr gelesen. «Aber du warst nie ein Zwangscharakter», sagte ich und wusste dabei schon, dass das ja auch keiner behauptet hatte. «Nee, wieso?», sagte Killer denn auch. «Ein Detektiv bin ich ebenfalls nicht. Was machst du an Silvester?»

«Na was mit dir natürlich.»

«Dann komm doch her. Wir feiern im Silbersaal.»

«Heißt das jetzt offiziell so?»

«Es hat sich so eingebürgert.»

«Na klar. Ich komme.»

Die *Elektrokröte* hatte ich schon ins Regal verbannt, zu Hause nahm ich sie am ersten Weihnachtstag noch einmal heraus und blätterte durch die letzten Seiten. Nicht nur wurde Rocko Limoni vom Blitz getroffen, er zerstörte danach auch seinen Laptop mit einem Hammer.

Vor Silvester erledigte ich noch ein paar Einkäufe. Als ich zurückkam, stand der Neukirch in verschwitzten Sportklamotten vor den Briefkästen und fluchte. «Neukirch», sagte ich und klopfte ihm jovial auf die Schulter. «Stimmt was nicht?»

«Ach, ich war laufen, und jetzt merke ich, ich hatte meinen Fitnesstracker gar nicht dabei.»

«Oh nein!»

«Ja, Mist. Dabei war ich echt schnell heute und auch lange unterwegs.»

«Wie doof. Jetzt zählt das alles gar nicht!»

Er freute sich über mein Verständnis. «Ja, das fehlt jetzt in meiner Statistik. Total ärgerlich.»

«Und zwar für immer», sagte ich. «Lässt sich nie mehr aufholen. Die Statistik bleibt jetzt für immer unvollständig.»

Er überlegte und nickte. «Shit.»

«Ich empfehle eine Hallimasch, die trackt dich, auch wenn du sie gar nicht dabeihast.»

«Im Ernst?»

«Voll. Is Teufelszeug. Also, im positiven Sinn. Guten Rutsch!» Damit flog ich die Treppen hoch und schloss munter pfeifend meine Tür auf.

Tags drauf verließ ich die Wohnung frühzeitig mit einer Plastiktüte in der Hand, darin eine Flasche Champagner und eine Packung Feuerwerkskörper. Mit der Tüte unterm Arm sprang ich die Treppen runter, sinnlos elektrisiert, und als ich auf der ersten Etage so um die Ecke tanzte, stolperte ich über einen Müllsack, der da mitten auf dem Treppenabsatz lag, und ich stürzte. Kopfüber die ganze Treppe runter. Ich glaube, ich schlug mit dem Kinn zuerst auf. Von oben hörte ich die Stimme von Herrn Klump aus dem ersten Stock: «Is 'n das für 'n Gerumpel hier?»

Ich blickte mich um. Die Mülltüte war aufgerissen, Kaffeesatz, Eierschalen und allerlei Verpackungen lagen um mich herum und bewegten sich nicht.

«Is 'n dis für 'ne Sauerei hier?», meckerte Herr Klump.

Hinter ihm tauchte seine Frau auf. «Ach, der Müll», sagte sie. «Den wollt ich doch nachher noch mit runternehmen.» Aus ihrer Wohnung dröhnte die TV-Silvestergala in den Flur hinein. Ich versuchte, mich aufzurichten. Mein Mantel war nass – der Champagner.

«Sie können Ihren Müll doch nicht mitten auf die Treppe stellen!»

«Ich hab den ja auch hier an den Rand gestellt», sagte Frau Klump, säuerlich, weil ich ihren Müll beschädigt hatte. Mittlerweile stand ich aufrecht, allerdings auf einem Bein, dem linken, denn der rechte Knöchel schmerzte. Ich zog den Stoff der Hose etwas nach oben und sah einen Knochen, einen Teil meines Körpers, den ich von Rechts wegen niemals zu Gesicht hätte bekommen dürfen. Er ragte aus dem Gewebe heraus, das ihn bislang immer zuverlässig umschlossen hatte. Panik schoss mich an.

«Rufen Sie einen Krankenwagen», brachte ich hervor, und Herr Klump unterstützte meine Forderung: «Ruf mal 'n Krankenwagen», sagte er zu seiner Frau.

Während ich dasaß und mit beiden Händen notdürftig das Bein schiente, begann Herr Klump mit den Aufräumarbeiten, was mir Gelegenheit dazu gab, den symbolischen Gehalt dieses letzten Unglücks des Jahres zu reflektieren. Erst Vorfreude, dann stolpern, fallen, bereits verpackten Müll wieder entpacken, im Müll sitzen. Der Champagner, der niemals getrunken wird, das Feuerwerk, das nicht gezündet wird. (Jedenfalls nicht von mir. Ich überließ Herrn Klump das zehnteilige Raketensortiment «Wünsche aus Gold» aus dem Supermarkt und sah ihn schon damit auf der Straße stehen, genau wie in den letzten Jahren, ohne seine Frau natürlich, mit einer Tüte voller Pyrotechnik, worunter mein Sortiment nur einen sehr kleinen Teil bildete, um alles ordnungsgemäß zu verböllern, effizient hintereinanderweg, ohne den Raketen im Himmel auch nur nachzublicken.) Es passte also ganz stimmig zum vergangenen Jahr, und ich ließ mich zu der abergläubischen Schlussfolgerung hinreißen, dass dies hier einen Abschluss dieser Serie darstellte.

Obwohl sie arbeiten mussten wie immer, oder sogar noch mehr als sonst arbeiten mussten, war das Krankenwagenteam in Silvesterstimmung. Sie hatten sogar ein paar aufheiternde Sprüche für mich und mein Missgeschick übrig, wofür ausreichend Zeit war, denn die näher gelegenen Notaufnahmen waren bereits überfüllt, und so fuhren wir quer durch die Stadt, in mir unbekannte Gefilde. Vor der Klinik, an der ich endlich ausgeladen wurde, sah ich schon den Ersten mit zerfetzter Hand, noch eine ganze Weile vor Mitternacht. Dann ging alles schnell, durch ein paar Gänge gerollt, schon lag ich auf einem OP-Tisch, bekam eine Spritze, sollte bis vier zählen und konnte kaum noch «Eins» sagen.

Als ich in einem kahlen Zimmerchen wieder zu mir kam, fühlte ich undeutlich, dass sich irgendwo in meinem Körper ein Skandal abgespielt hatte, dessen Wogen sich langsam glätteten und der deshalb meinte, sich unauffällig davonschleichen zu können; aber ich konnte ihn noch riechen, seinen Gestank nach Müll und Champagner. In meinem Gesicht klebten zwei Pflaster, ein kleines an der rechten Schläfe und ein größeres am Kinn, und mein Fuß steckte in einem neumodischen Gips ohne Gips, ein Cast aus blauem Kunststoff, ein Gebilde, das mir sofort feindlich erschien, wie etwas, das sich aus dem Hinterhalt an mich rangezeckt hatte und nun grimmig da festsaß. Nach einer Weile betrat eine Krankenschwester den Raum, sie sah blendend aus, wie für einen großen Auftritt gestylt. Bestimmt wollte sie später noch zu einer Party. Sie las meinen Namen von einem Kärtchen ab und verschwand dann wieder, ließ aber die Tür offen, durch die wiederum einige Zeit später ein Pfleger hereinspaziert kam, offenbar versehentlich, denn er trug eine giftgrüne Federboa, breitete die Arme aus und rief: «Tataaa!», guckte kurz irritiert und schob ein «Oh, sorry» hinterher, und dann kam eine Ärztin, die mir mitteilte, dass ich nach Hause gehen könne. Man händigte mir ein Paar Krücken aus, und das war's.

So saß ich dann in der Aufnahme und rief bei Killer an. Der war natürlich nicht in seiner Wohnung, der war schon im Silbersaal, mir blieb nur der AB für eine Nachricht. Als Nächstes versuchte ich, ein Taxi herbeizutelefonieren. HAHA, an Silvester. Ich kam nicht mal durch, und auch die entsprechenden Apps waren überlastet. Bei einem Sammeltaxiservice sah es kurz danach aus, dass sich da etwas bewegen könnte, aber der genannte Zeitpunkt, an dem meine Mitfahrgelegenheit an der Klinik sein sollte, rückte in immer weitere Ferne, anstatt näher zu kommen. Ich griff mir die

Krücken und tat ein paar ungeübte Schritte durch den Raum. Ein Typ mit scharf rasiertem Fußballerhaarschnitt, der seine stark derangierte Freundin begleitete, zeigte mir, wie ich mich aufstützen und über den Boden schwingen sollte. «Hatte ich letztes Jahr auch», sagte er. Bei ihm sah es nach einem sportlichen Spaß aus, fast als vermisste er seine Krücken.

Mir fehlten dafür die Übung und leider auch ein paar Muckis. Unsicher humpelte ich raus und die Straße entlang, der Verkehr war eher dünn, Taxis sah ich gar keine. Das Gehen mit den Krücken strengte mich schnell an, ich fühlte mich schwach, und ich hatte Durst. Mir war kalt. Ein Knall ließ mich zusammenfahren, es roch nach Böller. Noch einen Slapstick wollte ich heute bitte nicht hinlegen. Ich spürte milde Verzweiflung in mir heraufziehen. Alles nicht so schlimm, sagte ich mir, Silvester Schnilvester. Morgen ist ein neuer Tag. Und ein neues Jahr. Schließlich tat ich etwas, das ich noch nie zuvor getan hatte: Ich hielt den Daumen raus.

Entgegen jeglicher Erwartung hielt gleich ein Wagen an. Die Tür wurde geöffnet, und ich redete drauflos: «Oh Mann, vielen Dank! Man bekommt einfach kein Taxi und ...» Ich brauchte ein paar Sekunden, um es deutlich zu sehen und zu verarbeiten – «Killer!»

«Was machst du denn für Sachen, Wenz?!»

Mit vereinter Ungeschicklichkeit hievten wir mich und meine Krücken in das Auto. Wo es warm war, behaglich. Der Wagen, ein praktischer, geräumiger Kombi, war neu, sauber und wohlriechend.

«Wohin?», fragte Killer.

«Ja, gute Frage.»

Er reichte mir eine Flasche Wasser und ließ mich überlegen. «Ich glaub, ehrlich gesagt, ich kann nicht mehr feiern jetzt. Bin alle.»

«Logisch.»

«Was ist das für eine Karre?»

«Gemeinschaftsauto. Teile ich mit Pamela, den Yousefs und Justins Eltern. Is gleich zwölf übrigens.»

Da knallte es auch schon los. Wir rollten gerade über eine Brücke, links und rechts von uns erstreckte sich ein weites Kreuz aus Schienen. Killer hielt an und stieg aus, und auch ich hievte mich von meinem Sitz, es war gar nicht so schwer, eine interessante neue Aufgabe. Killer half mir diesmal nicht, er ließ mich machen. Ans Geländer der Brücke gelehnt, ging unser Blick weit über die breiten Schienenwege, wo von links und rechts aus dem Dickicht der Stadt heraus die Feuerwerke in den Himmel sprossen wie riesige Blumen. Die Feuerwerkstechnik hatte während der letzten zwei, drei Jahre bemerkenswerte Fortschritte gemacht, es gab alle möglichen Formen, Kleeblätter, Hufeisen, Pilze. Schmetterlinge. Über unseren Köpfen schossen aus dem Schlaf gerissene Vögel im Zickzackflug umher. Ganz weit hinten stach eine Lasershow zuerst grafische Muster und dann ganze Figuren als Hologramme in die Nacht, einen Schwarm bunter Käfer, landende UFOs, Dinosaurier, die auf den umliegenden Bürotürmen umhersprangen. Ich wusste gar nicht, dass so etwas möglich war. Und dann, auf dem Höhepunkt des Feuerwerks, erschien dort eine Frau in goldenem Kleid. Zusammen mit einem großen Hund und einem Raben saß sie auf einem Funken sprühenden Pilz wie auf einem Hexenbesen. Sie drehten einen Looping, winkten uns zu und zischten hinfort in die weite Dunkelheit, bis sie nicht mehr zu sehen waren.

«Jetzt ist sie weg», sagte ich.

Das Feuerwerk ebbte langsam ab, und durch den Dunst hindurch zeigten sich ein paar Sterne.

«Schau», sagte ich zu Killer, «die Heurtebise leuchtet heute besonders hell.»

«Ja, und man erkennt sogar den großen Hallimasch.»

Wir stiegen zurück ins neue Gemeinschaftsauto. Leise surrte es los, vor uns querte ein Fuchs die Straße.

«She has given her soul to the devil
But the devil gave his soul to God
Before the flood, after the blood
Before you can see
She has given her soul to the devil
And bought a flat by the sea»

Caetano Veloso, «Maria Bethânia»